U0920502

创业神器

THE UNDERWRITING

Michelle Miller

〔美〕米歇尔·米勒 著

柠小青 译

南海出版公司

新经典文化股份有限公司
www.readinglife.com
出　品

Chapter 1

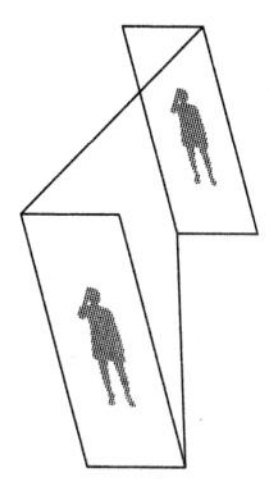

第一章

陶德

星期三，三月五日；纽约市，纽约州

“你混蛋。”她掀开床单露出一丝不挂的双腿，脸色由红转白。她沿着昨晚从客厅到床的路线折回，捡起脱下来的衣服抱在怀里。

陶德摸到遥控器，调到微软全国广播公司节目频道，希望以此掩盖自己的尴尬。他讨厌早上的这种尴尬。

女孩回到房间，开始在床单里翻找内裤。

“我就是……”她看着他，“我就是不明白你为什么这么害怕承诺。”

“我不害怕承诺。”他轻松地说道，假装被电视吸引。电视里两个评论员正在讨论拉赛西尔的最新丑闻，操盘手涉嫌向不知情的投资者兜售他们明知被高估的两亿美元股份。陶德对着电视扮了个鬼脸：希望这最好不要影响他的奖金。

女孩将裙子拉到瘦弱的臀部，重新扣紧托高型文胸。她有一副好身材，但是大腿太粗，看起来像那种到了三十五岁就会膨胀的类型。如果吸引力的满分是十分，她能得八分，这刚好是陶德喜欢的类型：八分的女孩足够性感，但是会因自己不够完美而缺乏安全感，因此总是费尽心思取悦他人。

然而，现在，晕开的眼线和油腻的金发让她也就勉强能得六分。

“那为什么不带我去吃晚餐？”她轻声说，离开床后第一次这样问道。

“因为那不是你于我而言的意义。”他老实地回答。

“那我是什么？”她的声音变得更加轻柔。她的手指紧紧抓着床单，等待着她不想听到的答案。

“说真的，我们在一起很愉快。为什么破坏这种气氛呢？”陶德诚实地说道。

她的下巴僵直了，水汪汪的眼睛闪烁着。“你是说，我只是和你上床的女孩。”

陶德什么都没说。他要去上班了。

“你知道我是从宾夕法尼亚大学毕业的吗？我可不是什么愚蠢的白痴。我在一家顶级法律公司上班。我是值得你约会的女孩，不是什么愚蠢的勾三搭四的人。”

“没准你说得对。”

“那我们去吃晚餐啊！”她恼怒地说。

“我不想要女朋友。”

“那你为什么——”

“是你。”陶德打断她，他已经失去了耐心，“你把自己的资料放在基于地点的约会应用上。你凌晨两点喝醉了在酒吧里联系我。你期待什么？”

她没有移开目光。“HOOK 是一个认识人的工具而已。你也在上面，如果你觉得自己很正常，凭什么我在上面就是个荡妇？”

“我没有说你是荡妇。我是说你深夜找到我，这就暗示了我们之间的关系。”

“但那是四次之前。”女孩抗议道。

陶德不想伤害她，但是他确实没有时间应付这出戏。他全部的精力都得集中在事业上：陶德刚刚过了三十二岁生日，他很清楚如果想成为这家有声望的华尔街公司有史以来最年轻的总经理，他得在十二个月内做一笔让拉赛西尔投资银行刮目相看的交易。

“自那以后我们已经开始了解对方了。”她继续说道，不想就此放弃，“我们谈论过你的工作，我也告诉过你我的家庭。我上周上班迟到了，因为我知道你喜欢在早上做爱。”她的嘴唇在颤抖。

“我没有要求你那样做。”

她的脸唰地变红了，他说的是事实。“我真没想到会发生这种事情。”她转过身穿好衣服，放弃翻找丁字裤。

陶德继续看电视。虽说并不违法，但是人们一致认为拉赛西尔的操盘手兜售他们明知是垃圾的股票不道德，应该罚款。这种争论都是胡扯——操盘手只是促进交易，投资者才是决定是否值得将资金投注到这笔交易上的人。

陶德等到前门砰地关上之后才起床，拖着他前水球运动员六英尺三英寸的身体滑到瀑布式莲蓬头下。

带女孩回来还是去她的公寓，这个问题一直困扰着陶德。他那昂贵宽敞带有极简主义风格的一居室保证了他带回来的女孩一定会和他上床，即使她决意假装正经；可去她们的公寓能让他轻易脱身。他昨晚应该去她的住处的，反正她本来就打算和他上床。但是昨晚他在猴吧喝了太多的龙舌兰苏打，在HOOK上发短信时没有想清楚。

陶德刮了胡须，穿上他的标准制服——定制西装、爱马仕领带、阿玛尼袜子和古驰皮鞋。他在手机上用优步叫了一辆车，满意地照了照镜子，然后下楼。

当他走出公寓楼前门时，女孩正站在门口往手上呵着热气，抵挡三月的微风。“天哪。”他低声嘀咕。

她看到他，带着歉意地咬了咬嘴唇。

“对不起，”她说，“我真的不想那么激动，我只是觉得我们的关系可以更进一步。我的意思是，我不只是 HOOK 资料里写得那么简单，我有更多内涵。”

他将手轻轻放在她的臀部，温柔地亲了亲她的脸。“没关系，”他说，“但是我有很多事情要做，目前只能给你这么多。我尊重你期待更多的想法，但是我给不了你。”

她点了点头，低头看着地面。

“我们还会见面吗？”她头也没抬地轻声问道。

“我哪儿都不去，”他说，避开了问题，“要我帮你叫辆出租车吗？”

她摇了摇头。“不用了，我走路。”

“好的。今天开心点，好吗？”他哄着她，蓝眼睛微笑着。

“好的。”她朝街上走去。星期三的早晨，她踩着四英寸的细高跟鞋，顶着卷曲的长发，身穿猩红色大衣走在人行道上。

陶德钻进黑色轿车，打开 HOOK 的收藏列表。她叫什么名字来着？艾什么。艾米？艾丽森？艾曼达。对，艾曼达。他找到她，立即删除了她的资料。

阻止用户？应用程序提示道。他点击“是”。

留个评论？“否”。她不值得他浪费更多时间。

工作用的黑莓手机在口袋里震动，他将苹果手机放回去，掏出黑莓，向下浏览昨晚收到的二十六封新邮件。基本上都是早报：亚洲市场更新，FX 每日预报，还有一封来自投资银行总裁凯瑟琳·威利的邮件，她向所有询问拉赛西尔交易丑闻的客户提供了一份符合条款的股票声明。

最后还有一封来自 Josh@hook.com 的邮件：

陶德：

我决定上市。想要你来做。

乔希·哈特

陶德差点呛着。他又读了一遍，然后抬头看了眼司机，好像司机会明白他手里的东西的重要性似的。陶德能感觉到自己心跳加快。乔希·哈特是 HOOK 的首席执行官，HOOK 不仅大大提高了他的性生活效率，也是硅谷最热门的公司。让这款应用程序上市不仅仅能让很多人大赚一笔，更重要的是能巩固陶德在拉赛西尔的升职机会。去他妈的总经理——这么大的一笔交易极有可能让他成为集团负责人之一。

陶德找到电子邮件的签名，拨打了乔希的号码。

电话接通了，他瞥了眼手表才意识到，旧金山现在才六点一刻。但是电话响到第三声时，乔希·哈特接了起来。"您好？"

"乔希！"陶德有点过于激动地大声说，"乔希，我是陶德。陶德·肯特。我刚收到你的邮件——不好意思，你现在方便说话吗？"

"方便。"乔希的声音听起来像个机器人。

"听着，我……"陶德试图冷静下来。

他迅速回忆起上次跟乔希·哈特说话时的场景：那是两年前拉斯维加斯举办消费电子展的时候，他俩是在脱衣舞俱乐部认识的。乔希当时像个书呆子，面色苍白，眼睛下方的黑眼圈很重，一头孩子气的鬈发趴在头上。他总是穿着连帽衫和皱巴巴的卡其布裤子。陶德一眼就发现了房间那头的乔希，径直向他走去——穿成这样就进俱乐部的人必定不是平凡之辈——并邀请他共桌。乔希坐在那里观察着脱衣舞娘，就像她们是外星人一样。每当陶德试图跟他谈 HOOK 的融资策略，探寻让拉赛西尔介入的机会时，他就脸部抽搐。

那晚结束后，陶德给了乔希自己的名片，之后就杳无音信了。但是陶德确信自己当晚一定说了些投其所好的话，否则乔希不会两年后想起来联系他，做这笔对他们彼此生活都至关重要的交易。

"其实我只是想问问你对我们合作，进行融资的事是怎么想的。"

陶德最后说道。

“我已经在邮件里跟你说了。”乔希听起来非常恼火，好像他说的那一句话就足够让上市项目启动似的，“我已决定公开发售 HOOK，打算让你来做承销。我想筹集十八亿美元，估值一百四十亿美元。”

陶德眨了眨眼：HOOK 还没有开始盈利，而且华尔街已经开始质疑社交媒体应用的价值了。不过话又说回来，他们也质疑过脸书，但它的股价却一路上涨。这么一想，如果脸书值一千五百亿美元的话，HOOK 的价值大概超过一百四十亿美元。

“数据看起来没问题。通常要先做预演，届时各个银行会向你们推介自己——”

“我不想做预演。我想要你来做。”

陶德的大脑飞速转动：总要有预演。难道还可以避免吗？“很好，我的意思是这会给我们节省大量时间，”他说，“那我跟我的老板拉里谈一下，他会负责——”

“不，”乔希纠正道，“我说了我想要你来做。你。”

“什么？我？”

“是的，”乔希说，“你不是做这个的吗？监督交易？”

“嗯，是的，我做过几十个交易。但是，乔希，这是笔大交易，有很多更有资质的人——”陶德顿了下。拉里在银行待的时间确实更长，但这是否意味着他真的比自己更了解市场？再说拉里已经四十五了，还是已婚人士，他对这种用户群主要是千禧一代的基于地点的约会应用能有多了解？而且如果三十岁的乔希能创办 HOOK 这样的公司，陶德也必然能负责它的上市。

“是的，”陶德在电话中纠正了自己，“我当然可以替你负责这笔交易。”

“很好，”乔希说，“我们可以明天在这儿见个面，把事定下来。”

“明天？”陶德朝前坐了坐，“我还需要确定合同，而且——”

他迅速想了下，他还需要什么？“而且我还得确定下团队。”

“团队？”

“嗯，是啊，我们需要从公司内部调动几个分析师和一个助理，还需要股权资本市场的人对市场状况和路演提出建议，可能还——”

“三个。你最多再找三个人。”

陶德大笑道：“乔希，这么大的交易，你需要——”

“陶德，让我把话说清楚。”乔希打断他，“我讨厌华尔街。你们全都是些白痴，只会插手进度，好从你们创造的低效率中盈利。如果没有你我就能集资十八亿美元的话，我肯定会自己动手。但是我在创业，没有那么多时间来修复金融服务行业的问题。”

陶德惊讶地张大嘴巴：他虽然知道在北加州长大的科技人士不喜欢华尔街，但是反对蓬勃发展了几百年的制度是需要极大勇气的。

“所以，你的团队可以加三个人，”乔希继续说，“但是别跟我耍滑头，否则交易就取消。清楚了吗？”

“是的，当然。”

“行。那我们就星期五见。”

“星期五。”陶德点点头。至少他有一天的时间。“我们星期五见。很高兴能——”

电话被挂断，陶德看着手机发呆。刚才的一切真的发生过吗？

“我们到了。”陶德挂掉电话时，司机从前座上说。

陶德抬起头回过神来。透过车窗，他看到拉赛西尔位于公园大道的总部。过去十年里，每个工作日和大部分的周末他都在这里度过，“解救两星期年假”监管机构迫使银行家们开始遏制内幕交易。这栋四十三层的玻璃建筑直插云霄，阳光照在镜面玻璃的窗户上。旋转门入口上方悬挂着几个铜制字母——“L. CECIL”[①]，楼宇与街道中间

①拉塞西尔的英文。

竖了一面墙，墙上覆盖着花朵，其本意是营造一个亲切的氛围，但又不至于过于友好，以致使人们忽略了他们不请自来的事实。

西装革履的人们在涌入大楼时亮出他们的胸卡，所有人都希望今天就是他们的大日子，今天会有一笔大交易，使他们从一个小小的齿轮摇身一变成为主宰自己生命车轮的人。陶德意识到，今天就是他期待已久的大日子。乔希可能是个傲慢的刺儿头，但他会使陶德成为最强大的投资银行家之一。天哪，这太棒了！

尼克

星期三，三月五日；旧金山，加利福尼亚

"我知道你不喜欢谈钱，但作为公司的首席财务官，我有责任告诉你，如果你想将这个远见坚持下去，我们除了筹集更多资金外别无选择。"尼克·温斯洛普对着镜子坚定地说，"我非常坚定地建议我们做公开发行。"

他注视着镜中裸着胸口的自己，试着想象乔希的反应。

"当然，我知道你讨厌华尔街，"他对想象中首席执行官的抗议抢白道，"这也是为什么我提前准备好这个幻灯片，概述了每家公司的跟踪记录，并筛选出前十家应该被邀请来做预演的公司。"

他不可能否决这个提案。即使是乔希·哈特这位创办了 HOOK 并似乎对缺乏商业头脑引以为豪的计算机神童，也无法在这一点上与尼克争执。这意味着在得到乔希的上市签字之前，尼克就可以悄悄打电话给全球顶级投资银行家，让他们仅仅为了拿到交易权巴结奉承他好几周。这笔交易将使尼克的股权变为八千五百万美元现金，而且最重要的是，会让他得到应得的全球影响力。

出任 HOOK 的这个职位，尼克一直不情不愿。二〇〇四年他从斯坦福大学毕业后，在全球排名第一的管理咨询公司麦肯锡开始了自己的职业生涯，表现杰出。三年后他离职加入了道尔顿·汉德里风险投资，成为硅谷最受尊重的风险投资家之一菲尔·道尔顿的学员。菲尔给哈佛商学院写了推荐信,尼克成了商学院的“贝克学者”，也就是商界领袖联盟百里挑一的精英。

在哈佛商学院时，尼克为自我申请项目撰写了商业计划，这个计划通过预测用户进入全国各个顶级院校的可能性，完全搅乱了大学申请市场。就像脸书一样，这家公司会从常春藤盟校和斯坦福大学开始，然后逐步扩张到所有大学，最后为就业市场创建预测算法。

然而当尼克将这个商业计划展示给菲尔·道尔顿时，菲尔反而建议他应该申请HOOK正在招聘的首席财务官一职。尼克非常震惊：他已经准备成为企业家了，而不是去一家公司做首席财务官，何况这家公司的创办人比他还年轻，而且连商学院都没去过。

但是当尼克第一次品尝了未能成功集资一百五十万美元的苦果后（当然，所有优秀的企业家都至少失败过一次），他想起适应能力是企业家成功的另一个关键要素。于是他调整了对声望的定义，信心满满地接受了首席财务官的职位，以及HOOK百分之零点五的股权。

当HOOK去年春天正式腾飞，一跃拥有超五亿用户并吸引了国际媒体的关注时，尼克对他的全球计划踌躇满志。

他很清楚这个计划会使自己变成真正具有全球范围影响力的人。他能从脉搏中感觉到，自己即将成为世界上伟大的商务领袖之一。

尼克深吸一口气调整自己，得意地朝下看了眼自己的肌肉。上个月从高朋上购买的健身套餐效果显著，正好可以在杂志社给他拍封面照时将他打造到最佳状态。他满意地看着自己肩部的线条，保险起见，还扑到地上做了十个俯卧撑。

现在才早晨六点半，但尼克已经完全清醒了。他按下雀巢咖啡机上的按钮煮了杯浓咖啡，撒了点有机肉桂来调整血糖水平，这是他从《每周健身四小时》里学到的技巧。他打开苹果手机查看是否有格蕾丝的短信，毕竟他上次看手机已经是十分钟之前了。看到没有收到短信，他告诉自己要放松：她是个火辣的姑娘，不露声色是正常的，但他完全可以坦然处之。

不过他还是希望自己能够告诉她这笔即将做成的交易有多大，想看她发现自己约会的男人有多么了不起时脸上的表情。不过，这笔交易必须严格保密，直到 S-1，一份罗列投资机会的一百页法律文件，在美国证券交易委员会注册备案，而这需要几个月的时间。他写下一条备忘录，五月的每个星期五都要在盖瑞唐克预订位置来庆祝。

他喝完意大利浓咖啡，将马克杯放进洗碗机里，用来苏尔清洁垫擦干净不锈钢机器把手上的手指印。他又看了眼苹果手机——还是什么都没有——然后套上贴有道尔顿·汉德里商标的羊毛背心出了门，走到 HOOK 的总部。

这是工作日里他最喜欢的时刻：工程师们凌晨才离开办公室，人事部员工上午十点左右才来上班，因此这间位于旧金山内河码头的刚刚装修的崭新玻璃办公室，此刻全属于他一个人。

他举起手，贴近大楼入口外目前最先进的安全感应器，乘坐电梯到了六楼。然后穿过电脑程序员工作的主楼层。那里堆满了乱糟糟的填充动物玩具，角落里有海洋球池溢出的彩色塑料球，旁边有一个充满氦气、真人两倍大小的大猩猩气球。工程师们在举行生日派对时用氦气机将经理办公室塞满氦气球，当然更多的时候，他们只是用来让自己兴奋。

这里的一切都让尼克抓狂。上市开始后，他要做的第一件事就是将这里变成一个令人满意的职业工作区。他才不管工程师怎么说。

他走到了自己的高级办公室，放松下来，享受着全新的私人空间。

“嘿。”

尼克吃惊地抬起头，看到乔希站在门口。“噢，嘿。”他花了几秒镇定下来，“你在干吗呢？”

“我在编程。”乔希说道。他的眼袋又黑又重，头部抽搐了一下，微微歪到右侧又直起来。“忘记了时间。”

“不错。”尼克微笑着表示赞同。他从菲尔·道尔顿那儿学到的另一课就是，在工程师沉迷编程时永远鼓励他们。菲尔说过，你可能不理解他们在做什么，但是那些优秀的点子都是在无数个深夜熬出来的。尼克在他随身携带的高级笔记本上写下了诸如此类的明智建议。

“我需要你参加星期五十一点的一场会议。”乔希宣布完转身离开。

“为了什么？”

乔希转过身来，头部又抽搐了一下。

尼克一直没搞明白 HOOK 创始人为什么会抽搐，但是他学会了忽略这个。如果有什么问题，乔希的怪癖也只意味着 HOOK 需要另一个面孔来应对公司上市时会出现的各种新闻报道，而尼克愿意谦卑地接受这个角色。哈佛商学院有个传统，班上所有的管理硕士都会往一个罐子里放十美元，谁第一个上华尔街杂志封面，谁就能拿到这个罐子，尼克十分确信那个人将是自己。等着吧，史蒂芬·哈特利。现在谁才是商学院最酷的家伙？

“拉赛西尔的人要过来。”乔希说道，没有进一步解释。

“什么？”尼克向前坐起，“为什么拉赛西尔——”

“他们会帮我们上市。”乔希说，“他们星期五过来。”

“你在说什么呢？”尼克摇了摇头开口道，“乔希，这些决定不是由你来做的。我是 HOOK 的首席财务官，这是一个财务决定。”

乔希盯着他。“这是我的公司。”

“不完全是你的公司。”他们以前讨论过这个问题，“你要对你的投资负责——”他停顿了一下，提醒自己上市才是重点，这正是他为成功而拼搏的时刻之一，而他在商学院的时候这方面做得不怎么好。于是他缓慢而镇定地说:“乔希,这是有流程的。作为首席财务官,我应该是流程的负责人。”

“我知道，”乔希说，“只是我不想被其他事情搅乱。”

“我说的流程是指挑选一家银行，”尼克说，“你得做个预演，然后银行来向你推介，你再根据——”

“为什么？”乔希的眼睛紧紧盯着尼克。尼克的脸唰地红了。

“因为——”他开口道。他们不能就这样跳过预演。银行得过来巴结奉承他们。“即使你能跳过这一步，拉赛西尔实在不是明智的选择。你看到新闻了吗？他们正在接受交易调查——”

“我知道，”乔希打断他，他的头又抽搐了下，“正因为如此，他们才是明智的选择。”

“什么？”尼克眯起眼睛。拉赛西尔甚至都不在他的预演邀请名单中。“你为什么会这么想？”

“他们迫切地需要生意。他们需要我们。”乔希盯着尼克，对不得不解释自己的决定深感恼火，“永远将自己置于掌控的位置上，尼克。他们在商学院没教过你这个吗？”

尼克怒火中烧。要忍受乔希在电脑方面的傲慢自大已经够糟糕了，但是商业决定是尼克的专长。

“实际上，我们在哈佛商学院——”尼克抗议道。

“再说，我雇的那个人跟丑闻没什么关系。”

“你说你雇的那个人是什么意思？你不能就这样——”

“陶德 · 肯特。两年前在消费电子展上认识的。”乔希说，“他来负责整个运作。”

尼克差点说不出话来：“陶德 · 肯特？陶德 · 肯特就是你选择的顾客关系经理？”

“你认识他？”乔希观察着尼克的脸。

“我们一起念过书。”尼克的脑袋开始咚咚响，“本科，不是商学院。他没有去过商学院。我相信他根本进不了商学院。”他不怀好意地脱口而出。

乔希得意地笑道：“很好。那你们可以在会议上叙个旧。”

乔希离开后，尼克看着外面那片狼藉中的一个球滚进了他的办公室。他捡起球在手里狠狠捏了一把，然后把球扔回空房间里。

陶德

星期三，三月五日；纽约市，纽约州

“你要是搞砸了，我们就完蛋了。”拉里的脖子像斗牛一样搏动着。

“我知道。我很清楚。”

“我可不是说你完蛋。我才不在乎你的年终奖。”想到他掌握着陶德的奖金，拉里的口气略微放松，但一想到年轻的下属即将受益，自己却被排挤在外，他又激动起来：“我说的完蛋，是指我——这个集团——这个分部——这家该死的银行。”拉里停下来缓了口气，然后继续说，“我的天哪。这些该死的硅谷白痴。”陶德沉默着。“滚出我的办公室，不然阉了你。”

陶德忍住笑关上门。可怜的家伙。

这个早晨，陶德到达二十七层，他与科技媒体电信团队的其他人一起办公的地方时，他确信拉里必须被排除在HOOK的上市团队之外。乔希是对的：陶德·肯特就是负责这次承销的人，不只是因为他是个优秀的银行家，更因为他拥有能让市场相信这家科技公司拥有一百四十亿美元价值的特质。不管拉里有多么丰富的交易负责经验，他已经老了，而且因为被妻子发现色情成瘾正准备离婚：他绝对不是 HOOK 寻求的标签。

陶德带着自信的笑容得意地穿过楼层，这样每个转过头的人——而且每个人都转过头了——都会知道陶德带着胜利成果出来了。虽然他们不知道究竟是什么，但刚才大家都偷听到拉里办公室传来低沉的叫喊。

“你怎么激怒他了？”陶德在六区属于自己的小隔间里坐下，集团里另一位高级副总裁卡尔·塔加头也没抬地问道。

“你知道 HOOK 吗？”

“当然。怎么了？”他面对着自己的电脑屏幕，正在上面填写全国大学体育协会淘汰赛表格。

“他们要上市。”陶德停顿了一下，抢在卡尔反应之前抖出了关键部分，“而且乔希·哈特想让我来负责这笔交易。”

卡尔从座位上转过身来，张大了嘴：“什么意思，乔希·哈特想让你来‘负责这笔交易’？”

“我的意思是他想让我来负责上市——没有预演，我来挑选团队。唯一的警告是别耍‘滑头’。”陶德说着，用手势比了一个引号。

“你是说拉里不参与？”卡尔大笑。陶德点点头。“天哪，”卡尔的话里掺杂着怨恨和尊敬，“你他妈的走狗屎运了。”

陶德咧开嘴笑了。手机响了，他愉快地接起了电话。“陶德·肯特。”

听到电话那头的声音时，陶德挺直了身子。

“陶德，我是哈维。”拉赛西尔只有一个哈维：哈维·塔特。这位七十岁的执行总裁曾经负责过华尔街最重要的投资银行交易。这句话里的关键是“曾经负责过”。他现在所有的时间都花在四十二层他那间宽敞的高级办公室里，传授老生常谈的智慧，然后将那些跟自己毫无关系的交易的功劳归到自己身上。

“哈维，接到您的电话太荣幸了。”陶德翻着白眼，无声地告诉急切地看着他的卡尔，是哈维·塔特的电话。

“我听说了那笔交易，恭喜你。”哈维说。

“谢谢您，先生。”陶德虽然惊讶，但高管们认为让年轻人来负责这次上市是件好事，这一点也让他颇为感动。

“对此我有一些想法。你为什么不来我的办公室呢，我们好讨论一下？”

陶德犹豫了一下。他只有不到三十六小时的时间来成立团队以及撰写工作计划和合同，实在没时间迎合哈维·塔特。“当然，”他说，“我下周找个时间联系你的助理。”哈维老了，也许下周就忘了。

“十点你方便吗？”

陶德恼怒地咬牙切齿。他本应该十一点去见教练摩根，他迫切需要锻炼，以便保持清醒应付那些工作。“没问题。”他听到自己这么说道，其实心里千百遍地希望母亲没有给他灌输过对人彬彬有礼的思想。如果他混蛋点儿，生活可能简单多了。

“很好。一小时后见。”

“非常期待。”陶德挂掉电话，“见鬼。”

“怎么了？”卡尔凑过来。如果一个人每周六天每天十六小时都在闻起来像是过期外卖的工作隔间里度过，八卦对他来说就像止痛药一样，况且陶德刚刚成为公司里最优秀的交易员。

“该死的哈维·塔特想做我的导师。”

“哈哈！大笔交易的特别待遇。”卡尔讽刺地说。

这时入职两年的过度狂热的分析员尼哈·帕特来到他的桌旁。她低头看着手里的一摞文件，以一贯像吃了安非他命似的语速噼里啪啦地说：“这是你要的提案。我额外加入了展示相似媒体公司的历史收入报告的部分，并打印出了我的全部设想。我觉得我们只需要讨论一下这部分关于——”

“哦，等等，等等。”陶德眨巴着眼，“慢点，超级赛车。我还没喝咖啡呢。”

“你想让我给你拿杯咖啡过来？”她抬起头，从镜片后看着他，不假思索地问。她的脸颊上还有干唾沫痕迹，显然刚从午休室直接回到座位，根本没有留意。大多数分析员每周两次通宵，但是尼哈为了成为拉赛西尔有史以来的最佳分析员，疯了似的基本一周只有两天不通宵。

“不用，尼哈，”他说，“不用管我。这是干吗的？”

“这是你让我准备的维亚康姆预演资料。”她的声音听起来就像是一盘持续快进的磁带。

他看着这个提案，如果顺利的话，接下来的三周他都不需要这个。

“你昨晚通宵做的这个？”

“我打了两次四十八分钟的盹儿，”她说，“打盹只要不超过五十五分钟，就不会进入快速眼动睡眠，这样你其实就不怎么累。”

“你上次在家睡觉是什么时候？”

“上星期五。”尼哈说，她根本没有意识到这不正常。这恰恰是分析员需要的态度。

“你想去加利福尼亚吗？”他问女孩。

“什么？”

“我要帮 HOOK——那个社交应用公司——上市。你有时间做这个的分析员吗？”

尼哈惊讶地张开沾有唾沫印的下巴。她圆圆的脸上长满粉刺，她肯定不化妆，也从来不知道用镊子。“你是说硅谷那家最大的私企？道尔顿·汉德里投资公司投资的那家拥有五亿用户、季度增长率达百分之二百五十的公司？”

陶德看着她：她只关心金融数据——她估计从来都没用过那个应用。这也刚好是分析员需要的另一个特质。“就是那家。”陶德说。

“你不是开玩笑吧？我当然想做这个！”她沉思了下，然后变得更加愉快，“我是说，我会拼命工作的。真的太感谢了。真的太感谢你给我这个机会。”

“没问题。”陶德微微一笑，她的热情让他感觉自己很亲切，“我需要你放下其他事情，今晚尽可能多准备资料，再列个工作计划纲要。我们星期五早上飞。”

“好的，没问题！我现在就开始弄！”她冲回自己的座位，就像一个三岁孩子刚刚得到一套新乐高积木似的。

陶德转回到电脑前，发现卡尔还在看他。“什么事？”

“你无耻，”卡尔说，“你还要抢走我们最好的分析员？”

“不好意思啊，哥们儿，”陶德咧嘴大笑，“你要是也拿到了一个十八亿美元的交易的话，我保证，我们可以抓阄抢她。”

“随便吧。”

“对了，十八亿的百分之八是多少？”陶德若有所思地大声说出公司在这个交易上可能会赚到的利润，“去年接了凯特利斯特交易的那个人长什么样来着，什么，五百万奖金？他那笔交易只有这笔的一半……”

卡尔朝他扔了一支笔。陶德大笑。他已经能够感觉到银行账户里那五百万了。

“拿着，”他把他的健身卡递给卡尔，站起来准备去见哈维，“替我去上健身课。摩根的胸会让你高兴起来。别再说我没有团队精神了。”陶德经过卡尔时拍了拍他的肩。

二十七层挤满了大嗓门的投资银行家。分析员和助理这些最底层员工，都挤在屋子中间的三张长桌上，每个人都有一台双监控器电脑和一台彭博终端机。分析员办公桌两侧各有六个小隔间，是副总监们办公的地方。总经理们因数十年的任劳任怨而被奖赏了大楼窗户边小小的封闭式玻璃办公室，霸占着所有的阳光。

陶德朝电梯走去，边玩游戏边数着有多少人在他经过时脸红了：

男人算零点五分，火辣的女人算两分。从办公桌到电梯，陶德累积了八分，也就是百分之七十二的命中率。也可能是百分之八十一。索尼娅不确定——很难看出印度人是否在脸红。

电梯门打开后，他看到胖胖的穿着粉色衬衫的操盘手查德·霍顿，还有股权资本市场的副总监塔拉·泰勒，正低头看着她的黑莓手机。

“嘿，哥们儿！我听说了你的爆炸性新闻，”查德说着捶了陶德的肩膀一拳。塔拉什么都没说，全神贯注地读着手机上的什么内容。

“嘘……声音别太大。我可不想让塔拉那边的人为了谁加入这个团队争吵不休。”陶德说。

女孩猛地抬起头。等等……太好了。她脸红了。今天得十分。或者说九点五分——塔拉还算有魅力，不过算不上两分类型。肯定只勉强够线。要是分析她的特征的话，她真没那么性感。虽然有长腿和小蛮腰，但是没有曲线。她的臀部略平，胸部顶多也就 B 罩杯。褐色的双眼靠得有点太近，虽然她的妆化得不错，掩盖了这个缺点。但是她的下巴太尖了，怎么化妆都无能为力。不过，整体看来的确有什么东西让她变得迷人。哎呀，算她两分吧。他觉得自己太慷慨了。

塔拉傻笑了下，但是什么都没说，继续低头看她的黑莓。

查德继续说：“听说你们昨晚闹得很凶啊，嗯？刚刚在楼下碰到卢了。天哪，他看起来糟透了。他说自己一晚上没睡。”

卢·雷诺兹每隔一个月为二〇〇四年的分析员培训班组织一次酒会，这八十名学员中有十二个人仍在这家银行工作。这些人虽然不像陶德工作之外的哥们儿那么有趣，但是他知道自己的出席对卢来说意义重大，而且卢会在陶德将来某天需要时真心诚意回报他。“哈哈。我走得早。”

查德狡黠地用肘部推他。“我听说你溜走了，但不是真的去睡觉。旧女朋友？”

“是的。”陶德撒了个谎，他很纳闷这些人为什么如此关注他的性生活，同时也受宠若惊。

陶德试图将塔拉的注意力吸引到他身上来，当查德终于在下一层走出电梯，他舒了一口气，转身冲她微笑。“男人哪。”

“是啊！”塔拉抿嘴笑了笑，接着低头看邮件。

他们上过两次床，那是他从斯坦福毕业那年的春天，当时她是一名新生。第一次是在派斐兄弟会的乡村越野赛宣誓活动上。兄弟会最喜欢这样的活动，因为去那里的所有女孩都穿着她们最好的超短裤，杰西卡·辛普森在《正义前锋》里穿过的那种，皮肤喷成小麦色，化着很彻底的妆。只有塔拉除外。她穿着背带裤，戴着让吉赛尔·邦辰都会变丑的难看假牙。陶德当时在吧台工作，他拿塔拉的假牙打趣，但是塔拉当时已经很醉了，坚持说这些牙都是真的，装作生气的样子。他们调侃了一会儿，接下来的半个小时他边灌满啤酒桶边试图想出些聪明的话，送完啤酒，他发现她在舞池里跟兄弟会的头号同性恋科里跳舞。

“不好意思，塔拉，但我还是觉得那些牙是假的，我十分愿意用我的舌头把它们取下来，向你证明这一点。”

她笑了，用连陶德都能听到的声音大声对科里说：“科里，这个很受欢迎的陶德·肯特想勾引我。我猜我也许应该跟他走，你觉得呢？”然后，科里夸张地表示同意（谁说同性恋不适合兄弟会？）。她转过身对陶德说：“哦，好了。我们走吧。但是我得留下这些牙。”

她确实留下了那些牙，至少在他俩听着兄弟会房间外面喧嚣的音乐，醉醺醺地笨拙地做爱时。等他醒来的时候，她已经走了，但在桌上留下她的假牙和一张纸条：“纪念品。”

他期望她能联系他，但是她没有。第二周他和朋友尼科尔顺路去派斐吃午饭时看见了她，但是她假装没看见。最后他终于逮到机会说了声“嘿！”，就在他跟着她走到苏打汽水桶旁时。“健怡可乐，嗯？”他指着正从龙头处接饮料的玻璃杯。“原味可乐。”她给他看了一眼，回到了自己的座位。

那晚他喝醉了，去了她的宿舍。

她开门时穿着格子睡衣，除此之外陶德什么都不记得了。他在她的双人床上醒过来，她修长的身体挤在他的身体和墙壁之间。茶几上有个安全套包装。他轻轻坐起身来想喝口水，结果头一沉，把一只破旧的泰迪熊从床上碰了下去。

“早上好。”塔拉说着坐起来，从被子底下拉出一件T恤套到头上。

他顽皮地将填充玩具扔向她。“泰迪熊不错，新生。”

“哈哈。谢谢。那是我妹妹的。”

“她给你这个作为大学入学礼物？”他打趣道。

“不是。她死了。”

他的心一沉。“呃，对不起。”

“不是你的错。”她简单地说，掀开被子露出长腿，抬腿跨过他，穿上下装。她注意到他有点担忧，为了让他舒服点，又补充道：“我还有一个妹妹。”

她拿起洗漱用品和毛巾往门口走去，告诉他她得学习，但并不介意他接着睡。他一直以为女孩都喜欢搂搂抱抱，因此对独自留在床上感到很不自在，不知道做什么才好。所以他在她洗完澡回来之前离开了，就是这样。接下来的那周他就毕业了，搬到了纽约。五年之后，股票投资市场的总经理莉莉安·杜马斯重新介绍他们认识。自从他在节日派对上拒绝了莉莉安的主动示好，和投资关系部的苏茜·特伯约会后，她一直对他耿耿于怀。他几乎都认不出塔拉了，实在无法将眼前这个穿着合身西服、拎着隆尚包、化着妆的女孩与之对应起来。他感到些许失落，因为她也变得庸俗了。

“你先。”陶德挡着电梯门，心想她是否还跟泰迪熊一起睡。

“谢谢。”她飞快地经过，向右拐去，他则拐向左边。

哈维的助理让陶德在豪华办公室外面等了二十分钟，高级副总裁坐在里面，戴着耳机对着手机大笑。四十二层只比陶德办公的地方高十五层而已，却完全是另一个世界。墙上挂着昂贵的艺术品，一溜十分宽敞的办公室沿着窗户环绕在四周，俯瞰着下方热闹繁华的城市。

"不好意思让你等了这么久。"当陶德终于得到允许进入这间宽敞的办公室时，哈维对他说道。他虽然只有五英尺七英寸，但握手的力度比人们预想的要大得多。"我的房产经纪人。"哈维摇着头，脸上一副"我知道你不知道，但相信我没错"的表情，"我要在东汉普顿买新房子。南汉普顿太乱了。你无法相信他们都让什么人加入草甸俱乐部。"

"听上去是个明智的选择。"陶德不偏不倚地说。

"请坐。"哈维示意，陶德按吩咐坐下。哈维靠在椅子上，两个大拇指合在一起，放在膝盖上，盯着陶德的眼睛，观察着。陶德能够感觉到他脖子上的肌肉连同整个肩膀都紧张起来，就跟水球比赛前他看到对方球队时的反应一样。

"哼。"哈维终于咕哝了一声，在椅子里动了下身体，将胳膊放在隔在他们中间的桌子上，好像他已经了解了自己想知道的关于陶德的一切。

"我在像你这么大的时候，"他开始说，"还在海军。当时我驻扎在太平洋地区，负责一百二十名队员，他们大多数年龄都比我大。当时刚好是战后，我们在那儿向越南人重新示好。"

陶德屏住呼吸。他讨厌老家伙们谈论在军队里的日子。

"很多队员都喜欢去造访镇上的妓院。这种娱乐既便宜又能使他们放松，因此我也不怎么介意。"

哈维半银半金的头发梳得整齐，皮肤永远都是小麦色。他穿着埃麦尼吉尔多·杰尼亚的西装和上过浆的白衬衫，戴着卡地亚袖扣。

是个老派的滑头。

“但是后来有个叫皮特的队员厌倦了去镇上。他选了个最喜欢的妓女，把她带回军营。”哈维摇摇头，边回想边笑。

“他来自普林斯顿，自以为很聪明，而她只是个蠢妓女，说不了几句英语。但是有天晚上我到办公室，却发现她在那里翻我的文件。”

陶德向窗外望去。小片的雪花开始从乌云中飘落。

“所以我就杀了她。”哈维说。陶德迅速收回目光，哈维紧闭着嘴唇，露出平静而愉快的笑容。“当局因此逮捕了皮特，既然整个事情的发生是他的错，我就让司法机关按正常程序处理了。”

陶德在椅子上不安地扭了扭身子。哈维微笑着。

“你看，陶德，皮特不明白的是这个世界上有些东西你是看不见的。有些系统虽然你看不到，但是它们就在那里，而且比你大得多。”

陶德屏住呼吸，再次感到恼火：说这些到底有什么意义？

“而且对系统来说，”哈维身子前倾，“你什么都不是。”他停住，像一根高傲的刺，又往后靠去。“好了，你的团队里都有谁？”

陶德强迫自己不翻白眼。“尼哈·帕特是分析员，她是公司最好的——”

“我让博尔做你的助理，”哈维打断他。

“什么？”博尔·巴克利是哈维的商务经理，一个众所周知一无是处的助理，公司之所以雇用他，全因他的亿万富翁爸爸是公司最大的客户之一。人人都知道他在公司担任执行管理，这意味着他只负责关系联络，根本不做任何实际工作。

“我已经跟博尔谈过了。他很了解这个应用，对科技非常感兴趣。接触这么大规模的交易，对他来说是个很好的锻炼机会。”哈维说道，不留一丝商量的余地。

“恕我直言，但是博尔没有任何经验，而且乔希想要保持团队小规模——”

“莉莉安·杜马斯负责你的股权资本市场。”哈维继续说，完全不顾陶德的抗议，“她一直帮我处理我们的硅谷策略。”

“绝对不行。”陶德举手抗议。且不说莉莉安因为他三年前对她的主动示好置之不理而怀恨在心，作为女人她也太难对付了，她是典型的女滑头。

“为什么不行？”哈维平静但坚定地问道。

“因为她是个贱人——”陶德开口，随后纠正道，“她会让乔希不舒服。”

“你要向男性为主的销售群销售一款在线约会应用。你的团队里需要一个女孩。”

“我们有尼哈。”

“她长得漂亮吗？”哈维直言不讳。

陶德顿了下。“塔拉，”他听到自己说，“塔拉·泰勒可以做。”

哈维观察着陶德的脸色。“行。那团队就这么定了。”

“没问题。”陶德说，他想着自己刚才说出的话。塔拉是个好主意，不是吗？

“这笔交易需要算到第二季度的盈利里。”

陶德扬起眉毛：“现在是三月。要把这个算到第二季度的盈利里，必须赶在五月中旬结束。你知道一般需要至少三个半月——”

“五月份最后一周拉赛西尔上最高法院。到时候我需要这笔交易来抵消负面新闻。”

“你不能根据新闻报道来决定上市时间。”

哈维镇定地交叉双手放在桌上，等着他继续。

“好吧，”陶德说，“我们会尽快开展。”

“你们什么时候与那边的团队见面？”

“星期五。”

“那我等着你的进展状态报告。”

“我没有时间——”陶德停了下来，清楚这不值得生气，他可以让尼哈写这个报告。“没问题。”他终于说道。

“很好。”哈维说完，拿起手机，暗示会议到此结束。

陶德站起身，感觉自己赢了哈维几个点，但还是莫名其妙地输了这场博弈。哈维太滑头了。他迫不及待地想让这笔交易大获成功，让老家伙尝尝自己的滋味。

塔拉

星期三，三月五日；纽约市，纽约州

“天哪，你们敢相信吗？乔治在跟那个乡巴佬一样的女人约会？一方面来说，这简直太神奇了，谁都知道他拥有上亿资产，而他居然跟普通人约会？可是另一方面，天哪，她也太寒碜了点。我是说，她完——完——全——全没有吸引力啊。”米根喋喋不休地说着，就跟发声上瘾似的。

塔拉停止打字，绝望地等着同事闭嘴。

“我看看。”她听见朱利安说话，那个总是急于讨好别人的助理转过椅子，看米根的屏幕，尽职尽责做好自己作为资历较浅的同事让副总监们自我感觉良好的本分。

“是吧？”米根问。

“你觉得他的作品真的那么好吗？”

“当然那么好啊，他上次那件作品卖了一千七百万呢。”

“但是，是那种优秀的艺术吗？”朱利安问。

“朱利安，艺术的价值无法客观衡量，就像我跟你说的公众股票市场：感知创造现实。脸书值五十美元一股吗？那到底是什么意思？市场说它值，那它就肯定值。市场说乔治应该找个远比这个女孩出众的人。”

塔拉绝对不会靠流言蜚语来让生活变得更有趣，不管是破产，还是庞氏骗局，还是一轮大规模裁员。她二〇〇〇年从斯坦福毕业后就一直待在拉赛西尔，当时市场形势很好，凡是从顶级大学毕业，平均学业分达到三点九的学生，都挤破了头想进入投资银行或者管理咨询行业。

但那是七年前了。金融危机已经榨干了华尔街的热情，以及升职的机会和三十岁就退休的奖金。现在，这条本应正确的路变得……死一般沉寂。每件事情塔拉都做得很正确：她每天早起锻炼；她准时出现在办公室，从未第一个下班；她不吃谷蛋白食品，限制奶制品的摄入量，晚上九点后绝对不进食；她每周给父母打一次电话，努力为401K退休计划存款；她会去角质，但不是很频繁，对角质的修剪也不会太深入；做蜜蜡除毛，但不会做全身；她阅读《纽约客》，听国家公共电台，每喝一杯红酒都会记得喝一杯水。但是为什么她仍然不满足？她是不是遗漏了什么励志书？也许她应该打电话给她的医生，加大依地普仑的服用量。

办公室邮递员拿着一个箱子走进来，塔拉满怀希望地抬头，尽管自己也不确定在期盼什么。看到包裹是给米根的之后，她叹了一口气。

“啊，太好了。”米根说着签收了包裹。

塔拉重新将注意力集中到过去一个小时里她一直在写的现状报告上，她在桌子底下脱掉鞋，把脚趾放在地毯上，让自己的心情从生存危机中平静下来。她想知道那个离开拉赛西尔成为作家的女孩罗莉·普拉特后来怎么样了——有没有开心点？

“那是什么？”朱利安问米根。

“我的果汁节食计划，”米根说，显然很高兴他问了，“我从明天开始节食五天。我得在下周末去迈阿密度假之前减掉六磅。”

“是啊，当然。”朱利安说。

“什么？”米根张大了嘴巴。塔拉稍稍转身，刚好能看见这一幕。米根只是想让朱利安说她并不需要减肥，即使她的确需要减几磅。她本来就已经放纵自己吃了太多软糖，而且跟“平均体重低于健康体重百分之十五”的公共关系部门在同一楼层办公，让米根五英尺四英寸的身材看上去大了两号。“你是说我太胖了？”

朱利安慌忙摆手扳回局势：“没有没有没有——我只是说，迈阿密的那些女孩简直瘦得可怕，所以我能理解你为什么——”

“去给我倒杯咖啡，”米根打断他，准备惩罚这个助理，“脱脂拿铁不加糖，加两泵香草、三份代糖。塔拉，你要什么吗？”

“不用了，谢谢。”塔拉将椅子转回来，礼貌地微笑。

“嘿，对了，凯莉·雅各布森接受这份工作了吗？”

“实际上我今晚正要跟她谈谈。”塔拉解释道。凯莉是他们从去年夏天的实习生里挑出来的尖子，开朗聪明的斯坦福毕业生。塔拉跟她是校友，被指派去“说服她接受工作”。

“她在哪些公司之间做选择？”

“我们和谷歌，我觉得。”

“哦，”米根扮了个鬼脸，“谁会去谷歌工作啊？每个人去了那儿都变胖。”

“我一定忘记提醒她。”塔拉说。

“我是说真的，塔拉。”米根不喜欢她的讽刺，“你知道我负责夏季实习招聘委员会。如果她不接受这个职位的话，我会显得很弱智。”

“当然。”塔拉迟疑地说，回到电脑前，开心地发现屏幕上有一条来自办公室里她最好的朋友泰伦斯的即时消息。

泰伦斯：天哪，我在这里都能听到她说话。

塔拉朝坐在三个隔间外的泰伦斯望过去。塔拉觉得他是拉赛西尔里最帅最聪明的人，可惜作为一个有一半黑人血统的同性恋，他永远只能是个局外人。他被安排到投资关系部，是因为公司觉得他为公司服务的最好方式就是在媒体和投资者面前露露脸，也许他们看见他后会觉得这家公司致力于多元文化。

他也是塔拉最亲密的朋友之一。虽然不管在什么环境下他们都能成为朋友，但是对工作的郁闷让他们的关系更稳固。

塔拉朝房间那头的泰伦斯微微一笑，回复他：

塔拉：如果我告诉这个叫凯莉的女孩她应该来这里工作而不是谷歌，我会下地狱吗？

泰伦斯：至少这里的男人帅多了。

泰伦斯：即便他们都是人渣。

塔拉：说起这个……今早我在电梯里碰到陶德·肯特了。

泰伦斯：你以前不是跟他睡过吗？

塔拉的脸变得通红……她告诉过他这个吗？

塔拉：没有啊。

最好否认这些事情。

塔拉：就一次。

她可以信任泰伦斯。

塔拉：好吧，两次。但那是在大学的时候。根本不值一提。

当然，她在兄弟会聚会时把自己的第一次献给他，那次对她来说还是有些意义的，但是那之后他从来就没打过电话给她。不过现在也没什么关系了——都十年了，现在他们都是成人了。

泰伦斯：好吧。

“塔拉，到我办公室来。现在。”

塔拉从屏幕上抬起头，看到莉莉安·杜马斯踩着一双裹着超瘦双腿的齐膝高长靴席卷而过，高管层对这种大胆的商务着装尝试置之不理，显然是因为这双靴子颇为昂贵。

塔拉匆忙穿上鞋，突然意识到它们有点过时了。她跟着莉莉安进入玻璃办公室。她们向同一个领导汇报工作，但是莉莉安是股权资本市场的总经理，比塔拉资历高五年，所以喜欢将自己看作塔拉的上司。

“关上门。”莉莉安的声音在颤抖。塔拉照做了，朝椅子走过去。“不要坐下。”

莉莉安咬牙切齿地喘着粗气，突出的锁骨随着呼吸上下起伏。她抱着双臂，摆好姿势。最近这个姿势用来炫耀已经约会四年的对冲基金经理终于被迫给她买的四点五克拉钻石。

“我不知道你到底跟谁上床了，”莉莉安轻蔑地说，“但是我希望你知道你偷了谁的东西。”

对陷入麻烦的本能抵触让塔拉胃部纠结。“什——”

“HOOK 决定上市，他们想让你做股权资本市场对应人。”

“什么？”塔拉感到肾上腺素开始上升，“谁——”她开口道，但是莉莉安根本没有听她说话。

“我是这家公司的总经理，你才刚刚升职为副总监。你明知道我一直负责硅谷策略。去年在系统里，乔希·哈特一直在我的名下。”莉莉安最喜欢的消遣之一，就是将企业界每一个执行总裁或潜在的执行总裁都放到内部数据库里当成她的熟人，这样如果他们变成公司客户的话，她就能捞一份功劳。“我本来下个月要去见他，”她撒谎道，“这笔交易应该是我的。”

“莉莉安，我——”

“你肯定跟谁上床了。到底是谁？”

“莉莉安，你怎么能——”

“史蒂夫接到哈维·塔特的电话，说要你将百分之百的精力投入到这笔交易上，而我得接手你的其他工作。”她做了个鬼脸，“哈维·塔特竟然知道你是谁？你勾引他了？他差不多七十岁了啊。”莉莉安突然脸色煞白，张开涂了口红的嘴唇。“我的天啊，你是不是睡过陶德？”

三年前，莉莉安在一个节日派对上很不光彩地诱惑过陶德·肯特，陶德因为喜欢投资关系部门的一个女孩拒绝了她，六个月后莉莉安成功将那女孩排挤出了公司。尽管她现在的日程表上排满了婚礼计划，她仍然觉得陶德是属于自己的。

“没有，莉莉安。”塔拉摇了摇头，“我不知道你在说什么，这笔交易的事情我还是第一次听说。”

莉莉安的绿眼睛直直地盯着塔拉。莉莉安的魅力无可非议：丝绸般的栗色头发衬托出完美的对称脸型，娇小的容貌看起来像是精雕细琢过。塔拉能够感觉到莉莉安一定在想，如果陶德拒绝了她这么完美的外表，他是否真的会被塔拉的平淡身材和过季鞋诱惑。莉莉安眯着眼打量着她这位后辈的各种缺点，直到自己重新镇定下来，将目光收回到电脑上，显然对于“那是完全不可能的”感到十分满意。

“好吧，”她看着屏幕不屑一顾地对塔拉说，“不管发生过什么，你休想从我这儿得到任何帮助。而且你也没有交到什么朋友。”她最后一次转过来面对着塔拉，“每个人都会觉得你是因为上了谁的床拿到这笔交易的。没有其他解释。”

塔拉忽略了她的评论。“所以，陶德·肯特——”

“我说了，休想让我帮你。”莉莉安恶声恶气地说。

“好吧。”塔拉防备地举手投降，转身离开了办公室。

关上身后的门后，焦虑取代了肾上腺素。她即将加入 HOOK 的上市交易团队？就自己，没有股权资本市场的其他人？这真的可能吗？

这些想法让她大脑清晰起来，她感觉自己刚刚从昏睡中清醒，那件让平淡乏味的例行生活变得更激动人心的事不仅仅发生了——而且发生在她的身上。

但是陶德·肯特跟这个有什么关系？

她转过角落，看到陶德坐在她的座位上。

“嘿，又见面了，”他愉快地说，转动着椅子，指着他刚打开的放着维生素的抽屉，“泰勒小姐，你真是瘾君子。”

她走过去合上抽屉，但是他抓着不放。“银杏，维生素 B，生物素，奶蓟，”他拿起其中一个瓶子，“奶蓟是干吗的？”

“缓解宿醉。”塔拉把瓶子抢过来，在他还没发现依地普仑前关上了抽屉。倒不是因服用抗抑郁药感到难为情——她从十四岁起就一直在服用——但是她不想让陶德·肯特知道，让他瞎猜。

“真的吗？瞧，我就知道你在这笔交易上派得上用场。”

“很高兴我已经有价值了，”她说，“现在你能否解释下，到底是怎么回事？”

“乐意至极。坐下。”他说，却忘了自己坐了她的椅子。她转过身来面对他，背靠着桌子。

“是这样，乔希·哈特今天早上给我发了封邮件。”他就像已经讲过好多次一样开始叙述，“告诉我他想让 HOOK 上市。他想要一百四十亿估价并筹资十八亿。不想做预演，坚持使用小团队，不要滑头。”

“而他选了你？”

“没错，”他自豪地说，忽略了她的讽刺，“而我，接下来，就选了你。”

她的脸蛋变得绯红：确实是因为陶德，她才拿到这笔交易的。“为什么？”她脱口而出，“我的意思是，我非常激动——你知道这对我来说是笔大交易——但是我从来没有独自做过任何一笔交易，而且莉莉安觉得——”

“去他的莉莉安。你又聪明又平易近人，你知道如何跟呆子打交道。再说，你做的那部分又不复杂。”

她踌躇了下，不太确定他分析中的哪部分最为无礼。

“而且，我们一起共事会很有趣，”他说，“就像一个小小的斯坦福重聚。你认识尼克·温斯洛普吗？”

“学生会主席尼克·温斯洛普？”她问道。尼克在斯坦福比她高两个年级，有次在派斐喝醉了，从姐妹会的玫瑰花园摘下一束花，给塔拉唱了一首他写的小夜曲，邀请她作为舞伴出席西格玛的正式舞会。她拒绝了。

“对，超级笨蛋。我们第一天就把他赶出了舞会。”

“哦，我记得他。”她没有提及怎么认识的。

“他是HOOK的首席财务官。”陶德一想起就笑，“上次我看见他的时候，他试图让兄弟会做酒精查验，因为我们在他无伴奏演唱会的那个晚上筹划了啤酒聚会，根本没人去听他翻唱《棕眼睛女孩》。”

“希望他没有怀恨在心。”塔拉说。

“不会的，”陶德一副毫不在意的样子，“谁还对大学里的事耿耿于怀啊？”

她观察了他一会儿，确定他没有其他的暗示。陶德是对的。没有必要对他们在大学里上过床这件事耿耿于怀。自那之后她跟很多男人睡过。好吧，就七个。或者八个，如果算上跟忘了是谁的那一次的话……随便吧。跟陶德睡过这件事并不意味着什么，而且也不会再次发生，跟陶德为什么选她做这笔交易没有任何关系。

“总之，”他说，终于准备站起来，“我们星期五早上飞，去见乔希、尼克和他们重要的风险投资家菲尔·道尔顿。”

“我们这个团队里还有谁？”

“你，我，博尔·巴克利，还有尼哈·帕特。”

“博尔·巴克利？”去年夏天在招聘会上她跟博尔共事过，有他做伴的确很好，但是涉及实际工作他就毫无意义了。“你需要一个派对哥们儿？”

“这是哈维·塔特的主意。”他转了转眼珠，“别担心。尼哈马力强大，一个顶俩。”

他转身离开，塔拉站起来收回腿给他让路。他们的身体在小隔间里靠得很近，她能感觉到他的热量传到了自己身上。他停顿了片刻，享受着这种感觉。

“我会让尼哈给你发送提案，我们星期五七点在大厅里见。”他打破沉默，从她身旁走过，走向电梯间。

“嘿，陶德，”他转过身。“谢谢。”她说。

“荣幸至极。”他眨了眨眼，向门口走去。

塔拉感到皮肤发麻，仿佛周围的空气突然充满了毒素，令她无法呼吸。电话响起来，打断了她的思绪。

“该死。”塔拉嘀咕道，看着电脑上的时间，意识到自己忘了打电话。

“凯莉！”她接起电话说，“你好吗？”

“我很好！你还有时间谈一下吗？”

“当然，”塔拉再次坐下，“你决定了吗？我知道期限将至，所以想问问你是怎么想的。”

“我差不多百分之九十九决定好了。”凯莉开口，口气可能比她真正的想法更诚实，“我确实很享受那个夏天，我知道我学到了很多，但是我就是……好吧，老实说，人们总是说投资银行等级非常分明，虽然我明白我还有很多要学，但是你知道，我也希望感觉自己有所贡献，而不是等到四十岁或什么时候才有起色。”

泰伦斯走近塔拉的隔间，她竖起手指示意他稍等一下。

“我非常清楚你的想法，凯莉。但年轻人绝不是没有机会的。”她说出这句话后，感觉自己正好证实了这一点，“你必须要有耐心，但是如果你努力工作的话，一定有好机会。事实上，我就刚刚被任命为一个重大上市项目的股权资本市场负责人…… 我才二十八岁。”

“你是说真的？”

塔拉抬头看着泰伦斯，他向她做了个鬼脸，她大笑着挥手让他走开。这一年来她第一次觉得精神饱满。

“真的，”塔拉说，“我向你保证，这比你去谷歌当个非工程师人员的影响力要多很多。”

“太棒了！”凯莉听起来比塔拉还要激动，“你绝对会成为下一个凯瑟琳·威利。”

“我也希望如此！”塔拉大笑，但同时也沉思了一会儿，思考成为投资银行极其成功的女总裁这个想法。“但是如果你过来，我会尽最大可能帮助你，好吗？我很高兴有另一个斯坦福女孩加入。”

她看到泰伦斯做出的恶心表情，朝他扔了一支笔。

“你是说你会做我的导师？”

塔拉顿了下，她以前从未朝那方面想过。她有足够的资历当导师吗？

“嗯，是的，”她说，“如果你想那么叫的话。”

“我想这让我做出了决定。”

“太好了，凯莉。我迫不及待地希望明年看到你来工作。”

“你真的要完蛋了。”她挂断电话后，泰伦斯说。

“怎么了？”她无辜地抬头看着泰伦斯挑起的眉毛，“她觉得我会成为下一个凯瑟琳·威利。或许她是对的？”

“我只是为你要跟人上床了感到高兴。”

“我才不会跟人上床。陶德对此不感兴趣，”她说，然后补充道，“而且郑重声明，我也不感兴趣。”

“好吧。”

塔拉嗤之以鼻：她当然不。陶德是个花花公子。光想想自她以后他可能睡过多少女孩，就让她恶心。

“再说了，根本没时间。你知道交易日程多紧，我们团队里只有四个人。”

“我打赌撑不到路演。”

“谢谢你对我这么有信心。”她说。

他的眼神柔和起来，微笑着说：“你知道，我真的为你骄傲。”

“谢谢，特。”

“好啦，去干活吧。”他绕过隔间，亲了亲她的脸颊，“我已经晚了，得去健身中心。”

塔拉看着他离开，很快整个楼层也都空了，夜幕降临。她将注意力集中到电脑上，工作日才刚刚开始，不过她丝毫没有因此心烦。

凯莉

星期三，三月五日—星期四，三月六日；帕洛阿尔托，加利福尼亚

凯莉挂了电话，最后一次看着宿舍桌子上的两个信封：第一封是拉赛西尔投资银行的聘书，另一封则是谷歌的聘书。

拉赛西尔的信封是米色的，印着传统压纹字体，感觉严肃而重大。谷歌的信封是亮白色，顶端印着色彩活泼的公司标志。招聘经理亲笔签名，还在旁边画了个笑脸。活泼，丝毫没有令人畏惧的感觉。

"好了，"她拿出笔说，"关键时刻。"

凯莉咬着嘴唇，花了一分钟审视在斯坦福校园的宿舍里做出这个决定的重要性。她是在布鲁克林不那么酷的地方长大的，是家里意外的（但备受喜爱的）第二个孩子，母亲是公立学校的教师，父亲是一名会计，但他的职业生涯总是因为时断时续的酗酒阴晴不定。凯莉则好运连连——碰巧三年级的老师鼓励她跳级；又恰好七年级的老师鼓励她申请曼哈顿的史蒂文森高中；接着大学咨询师又告诉她，斯坦福那样的学校对她来说并非遥不可及；又碰巧新生舍监鼓励她去参加派斐舞会，她在那里认识了最好的朋友蕾妮；接着蕾妮在华尔街做执行总裁的老爸又帮凯莉拿到了去年夏天在拉赛西尔的实习机会。

是的，凯莉非常清楚，她如此幸运，简直对别人不公平。正因如此，她不能草率地对待生活给予她的机会。

她拿起笔，在拉赛西尔的聘书上签上了自己的名字。

凯莉走下世外桃源的楼梯，这栋老式三层建筑位于梅菲尔德大街上，被斯坦福大学改造成了学生宿舍。她深吸一口气，准备将信封塞进楼下的邮筒里。

"你在寄什么？"

凯莉转过身，看到舍监罗比·古德曼正穿过大门口走进来，两条胳膊各夹着一箱百威淡啤。罗比又高又壮，不过是运动员的体型，橄榄球运动员和泰迪熊各占一半。她很高兴罗比是第一个和她分享好消息的人，因为她知道他肯定会为她高兴的。

"拉赛西尔给我的聘书，"她说，"我刚刚接受了这份工作。"

"哇，真的吗？"罗比的肩膀垂下来，"这就是说你要搬到纽约去？”

“是呀！”凯莉说，“我迫不及待了。”

他没有说话。她指着他手里的啤酒：“今晚有个大型派对？”

“是的，”他说，“来了新的橄榄球队员。我们不醉不归。实际上，西塔德尔塔还有个余兴派对，你想过来吗？我估计会喝得失去知觉，但是应该会很好玩。”

“我要去海岸线的那场演唱会，不过也许我们回来后可以去小坐一会儿？”她提议道。她清楚蕾妮死都不会去西塔德尔塔的橄榄球派对。

“没问题。”他说，但是并没打算走开，好像还有什么话要说，“对了，你——”

这时电脑提示音响起，打断了他。凯莉看了下手表：“啊，糟了，是我哥，”她跑上楼去接电话，“今晚玩得开心点！”

她及时回到房间，打开笔记本，看到查理的脸出现在屏幕上。查理大她十一岁，是美联社的国际记者。她知道，他粗犷的小麦色皮肤、蓬松的头发和那双反映出高智慧的绿眼睛肯定让其他女孩神魂颠倒却望而生畏。她猜测，正因如此，再加上他总是不停地换地方，他才从来没有一个正经的女朋友。但她了解他的正派作风。对她来说，查理是她七岁时放任自己给他化妆的傻大哥，教她如何挑起一侧眉毛，她长大后还教她如何在晚上神不知鬼不觉地从防火梯偷偷溜走。

他是她最好的朋友，她的头号知己和粉丝。这也是为什么她没料到自己会让他失望。

“你选了哪个？”她一出现在屏幕上，他就问道。

“嘿。”她说，“你在哪儿呢？”

“伊斯坦布尔，”他说，“你决定去哪家？”

“我决定去拉赛西尔，”她说，“我刚刚签了我的聘书。”

查理什么都没说。他对华尔街很反感。

“而且我对我的决定很满意。”

“为什么？”他问。

去年夏天她接受银行实习生职位时他们已经谈过了，他真的还要让她再说一次？“因为我会学到很多东西。我会接触到很多聪明的人。这会为我打开很多机遇的大门。而且我会做重要的事情。”

话一说出口，她就后悔了。

“做重要的事情？”他的眼睛在屏幕上突然冒火，“帮有钱的公司变得更有钱？这对你来说很有意义？”

“我不想去叙利亚工作，查理。如果你觉得这让我变成了一个坏人，我很抱歉。”

“我也不想让你去叙利亚。我只是希望你能做些有意义的事情。”

“这可以有意义啊，”她说，“企业需要资金来——”她停顿了下，心知自己永远不可能赢得这场争论。“再说我又不会一辈子做这个，”她换了个说法，“很多人都只在那里待几年，然后转行。在拉赛西尔我会得到很好的培训，认识有影响力的人，然后如果我觉得自己无所作为的话，可以去非洲或者什么地方，那时我会比现在更具影响力。”

“你知道有多少人这么说过吗？凯莉，他们会吞没你，然后突然之间你就五十岁了，把一生都奉献给公司——”

“我厌倦了贫穷，查理。”她打断他。

查理停下来。他们俩都是靠奖学金上的学，她知道他们对此都很不自在。

“好吧，至少你现在说的是实话。”他终于说道。

“查理，我不会改变，也不会被吞没。你不必为我担心。”

“我是你哥哥。担心你是应该的。”

“或许你应该找个女朋友来担心。”

“这里真的没有适合无神论美国男人的女人。”

“那你为什么不回来呢？”她小心翼翼地问道。自二〇一〇年起，他就一直待在中东。一开始她能理解，但现在不再理解了。

“这儿的人需要我，凯莉。”他说。

她对着摄像头点点头，对他回加利福尼亚参加她的毕业典礼已经不抱希望了。

“我得走了。”她看了眼时间说。

“热辣的约会？”

“去看演唱会。”

“注意安全。”

“对你自己说吧，我亲爱的哥哥，你可在叙利亚工作。”

她拿出日记本——今天意义重大，值得记录下来。然后她从电脑上下载了舞曲歌单为晚上做好准备。电话震动提示她收到一条短消息，她赶紧涂了唇膏，最后看了一眼镜子中的自己，抓起包下楼去了。

“你看上去太可爱了。”凯莉钻进蕾妮的宝马，在副驾驶坐好后，蕾妮说道，“作为凯拉和你尝试‘莫里’的第一晚，再完美不过了。”

“你真的确定我应该尝试吗？”凯莉问。

“当然，”蕾妮毫不犹豫地说，“为什么不呢？”

“就是，”凯莉开始说，“我猜我就是担心可能会出事。”

“不会出事的，”蕾妮向她保证，“你身边全都是朋友，我整晚都会保持清醒，所以如果你感到紧张的话就说一声，我们就走，行吧？”

“好的，”凯莉说，再次说服自己，“你保证一定让我两点之前回来睡觉好吗？明天我要见招聘委员会，谈谈银行实习的事情。”

“你决定好选哪家公司了吗？”

“我刚签了拉赛西尔。”

“什么？！”蕾妮猛地刹车，“天哪，凯莉。这个消息简直太棒了。”

刚经历完查理的失望，蕾妮的激动就像是烧伤后涂的药膏。

“明年我们会在纽约玩得很开心。”

“我知道，”凯莉说，“我等不及了。”

蕾妮将车开到 280 高速上，朝南向山景城开去。太阳正从圣克鲁兹山落下，温暖的空气从窗外猛吹进来，让凯莉感觉自己在飞。

“你能掏出我的手机给路易斯发条短信，告诉他我们在路上吗？”蕾妮指着后座上的手提袋问道。

“两个新的 HOOK 配对。”凯莉从包里掏出手机，看到手机屏幕上显示出这个。

“谁？”蕾妮好奇地问。

凯莉打开应用。HOOK 是她和朋友们生活中的必备品。这款应用让你先设置理想中男人的特征——年龄、身高、与你的距离——然后使用手机里的 GPS 搜索提醒你附近有符合条件的男人。它向你显示男人的照片，你往左滑表示“拒绝”，或向右滑表示“接受”。如果你接受了某个男人，而他也接受了你，你就会收到一条提醒你们配对成功的通知，这样你就可以跟对方沟通，还可以查看对方的用户评论以及根据评论累积的 HOOK 得分。

“第一个是弗朗索瓦。”凯莉转了下手机让蕾妮看照片，然后打开他的资料大声念道，“呃，蕾妮，他差不多三十四岁了，在商学院——这点还凑合。”

“管它呢，”她说，“我们都毕业了，是时候跟年长点的约会了。他得分多少？”

“五点三。”凯莉说。

“好吧，这个不行，”蕾妮承认，“另外一个呢？”

凯莉浏览下一个配对：“啊！你跟罗比配对了！”

“谁是罗比？”

“我的舍监，”凯莉说，“他很棒。人特别好。其实我刚刚碰见他了，他邀请我们去参加今晚的橄榄球派对，如果我们从演唱会回来后想去的话。”

“天哪。”蕾妮扮了个鬼脸。凯莉大笑：“我就知道你会这么说。”

蕾妮将车停在海岸线停车场，然后去跟她们那群朋友会合。

“派对现在可以正式开始了。”路易斯发现她俩后大声说。其他人像往常一样，不管这个温和的外国人说什么都转过身来。路易斯是墨西哥人——就是那种有个掌控全国的父亲，而且不定期因为不得不“处理些家族事务”无缘无故消失的墨西哥人。他将蕾妮搂到身边，她瘦小的身子消失在他彪悍的身形中，但他的黑眼睛一直盯着凯莉。

“凯莉，你决定明年去华尔街与我们会合了吗？”

“嗯，”她红着脸点点头，“我今天刚签了拉赛西尔。”

“太棒了，”他微笑着，“我准备加入黑石集团。”

“我父母刚在苏豪区买了套房子，”蕾妮说，“我、凯莉和劳伦都会住在那里。太酷了！”她说着，又发现了一个朋友，“嘿，杰斯！”她向那个女孩挥动手臂，然后撇下凯莉和路易斯，走去找她。

“你准备好了？”他问道，亲密地弯下身。

“嗯。”凯莉强迫自己表现得酷点，免得想太多。

路易斯从钱包里掏出一张小纸片，展开，里面有些亮白的粉末。

“我怎么做？”她问。

“弄湿手指，伸进去，然后舔掉。”他说，对她的无知毫不在意。

她照做了，苦涩的味道让她眯起眼。他重新将纸片折起放回口袋里。

“现在怎么办？”她问。

“等着就行了。”

他们去跟其他人会合。凯拉·拉·格兰奇登上了舞台。

“有感觉了吗？”蕾妮来到她身旁，递给她一瓶水。

她看着下面舞台上的灯光，摇了摇头，然后转向蕾妮，突然担心是不是意味着出了什么问题：“那代表什么？”

“没什么。”

凯莉转向舞台，又回头看蕾妮：她刚说什么了吗？没什么。不是她没说什么的没什么，而是她说了“没什么”的没什么，应该是说凯莉没有什么感觉不代表什么。对。她深信不疑地转过身看着舞台。

但是这次，舞台在晃动。凯拉在唱歌，她的声音在草地上回荡，一股热流从凯莉的胸口传遍全身，这温暖让她一边打战一边不由自主地傻笑。他们在室外，云遮住了月亮，她看见一名男子站在蓝色阴影下。她向他招手，咧嘴大笑，示意他过来玩。她抬起头，她想找个人说说话。

“有感觉了吗？”路易斯站在她身旁问道。

“路易斯！”她没意识到这就是她刚才在找的人，但是他就在这儿。

他笑了笑：“终于有了！”

凯莉听见敲门声，挤了挤紧闭的眼睛，头脑渐渐清醒过来。她先感觉到了枕头，然后感觉到了在床单上伸展的身体，床单显然是她自己的。她睁开眼，看到了蕾妮昨晚将她安顿上床后灌满水放在床头的拉赛西尔水瓶。然后，她看到了书桌，记起拉赛西尔的聘书，生气的查理还有莫里。

敲门声还在继续，她小心翼翼地站起来去开门。

她看到他后眨了眨眼，疑惑地问：“你在这里做什么？”

“我就在附近，想顺便过来下。”他说。他看起来喝醉了。

“几点了？”

“快三点了。你在睡觉？”

她看了眼床，又回头看他：“是啊。”

“起来——跟我去参加聚会。”

“我——”她回头看了眼床，“我们不能明天再见面吗？”

“不行，”他说，“我们现在就出去，”他递给她一瓶水，“来，喝点。”

她看了眼水，才意识到自己渴死了，于是拿起瓶子一口气喝光。这水有点酸。

他大笑。“哇，厉害。”

“我得去趟洗手间，”她说着推开他，往楼下大厅走去。她听见隔壁的音乐，还有一堆男人在前厅大喊大叫，试图半闭着眼躲开厅里的荧光灯。

但当她回到房间后，他正坐在她的床上快速翻阅一本从书架上拿下来的亨利·詹姆斯小说。

“我忘了你的专业是英语，”他说，“你为什么去拉赛西尔工作？”

“我，”她开口，但是胃里有什么东西打翻了，“我想。”她感到一个嗝卡到喉咙里，于是吞了回去。她感觉自己要倒下了。“我感觉不舒服。”她摸着床边坐下。

他抚摸着她的脸，“没事儿，”他说，“躺下就好。”

她躺下，头靠在枕头上。她感到他躺在她旁边，便转过头，搜寻他的眼睛。他吻她，她推开他。但是他又过来吻她，因为无法反抗，于是她任他将舌头伸进她的嘴。她的胃再次痉挛起来，但大脑却在猛烈跳动，兴奋地打转，而他不停地用嘴唇压住她的嘴唇，并伸手脱掉她的衬衣。

但是他的嘴唇没有动，她开始意识到它们已经融化在她的嘴唇里，它们融在一起堵住了她的呼吸。她咳嗽起来，但是无法甩开他那令人窒息的嘴唇。还有另外一种呼吸方法，她想着，但是她记不起来是什么了。她感到胸口一阵恐慌，接着一切都归于黑暗。

Chapter 2

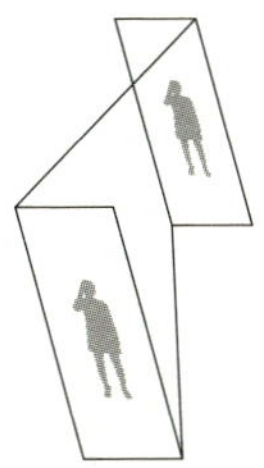

第二章

艾曼达

星期五，三月七日；纽约市，纽约州

艾曼达·费弗尔可不是白痴。

她给了自己四十八小时来苦恼陶德·肯特这件事，这期间她做了个美甲，吃了十六元按盎司付费的冻酸奶，看了八集《金装律师》，然后昨晚七点半她吃了一粒安必恩，这样今天早上她就能精力充沛地起床，迎接一个全新的开始。

当然这个全新的开始包括面对事实，她的确这么做了，就在从地铁出来乘扶梯上到地面重回寒冷时。

事实一：陶德非常性感，聪明绝伦，比她在宾夕法尼亚或自那以后勾搭的任何男人都更男人。而且他也很温柔，如果他愿意的话(证据是她听见他给他妈妈打电话，两次)。而且他认为她魅力十足，所以跟她约会过好几次。

事实二：陶德可能是个混蛋。

事实三：事实二并不是陶德的错。这个社会导致男人都想成为詹姆斯·邦德，就跟女人都争当芭比一样。就像这个社会告诉女孩通往幸福的道路是扁平的小腹和完美的肌肤，它也同样告诉男人满足感来自于财富、权力和不受附加条件限制的性爱。作为一个有钱又有魅力的白人，陶德·肯特出身高贵，拥有大多数男人只能梦想的生活，她实在无法埋怨他追求这种生活。换句话说，陶德也许是个混蛋，因为就算他是个混蛋也不会受到惩罚。这里是纽约，他不必打电话，不必带她去吃晚餐，不必把她当成女朋友做出承诺，他仍然有大把女人来满足他以为他想要的无承诺的性爱。

他以为他想要的。

事实四：所有的男人最终都会意识到，生活的意义远不止随取随用的性爱，陶德有一天也会意识到。

但他需要一个合适的女孩。一个像她一样的女孩，理解他作为一个有钱有魅力的白人男性并不总是轻松愉快。陶德固然有他的优点，但是这些优点也带来了达到不可能的高度的压力，以及那些天赋没那么高的人体会不到的持续的诱惑。最重要的是，陶德的特权让他看不到别人的感受，也看不到他自己的感受。他需要一个不会因此评判他的女孩，而且这个女孩有足够的耐心让他明白，只要他扔下对杂志女郎的幻想，对一个真正的女人做出承诺，就会拥有更美好更深刻的幸福。

一个像艾曼达一样的真正的女人。

这也是为什么她不放弃陶德·肯特的原因。

他或许说过他不想要女朋友，他或许没有在上次吵架后给她打电话，但最后，他会因真正的她，以及他们在一起能够实现的一切而跟她交往。

艾曼达走过拉赛西尔的办公楼时挺直了背。从中央车站换乘七号列车的话会快很多，但是她很喜欢这段路。她从杰奎琳墨镜后扫视着涌进这座楼的西装革履的人，但是今天没有在人群中发现他。别担心，她提醒自己平静而自信的大脑：他告诉过她，他哪里都不去，她也是。

陶德

星期五，三月七日；纽约市，纽约州—旧金山，加利福尼亚

“塔拉·泰勒是谁？”他们走进电梯后，尼哈问道，身后拖着庞大的行李箱。

“你带了伴儿啊？”陶德指着箱子问。他们只去加利福尼亚待两天而已。

女孩脸红了。

“我不确定该带什么。”

“塔拉是股权资本市场的高级副总监，”陶德解释道，“她一直在跟踪股市大盘，所以能提供市场对比建议，帮忙协调路演和销售财团。”

“我从来没听说过她。”尼哈的声音里带着一丝傲慢。

“她很不错，”陶德说，“刚进银行时在我们这个部门工作，所以她知道怎么努力工作。”股权资本市场一向以接纳不能胜任其他部门工作，但没有漂亮到能去投资关系部的人而著名。

电梯停住，陶德发现塔拉在大厅那头打电话，她一头光滑的棕发披在象牙白大衣上，在一群身着黑色西服的男人里鹤立鸡群。

“妈，我保证人们不会认为我是同性恋，”塔拉在说，“我有我的事业，妈，现在正朝着非常好的方向发展，他们会理解我没有约会对象的。”

塔拉看到陶德，脸变得通红。“我得走了，妈。是的，我保证我这周会订机票。”她挂了电话说，“不好意思。”

“都还好吗？”

“我身为南方人的妈妈认为，如果我不带一个约会对象去参加妹妹的婚礼的话，她的朋友会觉得我是同性恋。”

“你单身啊？”他问道，以验证他的怀疑。

“让我妈失望了。”她说。

“婚礼什么时候？”

“五月十号，”她说，“在缅因州，所以我只需要请一天假悄悄溜开。”

“应该没问题。”陶德说。他意识到她是在征求他的许可，瞬间充满了权力感。

“你肯定是尼哈，”塔拉注意到他身后的分析员，于是伸出手，“我听说过很多关于你的赞扬。”

尼哈握住塔拉的手，自豪地抬起下巴。这两个人简直是天壤之别：尼哈的粉刺和宽松西装，塔拉丝绸般的头发和修身大衣。

“我没有听说过你，”尼哈说，“但我想这没什么关系。”

塔拉抿嘴挤出一丝微笑：“没有总比负面好，我想。”

“车就在外面，”陶德指着门口说，“我们走？”

“博尔不去？”

“他已经在那儿了——他在那里搞什么夏季实习招聘会。”陶德解释道。

他们到了肯尼迪机场，在塔拉的坚持下，尼哈托运了她的箱子。

陶德已经让助理给塔拉订了商务舱挨着他的座位。按照公司政策，分析员坐经济舱，这样塔拉和陶德可以单独相处。

塔拉脱下大衣，伸手将衣服放到头顶的储藏箱，这刚好让陶德有机会观察她的身材。她穿着贴着臀部的牛仔裤，突显她的长腿，一双高跟鞋将她的腿衬托得更长。她的毛衣同样紧身，显出了她的腰部，淡化了她平坦的胸。整体来说她能得七分，但是她几乎都要得九分了——他真不明白为什么她不去做个隆胸。

“哦！”她松了一口气，扑通坐下。

“昨晚睡了一觉？”

“算不上，”她说，“你呢？”

他摇了摇头。“太多肾上腺素。”

“你经常回加利福尼亚吗？你老家在那里，对吧？”

“是的，”陶德说，很高兴她知道，“马林。我尽量一年回去两次，但是我妈快要把我逼疯了。”

“我明白那种感觉。”

陶德还想着怎么调戏塔拉。很显然他们会在这笔交易期间上床，但是他想确保不会发生得太快。他最不想发生的事情就是她变得情绪化，给这笔交易带来戏剧性事件。

“请系好安全带。”空乘在舱门关闭后吩咐道。她很火辣，陶德照吩咐系好安全带，向她眨了眨眼。她回以微笑。

塔拉等着空乘说完后，便拿出尼哈昨天发给她的提案报告以及 HOOK 的公开财务报表摘要，将注意力转移到该公司的收入资金流上。他观察着她，惊讶于她不想再多聊一会儿，于是也拿出华尔街日报，毫不相让。

塔拉

星期五，三月七日；旧金山，加利福尼亚

“真厉害。”当车在内河码头一栋巨大的玻璃建筑前停下来时，博尔 · 巴克利打破了沉默。

“他们之前在帕洛阿尔托，但是旧金山给他们减税，吸引他们搬到这里。”尼哈解释道，“这对他们也有好处，因为所有优秀的工程师都想住在旧金山，而不是南湾。再加上 HOOK 能提供所有科技公司中最好的食物，他们基本上想雇用谁就能雇到谁。”

塔拉瞪着这个女孩。她就像一本移动的百科全书，这种进取心很强气势凶猛的分析员正是公司努力塑造的典范，但又因为他们社交无能而永远不会给予他们任何实际的权力。

毫无疑问，陶德会争取到这样的分析员，她暗想。她确实曾经想过这笔交易极有可能会开始一段偶然的浪漫史。她放任自己想象陶德其实不是个混蛋——只是个还没有找到合适女孩的真正好男人，正如她还没找到合适的男人一样——而这笔交易会让他们开始那段在大学里没有结束的关系……

她弄错了。他的确是个混蛋。昨天她去他的办公桌问关于行程的事情时，他在房间另一头跟一个前台调情。在敲定目标财团名单的十五分钟短会上，他查看了四次短信，她还抓到他查看他自己HOOK资料的统计数据。然后今天早上他又跟空乘调情…… 准确地说是早上八点四十五分。现在还有个尼哈？他真的不是她希望的那种人，而且比她担心的还要坏。

但是这样更好，塔拉下车后对自己说。她的重大转机刚刚出现，现在绝对不是坠入爱河的好时机。实际上，如果陶德真是她的真命天子的话，这简直是命运最残酷的捉弄，迫使她在爱情和事业机遇之间做选择，而她已经等待两者之中的某一个很久了。现在，没有陶德挡道，她的爱情幻想被粉碎，她就能把精力集中到这笔交易上，看看从事一个一百四十亿的交易会给她带来什么机会——不管是事业上还是私人方面。

她今天早上四点醒来后就坚定了这个决心。健身房还没开门，于是她去西边的高速公路上跑了六英里，虽然又暗又冷，但是空气清爽宜人，正好让她有时间梳理一下头绪，为今天做准备。随后她喝了一杯蔬菜汁、一杯咖啡，并服了两片依地普仑。她给医生打过电话，他同意让她加大服用剂量作为预防，还给她开了阿普唑仑处方作应急之用：接下来的三个月她需要保持专注——她不能冒险让焦虑引起情绪魔咒，就像她十四岁那年发生的一样。那次情绪失控导致她好几周都处于悲伤麻痹的状态，无法正常思考，摆脱恐惧。

她现在不能再经历那个——至少不是在这个关键时刻。

四人走进HOOK总部，准备会见乔希·哈特、尼克·温斯洛普、菲尔·道尔顿和一个叫瑞秋·刘的女公关。

“你们肯定就是那些银行家了！”他们穿过前门走进中心大厅时，一个身穿背心短裤的年轻金发女孩朝他们打招呼。

“我们有那么醒目吗？”陶德对女孩报以政治式的微笑。尼哈穿着超级难看的死板西装，不过其他三个人都穿着休闲装。但在这个充满帽衫、人字拖以及因公司无限量免费供应食物导致的肚腩肉的办公室，他们的发型、姿态和低脂肪率明显张扬着“纽约”。

“就算你把纽约人带出纽约，也很难去掉他身上的纽约气息。”女孩咧嘴笑了。

“我是陶德。”他伸出手来。

“我是朱莉！”她看着这群人微笑着，“我去叫乔希的助理。”

“不用了，朱莉。”尼克·温斯洛普说着从侧门走出来。

他比大学的时候更矮胖，微红的头发变稀疏了，又大又圆的眼睛上架着一副塑料框架眼镜，正好跟圆鼻头相配。如果每个人都像一种动物的话，那么尼克肯定属于臭虫科。

“陶德。”尼克将手伸向投资银行家，但是塔拉能够感觉到他意识到了她的存在，“很高兴见到你。”

“尼克。”陶德握住他的手，“哥们儿，好久不见了。你还好吗？”

“我很好。”尼克骄傲地说，“大学毕业后事业一路上升。”

“听起来像是这么回事。”陶德愉快地微笑。她怀疑他是否知道尼克大概会从这笔交易赚取八千五百万。要是陶德知道被兄弟会舞会踢出去的社交自大狂尼克一年里要赚的钱将比陶德二十年赚的还多，而且他还有责任确保尼克能赚到这么多。一定会让他这个大学里的帅小伙很受伤。

“尼克，见到你很高兴。”塔拉带着热情的微笑伸出手。

尼克歪了歪头。“不好意思，咱俩认识吗？”

他开玩笑吗？“塔拉，”她提醒他，“塔拉·泰勒。我在斯坦福比你低几届。”

“哦，塔拉……”他真的以为她忘记了那个喝醉的小夜曲吗？“我没有认出你来。你变……老了。”

塔拉挤出一丝微笑。“我们不都是吗？”

“塔拉来自股权资本市场。”陶德插进来。

“哈，”尼克说，“我不会把你和这样的工作联系起来。”

塔拉的胸膛直冒火。他竟敢暗示她没有在华尔街上班的聪明才智。他真的以为她只是个愚蠢的姐妹会女孩，一旦拒绝了他就等于一无是处吗？

“我们去会议室吧？”尼克说着转身就走。

他将工牌贴到房间旁边的一扇门上，扬声器里传出一个女人的声音：“一千七百六十四开平方根是多少？”

“四十二。”尼克对着扬声器答道，门打开了。

“那是秘密代码还是什么？”陶德问。

“游戏化，”尼克解释道，“现在硅谷非常流行。简单来说，就是将乘坐出租车或去杂货店购物或走过办公室这样的常规任务变成可以积攒分数的游戏，”他边解释边看了下手机。“我刚才那个任务就得了两分。”他举起手机给陶德看他的分数，“大家都喜欢玩这个！”

“要是有人数学不好怎么办？”塔拉问。

尼克得意地笑。“我们这儿完全不存在那个问题。”

他们跟随尼克进入会议室，塔拉向陶德投去一个“不敢相信他真的这么说了”的眼神，陶德扬起眉毛表示同意，扶住门让她先过。她经过时闻到了陶德身上须后水的味道，感到皮肤一阵酥麻。须后水是怎么回事？她转头看他，但他正朝朱莉眨眼。塔拉翻了翻白眼。

对尼克的游戏化，陶德的版本显然是调情。他们两个人都像是大孩子。

过道是一个圆形玻璃隧道，就像水族馆里面一样，右拥海湾大桥左抱恶魔岛，像漏斗一样插入一个玻璃气泡形状的会议室。

“这些是乔治的作品吗？”博尔在队尾说，他指着玻璃上看起来像是涂鸦风格的男性人鱼。博尔二十六岁，但他属于守旧派，也就是上东区的学院派产物，所以看起来要老一些。他穿着粉色斜纹裤和白色马球衫，衣领上印着他的名字缩写。他的皮肤因冬天在棕榈滩度过周末晒成了小麦色，眉毛光滑得可怕，好像从来就不用皱眉似的。

“你怎么知道的？”尼克疑惑地问。

“我有一副他的早期作品。”博尔轻松地解释道，好像他这个年龄的人收集价值百万的艺术作品没什么值得奇怪的，“我在弗里克的青年董事会里，他们几年前开始谈论他，所以我想着我也得弄一幅，虽然那作品非常恶心。”

“不好意思？”尼克看起来被他的评论冒犯了。

“老兄，男性人鱼？这里面带着些弗洛伊德似的玩意儿，你不觉得吗？”博尔冷静地说，毫无畏惧。他自信，却不骄傲自负，塔拉有种感觉，他可能会成为团队里她最喜欢的人。

“他是菲尔·道尔顿最喜欢的人之一。”尼克说，声音里混着傲慢，“实际上，菲尔将他作为人才资本投资。你知道，这是新的艺术趋势。像菲尔这样成功的风险投资家给予乔治这样的人种子资金，作为对他们未来作品股权的交换，然后帮忙推广他们的作品赚取佣金，就像这些男性人鱼。菲尔就像是现代美第奇，HOOK 就像是新的西斯廷教堂。”

“棒极了。”塔拉无声地用口型对博尔说，博尔咧嘴以示认同。电脑呆子来决定艺术的未来，任谁都感觉不对劲。

他们走进会议室，这个玻璃笼罩的房间正中摆着一张玻璃桌子。

“这就是玻璃鱼缸，”尼克解释道，“乔希设计的。”他朝他们身后望去，塔拉转过身看着他们进来的方向。HOOK 的主楼高高矗立在海岸，六层楼的员工站在窗前俯瞰着他们。

“这里的氛围非常开放，”尼克继续说道，“我们建造这个会议室，好让公司里所有人都能看到正在开什么会，但是公众从外面是看不见的。”

“这肯定让访问者紧张。”陶德说。

“确实是。”

乔希·哈特穿过大门走进来，后面跟着一个漂亮的穿着紧身铅笔裤和漆皮跳舞鞋的亚洲女人。乔希看着这四个人，脸部抽搐了下，然后走到会议室桌子最远的那头说：“你带来了一支队伍。”

“我保证这就是整个团队。”陶德说。乔希没理会他伸出的手，因此他将手转而伸向旁边的女人。“我是陶德。”他粲然一笑。他什么时候能不再这样？

“瑞秋·刘。”女人说。她涂着精致的红嘴唇，头发盘成一个厚发髻，她看起来毫无疑问不像旧金山人。“我为乔希和菲尔处理公关事务。”

“菲尔希望让瑞秋了解下大部分事情。”尼克解释道。

“我也这么想。”陶德咧嘴笑着说。她回以浅浅的微笑。

性张力缓和后，他们都坐下，一边是纽约派，一边是加州派，所有人员都在三十五岁以下，准备开始讨论这个约会应用公司的一百四十亿估价。

“我打印了议程。”尼克说道，向旁边传递一页纸。第一项写着“拉赛西尔能力展示”。

塔拉看着陶德：他们不是已经赢得这笔交易了吗，为什么还需要展示推介？

陶德同样疑惑地看着这张纸，然后又抬头看尼克。“我们没有带推介，”他小心翼翼地说，“我以为我们已经决定好合作了。”

“是已经决定好了，”乔希打断道，“我今天早上签了合同。”

现在陶德更疑惑了。“谁给您的合同？我带了合同，准备在这里和大家一起再核对一次。”他指着面前的那堆资料。

“哈维·塔特和我昨天就弄完合同了。我今天早上将签完字的合同传真过去了。”乔希说，对困惑从何而来不感兴趣。

“什么？”陶德说，“你们签了什么条件？”

“包销承诺。费用百分之一。目标期限五月八号。”

“百分之一？”陶德说出了塔拉的反应。这种交易一般费用是百分之六到百分之七，如果是包销承诺的话则再加一到两个点，因为包销意味着银行负责购买首次上市没有出售的所有股份。哈维怎么能同意这样的条款，还有，陶德怎么不知道？

而且离五月八号只剩下两个月了——她从未听说过哪笔交易这么快完成的。

“我——”陶德刚开口，就被正愉快地走进房间的菲尔·道尔顿打断了。他身高六英尺三英寸，长得像罗纳德·麦当劳和克里斯·诺斯的混合体。

“我错过什么了吗？”菲尔朝房间里问。他在瑞秋旁边坐下，热情地前倾身子。除了从对硅谷最强势的社交媒体公司的投资中赚取二十多亿美元外，菲尔·道尔顿已经将自己塑造成硅谷的“风险资本家导师”，自作主张充当那些装腔作势的企业家的顾问，他很乐意给这些人提出建议，以便从他们生产的任何产品中分得一份可观利润。塔拉觉得整个构架很奇怪，很难信以为真。

“我们只是再过一遍合同条款。”尼克说着在椅子上挺直了身子。塔拉看着他们俩。很显然，尼克是道尔顿的热心追随者之一。

“我们讨论我们要出售的量了吗？”菲尔问。创始人和像菲尔这样的早期投资者会利用上市将他们的股份在交易中出售以换取现金。不过，他们不得不透露他们出售的股份数，出售太多的话，会让他们看起来对公司的持续增长没有信心。

“您想拿出来多少？”塔拉问。

菲尔好像刚刚意识到她的存在。“不好意思，您是哪位？”

“我是塔拉·泰勒，股权资本市场这边的负责人。”

“啊，对了。有人告诉我留意下你。”菲尔说。塔拉的脸变得通红，不知道谁会给出这样的提议。“我想出售我们所持股份的三分之一。这会引起怀疑吗？”

“应该没问题。”塔拉说。

“不好意思，我可以跟塔拉单独谈谈吗？”乔希打断他们的谈话。

塔拉猛地将头转向首席执行官。乔希是个相貌平常的白人：很显然是带有欧洲血统的美国人，因此皮肤不是很白，身材中等，面部特征不太突出，比例也不太协调。浅棕色的卷发趴在脑袋上，脑袋有点太窄，好像有人在他耳朵两侧拿着金属板挤压过。乔希像哪种动物呢？

“你要跟塔拉讨论什——”陶德开口。

“我对你不感兴趣，”乔希粗暴地打断他，“我对她感兴趣。”

塔拉看着陶德，陶德看着瑞秋，但瑞秋正在跟菲尔交谈，没有留意。

“也好，或许我们最好私底下讨论下所有的事情，”尼克说完站起来，“既然是我来主持整个局面。”

“我——”陶德挣扎着，但还是站了起来，“好的，当然。”

她的同事们离开房间时，塔拉感到掌心开始出汗，皮肤发烫，大脑高速转动，思考着乔希·哈特说对她感兴趣究竟是什么意思。她往前坐了坐。

“麻烦放下罩子。”乔希对尼克命令道，后者按下墙上的一个按钮，一块幕布垂下来，将这间屋子遮挡在大楼里员工的视线外。

乔希往后靠在椅子上，双手交叉放在膝盖上，用皮肤科医生检查病人寻找病因的那种冷漠的眼神观察着塔拉。塔拉有生以来第一次，希望自己不那么有魅力。

他的舌头从嘴角伸出，舔了舔嘴唇。蜥蜴，她想着，他看起来像蜥蜴。

“你为什么在这儿？”他终于问道。

她环视一周：“你是问——”

“我的意思是，你为什么来这儿，”他说，“你来这儿的目的是什么？”他的话语非常尖锐，有点刁难。

“我在股权资本市场工作，”她说，“也就是说我协调——”

“不对。”他打断她，就像一款游戏出现报警似的。

她看着他，试图弄清他寻找的东西，但是无果。“您得到的价格只能跟您售出的价格一样好，”她小心翼翼地说，“我来这儿提供市场上的数据，这样——”

“还是不对。”他说，在膝盖上轻轻敲着大拇指。

“我在拉赛西尔工作六年了，因此非常了解银行和这些交易应该如何运作，我会运用这些来确保——”

“不对。”他张开手掌猛地拍在桌子上，突然变得很愤怒，“你真的这么愚蠢吗？”

塔拉的呼吸堵在喉咙里。“我——”她开口说，“对不起，但是我真的不明白你想要的是什么。”

“你是来这儿分散注意力的，塔拉。”他说。

她看着他，但是什么都没说。

“你很有魅力，你来这儿，用你的魅力模糊理性思考，这样投资者就更有可能按你希望他们做的去做。”

“我十分自信，我的报告一定能够展示——”

"关于这个，你知道，"他忽略了她的抗议，"是因为你穿着紧身牛仔裤和高跟鞋，还化了妆。"

她停顿住，在椅子上坐直。

"我喜欢让自己看起来漂亮，"她说，"为我自己。"

"不对，"他说，"你依赖外部认可。'为你自己'只是指男人转头看你让你自我感觉良好。女人的大脑得有多小，才能说服自己相信这些事？"

"不好意思，但我从斯坦福毕业，"她说，感到自己的声音强硬起来，"我曾是拉赛西尔最佳分析员之一，现在是最年轻的副总监之一。我的大脑——"

"试图在一个愚蠢的系统中取得成功以验证你的智慧，只会让一切越来越糟。"他说。

"什——"她呼出一口气，但是不知道说什么好。

"让我替你说出来吧，"乔希说，"你来这儿，以为我会想跟你上床，这样我就会更听你的话。而你说的一切都来自你的某个上司的指示。你会听从那个上司的话，因为他告诉你你很聪明，即使他只是因为你的美貌在利用你。"他说。

"你可以相信你想相信的，"塔拉坚定地说，"但是我知道客观来说，我的工作很出色。"

"你看，这就是为什么人们对 HOOK 那么不可自拔，"他说，"我们不说一句废话，让人们自由接受他们最核心的本能。没有'包装'，没有'销售'，没有对真相的阻碍：只有一张照片和评级，以及一个询问用户是否想要交流的是或否的简单决定。人们用来说服自己他们的动机比实际更深刻的那些愚蠢的操纵，我们统统都不提。"

"我强烈建议我们不对投资者这么说。"

"但是你的确明白这就是 HOOK 是最智能的社交平台的原因，对吗？因为我们实际上触及人类如何运作的核心？"

“我不同意你对人性的评价。”她说。

“这也是为什么你给银行做纸面上的工作，而我已经创办了一个拥有五亿用户的平台。”

“我认为人们想要更深刻的东西。”她说，感觉到从前的自己在苏醒——那个常常坐在大学餐桌旁争论人生意义的自己，“他们想要有意义的恋爱关系，但是你做的应用简单又有趣，立马就让人满足，这让他们分心。”

“这就是你不用它的原因吗？”

“你怎么知道我不用？”

乔希叹了口气，忽略了这个问题。“你刚刚说的话不可能让我拿到好价格的，所以就让我们同意使用你的外表而不是你的大脑吧。”

塔拉搜寻得体的话。“我的工作是评估市场价值，”她终于说道，“并对此实事求是，而不是深入到人类交互这么复杂的话题。”

“好孩子，”乔希说，“说这个的时候你要是多点微笑的话，你应该就准备好了。”

“我没必要在这儿听这些。”她说，摆脱掉自己都没有意识到的催眠状态，站起来。

“你跟卡勒姆会很合得来。”乔希说，对她的动作毫不在意，“他喜欢有控制欲的女孩。”

“我没有控制——”

“不过，他会试图修复你，你刚好可以利用这个。”

“乔希，我不跟任何人玩性游戏，”她站起来说，“我只公正客观地做好自己的工作。”

“别跟他上床就好，”乔希说，“你知道，一上了床你就失去了所有优势。”

“你知道我可以控告你性骚扰吗？”她从桌子对面俯视着他。

乔希的鼻孔微微张开，他笑了。“你不会那么做的。”

“你这是挑衅吗？”她扬起眉毛问道，“你知不知道起诉你，我能得到多少钱？”

“但那样的话，你就成了因控告性骚扰而赚钱的女孩。”他说，“你不想这样。”

她顿了下，知道他说的没错。

她看着桌子对面的他，内心一部分想尽快离开这个房间，另一部分却觉得自己不能就这样离开。“你还有别的要说吗？”

“没了。”

“好的。”她说着转身离开。走到门口时，她转过身来。“你为什么把帘子放下来？”

“这样人们就不会知道我们谈论了什么，”乔希说，“或做了什么。”

“我们什么都没做。”她小心翼翼地说。

“他们不知道。”

“你到底——”

“当心你管理权力的方式，塔拉。”他终于抬起头，向她展开一个蜥蜴似的微笑。

她感觉到胸口发紧。这个男人到底是什么样的人？

“我会与你保持联系。”她最后说道，推开门往外面的玻璃管过道走去。她抬起头时，看到 HOOK 主楼里几十名员工像土狼一样正朝下偷窥着她。她直视前方，强迫自己忽略他们的目光。她感觉刚刚受到了侵犯。

“嘿！”她穿过中庭和前台往正门走去时，听到陶德在背后呼唤她。她能听见陶德刚刚挂了电话，跟上她的脚步。“嘿，塔拉，等等。”

她走到人行道上停下脚步，闭上眼睛，让温暖的空气缓和自己的情绪，几秒之后她感觉到了陶德抓住她的胳膊，将她的身子转过来面向着他。

“怎么样？”陶德的声音带着关切，“他想谈什么？”

塔拉感到自己的脸上浮出平静而礼貌的微笑。“没什么，”她用正常的口气说，“他只是想让我解释一些市场原理。我猜他大概不好意思当着你的面问。”

“哈。”陶德朝后看了眼会议室，对乔希想给他留个好印象很是满意，“很高兴知道这个。”他转过来面对着她，对她刚说的话很满意。

“我头痛欲裂，”塔拉说，“如果你不介意的话，我想回酒店工作。”

“没问题，”陶德说，“我给你发了封邮件，简短地介绍了谁做申请的哪部分，如果你那部分有什么问题的话，随时问我。”

“听起来不错。”她说，看到他终于挥着手转身离开后，心里感激不尽，她终于能松一口气了。

胡安

星期五，三月七日；旧金山，加利福尼亚

“发生了什么？”胡安·拉米雷斯向刚从窗户旁回到座位上的布拉德问道。窗户边聚集了好几十个程序员。

“哥们儿，我们真的要上市了。”布拉德瞪圆了大大的蓝眼睛，像小孩子站在摆满礼物的圣诞树前。

“什么？”胡安旋转座椅，从电脑前转过来，面向布拉德，“上市？你怎么知道？”胡安对 HOOK 业务方面的事情不太关注。他更愿意将精力放在编程和安排公司社交日程上。

“过去看看，哥们儿。”布拉德抬起宽下巴朝着窗户示意道，“来了四只猫——真正的纽约人，个个精心打扮表情严肃。就在下面那个鱼缸会议室里，跟乔希、尼克还有那个火辣的公关妹子开会。或者说至少他们刚才都在那里开会，但是现在只有乔希和那个火辣的纽约女孩在那里，帘子都放下来了。你知道这代表什么吧：她在给乔希口交！”他最后一句话是唱出来的，一边唱一边按压着胸口，庆祝着首席执行官充满男子气概的征服。“给新晋亿万富翁口交庆祝。太牛逼了。”

自从有人称布拉德为HOOK的“社交程序员”，这个圣克鲁兹土生土长的沙滩排球运动员出身的计算机科学家就像披上斗篷一样接受了这个头衔，对他冲浪者的刻板印象极尽夸张，夸张到有时候胡安都不知道他说的话是否有实际意义。

“那表示什么？”胡安问。

“口交？就是当女孩——”

“不是这个，我是指那些银行家到这里来。”胡安伸出手制止布拉德打出手势。

“哥们儿，这表示我们他妈的要发财了。太太太厉害了。”

胡安为这番话傻笑了一阵，继续回到电脑上给HOOK的安卓应用编写更新代码。胡安三年前就已经不再看他的股份报表了，乔希当时说他的股权值四十万。他知道上市是乔希跟西装革履的纽约人会面的唯一原因，他也清楚上市将意味着他的四十万股权——或者现在可能的价值——会变成现金，但是除此之外他不愿意想别的。在硅谷长大的他深知，靠上市赚来的钱不管有多真实，这些钱也可能瞬间消失。胡安依然清晰地记得二〇〇二年的金融危机时，阿瑟顿所有破产的百万富翁告诉他妈妈，他们无法支付她在他们无法承担的房子里做过的清洁工作。在胡安的认知中，他最清楚的就是，他永远永远不会变得像他们一样。

因此胡安对钱并不太在意，只关注应用和他的同事们，以及充分利用他拥有的机会。

“胡安，我能打扰你几分钟吗？”尼克·温斯洛普的声音打断了他的走神。

“当然。”胡安站起身跟着尼克进了他的办公室。

“老师的宠儿。”社交程序员布拉德在键盘上敲着，嘲讽似的低声说道。布拉德是个傻瓜，但是他让工作变得不那么像工作。

然而尼克是典型的工作就是工作的缩影。他两年前加入HOOK，总是摆出一副主人的姿态，对自己的哈佛MBA文凭喋喋不休，仿佛这个文凭让他变成万事通似的。在胡安看来，尼克来之后做过的唯一的事情，就是在每张桌上都放上了洗手液，并将散装糖果站的M&M豆换成了普通糖豆。他还威胁要缩减公司酒保乔伊在二层提基酒吧提供鸡尾酒的时间。但是胡安和布拉德发起了静坐抗议，在某个星期二集体喝冰玛格丽特，以支持乔伊以及工作时间缩减为兼职他会失去的健康福利。到中午时，办公室的每个人都已经喝得醉醺醺了，晚上七点尼克终于发了慈悲，让乔伊保留了他的工作时间，自此以后再也没有提过半个字。

“什么事？”他们进入尼克的办公室后，胡安问道。他注意到还有一男一女，猜测他们可能是投资银行的人。

“麻烦把门关上，胡安。”尼克命令道，眉头紧锁。胡安照做了，并向这些银行家做了自我介绍。

“胡安。”他说，分别和他们握了握手。

“博尔。”男孩的牙齿亮白得不自然。

“尼哈。”女孩的手掌湿冷得让人担忧。

“博尔和尼哈来自拉赛西尔，”尼克说，“乔希和我选择了这家纽约的投资银行，来帮HOOK上市。”

尼克停顿了一下，等着胡安受到震撼。但是胡安沉默着，等着听秘密消息。

胡安不是对任何人都有成见，但是他极其不喜欢尼克·温斯洛普。他知道M&M豆只是个开始：尼克想改变这个公司，胡安很担心乔希会让他这么做，但并不是因为乔希同意他的做法，只是因为尼克太烦人，乔希可能没精力表示抗议。

当然，还因为尼克做的另外一件事：他让乔希和胡安疏远了，胡安对这件事的憎恨程度比 M&M 豆还要深。

胡安在大学期间就开始跟乔希·哈特一起工作了，二〇〇九年从加州大学伯克利分校毕业后就成了全职员工。胡安是靠李普曼基金会提供的奖学金上的学，这个基金会为移民的孩子提供大学费用并帮助他们获得公民身份。菲尔·道尔顿是这个基金会的董事会成员，是他将乔希以优秀的编程导师身份介绍给了胡安。

而且他的确是，乔希·哈特是胡安见过的最好的程序员。他就是那种大脑以代码方式思考的程序员：一切都是二进制，节点，或执行任务的决策点。这种思维方式是他身上至关重要的一部分，因此他总能先于他人发现代码问题：他知道如果在节点一做了决策 X，就不得不在节点五十做决策 Y。这种预见性让他能修复节点一的问题和避免低效率，从而使他的程序比其他应用程序运行更流畅，并更接近人类直觉。

因此当乔希叫胡安过来帮他开发一个他认为会横扫其他约会应用的应用时，胡安没有丝毫犹豫。前十八个月里就只有他们两个人，窝在山景城一个昏暗的地下办公室里，基本夜夜通宵，吃着便宜的中国菜外卖，编写最后成为 HOOK 的程序。那时候没有投资，没有用户，也没有旧金山的豪华办公室，这都是后来的事情，后来有了这些，他们才确信努力最终会有所收获。那时候真的没什么可自豪的——只是万分艰难而不确定的工作——但是很自然很真实，乔希的确是他迫切需要的同伴，当时胡安的大学同学都干着普通的工作，他在东帕洛阿尔托的高中同学都挣着最低薪水。乔希有时的确粗鲁而苛刻，但对于因特立独行而被孤立，他深为理解，而且毫不介意。他一直挣扎着适应一个让他感觉像局外人的系统，这一点让胡安非常钦佩。

尼克并不理解这些。他一直都属于系统的一部分，总是随着大流干着舒适安全的工作。现在 HOOK 要变大了，他试图将功劳据为己有，但是他真正做过的事就是趁着涨潮搭了个便车。

“公开上市，就意味着我们会在纳斯达克股票交易市场提供一部分股份供公众购买，就像他们购买通用、谷歌和脸书的股份一样。这能让我们筹集到资金来壮大公司，”尼克用傲慢的声音解释道，“你不能跟任何人讨论这件事，甚至包括布拉德，这一点很重要。”

“哦，但是大家已经 ——”胡安本想告诉他人人都知道了，然后改变了主意。“没问题，”他说，“绝对守口如瓶。”

“我们有很多事情要做，得准备好文件，向证券交易委员会提出申请，我需要你帮助博尔和尼哈拿到他们做分析需要的资料。你觉得有问题吗？”

胡安环视了一圈房间。他需要编程，而不是招待银行家，而且尼克傲慢的声调让他皮肤上的汗毛都倒竖起来。“没问题，”他说，“只要告诉我你需要什么就行。”

“我会提高你的安全许可级别，”尼克说，“这样你就能访问数据库中的所有信息，协助银行家计算用户统计数据。”他从全新的文件柜里抽出一张纸。“我只需要你签一下这个保密协议，确保你不会分享任何信息。”

胡安向前迈了几步，签了那张纸。就像胡安想访问数据库却不能似的：他开发的整个程序，尼克以为他有多蠢？“你需要哪些信息？”

“只要我们用户的基本年龄段信息——当然，全部匿名。就是能证明我们的市场渗透力和用户交互的数据。”

“没问题。”胡安说，他将签好的纸递给尼克。

尼克看了眼手表。“好，就这样。我让你们去处理这件事。”

胡安看了眼另外两个人，希望他们知道要处理什么事情，然后三人离开了尼克的办公室。

“我说我们去酒吧坐坐吧，”博尔建议道，“听说特别棒。”

“我觉得我们应该去工作。”尼哈纠正他。

胡安看了看他俩，试图破解他们的关系。“要不我给你们俩先找个座位，然后带你们转一圈。”

胡安和布拉德坐的那张长桌子还有两个空位，之前坐在那里的财务分析员六个月前离职了，另一个是法律顾问格伦·范宁，乔希三个月前毫不客气地解雇了他。格伦是个五十岁的胖子，有两个孩子，算是HOOK唯一有点像家长督导的人，因此没人为他被解雇感到遗憾。

胡安从其中一张椅子上移走他和布拉德为即将到来的类曲棍球比赛挑选的一堆服装。“这里可以吗？”

两位银行家点点头，尼哈在椅子上坐下，打开笔记本，脸贴近屏幕，打开某个Excel模型。博尔挑起一侧眉毛，然后转身向着胡安。“那个酒吧在哪儿？”

胡安领着他穿过大厅，经过篮球场，然后下楼到自助餐厅，白宫的前任行政总厨在这里为HOOK员工准备一日三餐，而且对员工和客人全部免费。他们继续穿过游戏室，这里满地都是豆袋沙发，市面上的各类视频游戏机连接到巨大的平面显示器上，还有一张定做的桌上足球。提基吧是个长长的开放式房间，延伸到一块可俯瞰海湾的甲板，房间正中冲浪板形状的吧台储备充足、一应俱全。

“我兄弟乔伊。”胡安给酒保来了一拳。

“怎么回事？”乔伊友善地回应，向博尔伸出套着文身袖的胳膊。“我是乔伊。”

“很高兴认识你，”博尔说，“能给我来个波旁威士忌吗？”

“马上就好。”乔伊转身去干他的手艺活。

“对了，数据库里都有什么信息？”博尔问道。

“哦，我们跟踪所有信息，”胡安说，“评论、用户登录的时间和地点以及他们会见的人。所有应用都这样。如果不知道用户的使用习惯，你就无从改善应用。”

“这些都在你们的隐私政策里吗？”博尔问。

“我想是吧？”胡安对这个不太了解，“我们保存用户提供的信息，例如姓名和邮箱地址，但是这些信息与我们收集的行为信息是分开的，因此所有信息都是无法识别的，”胡安说道，然后耸耸肩，“所以应该没什么大不了的，对吧？”

“波旁威士忌不加冰块。”乔伊拿着博尔的酒回来。

“天哪，你们活得太自在了，”他打量着四周说道，“也许我应该来这里工作。”

“你不喜欢在华尔街工作吗？”胡安问。

“我倒更愿意做你们做的事情。”博尔耸耸肩。他的蓝眼睛让人感觉很友好。“但是我并没有很多选择，考虑到家庭因素。”

胡安不太理解。博尔一看就很有钱，他应该出身于那种选择多得随便挑的家庭。“你写过代码吗？”他问。

“读本科时我辅修了计算机科学，”他说，“成绩不错。”

“胡安！”他顺着声音的方向转过身，看到朱莉朝他走过来。“哦，嘿。”她留意到胡安的同伴，于是打了个招呼。“你是博尔，对吗？”

“你们两个见过？”胡安问。朱莉是 HOOK 的前台招待，也是胡安的室友。

“嗯，今天早上我登记的他们。”

“很高兴再见到你。”博尔从乔伊手中接过酒，向她举杯。看到她脸红了，胡安眉头一挑，意识到朱莉切换到了调情模式。朱莉当然会喜欢像博尔这样的华尔街男人。

“对了，凯瑞刚发邮件说她接受了旧金山的那份工作，所以这个月底肯定要搬出去了，”朱莉转身面对胡安，“这表示我们得尽快开个派对，找个新室友。”

“我今晚会在克雷格网发个帖子，”胡安说，“但是现在我得回去工作了，”他看着博尔，指着他还没喝完的酒，“你可以带着这杯酒。”

“或许朱莉可以继续带我四处转转？”博尔说。

“你不用去忙这笔交易吗？”

“不用，我更像是销售，而不是执行。我的部分要稍晚点。”博尔说，转过身向着朱莉。

胡安转了转眼珠，但是他们俩都没注意到。“那我们回家见，朱儿。博尔，如果你需要什么，尽管告诉我。”

查理

星期五，三月七日；伊斯坦布尔，土耳其

查理看到邮件后，将笔扔到笔记本上。

“笨蛋！”他朝着屏幕吼了一声，生气地从椅子上站起来，然后将椅子推回桌子下。

他套上T恤衫，系好跑鞋鞋带，砰地关上小公寓的门，飞速下了六层楼走到大街上。

他在公路上跑步，因为避开鸣笛的汽车和人力车比避开乞丐和破烂的人行道还要容易些。对瞪着眼看他这个大胆的西方人的当地人，他视若无睹。像查理这样的白人在他们的公寓住下来是一回事，但是穿着速干T恤衫和价钱比大多数当地人一个月挣的钱还要多的性能跑鞋在公开场合锻炼，对当地人的确是一种冒犯，他们没有理由不瞪眼。

他一直跑到水边才让思绪回到邮件上，思索着邮件的含义，在人行道上发泄自己的不满情绪。

查理用三年时间在哥伦比亚大学读完了本科，第四年拿到了新闻学院的文学硕士学位，毕业后就加入了美联社。他刚进大学时隐约想要进入学术界，但是大学第二年发生9·11事件后，一切都变了。他从世贸中心遗址回到上城区后就变了个人，之后每天都回到那里去当志愿者。当他终于重新适应了大学生活，他选了阿拉伯语，一去不回头。

二〇〇八年他得到了第一次机会，当时他被派到突尼斯去报道抗议事件。两年后“阿拉伯之春”爆发时，他刚好在那儿。现在，年仅三十二岁的他已经是美联社中东地区的最佳记者之一。他不是最聪明或最好的撰稿人，也不像他的同事们一样对当地有深厚的了解，但是哪儿有战场他就愿意去哪儿，而且一旦到了那儿，他会站在憎恨西方世界的阿拉伯人的角度来看问题。这使他赢得了权威方的信任和尊重，现在他们总是绕过其他人优先给他的信息。

这就是他请求回到特利曼斯去调查一起传言政府官方正在密谋化学攻击的谣言的原因。他昨天发了封慷慨激昂的邮件给编辑拉杰，坚持要求对方准许自己返回那个遭受战争破坏的国家。他声称到了美联社在事情发生之前就开始报道的时候了，这样他们很有可能阻止事情的发生，而不是在事发之后撰写更多关于死亡的零碎文章。

现在拉杰居然回复说查理应该“回家休息”？他在搞什么鬼？

这念头让查理跑得更卖力了。拉杰是在试图排挤他吗？他知道邮件被转发了，但是他有权说出自己的心声。他将自己的生命都奉献给了美联社——他牺牲了一切可能的社交生活，谁都不知道他用了多少办法不顾生命危险和身体健康去报道新闻。现在，查理正处在他用生命去理解的一切的最高点，也就是内战即将爆发的关键时刻，他们居然要遣送他回家？去他妈的。

耳机里传来手机铃声，于是查理在人行道一侧停下来。

“你好？”

“我是拉杰。”

“那封邮件到底是什么意思？”查理厉声问。

“我只是打个电话，看看你怎么样。”

“我过得怎么样？”查理狂笑，“我快气死了。我想回叙利亚去。”

“查理，你到底在做什么？”拉杰的声音很柔和。

“我在工作！”他说，“你忘了我们正在内战中吗？”

“你需要休息。”

“叙利亚需要休息，”查理说，“暴乱结束后我就休息。”

“不管你在不在那里，暴乱都不会因此停止。”拉杰说，“回家去吧，跟家人待一段时间。”

“圣诞节的时候我会回去看家人，一直如此。”

“天哪，查理。这个地方到底把你变得有多顽固？”

“顽固到可以回到特利曼斯，在下一次上百名平民死亡之前，弄清楚到底发生了什么事情。我知道我的邮件被转发了，但是我们得——”

“你真的不想回去参加追悼会吗？”

“什么追悼会？”

拉杰没有说话。

“什么追悼会？”查理重复道。

“不会吧，”拉杰说，“我以为你——”

“什么意思？”

“你妹妹，”拉杰说，“你妹妹死了。”

查理的胳膊从耳朵那儿垂落下来，手机掉到草丛里，这时他身后的寺庙响起了祈祷声，这声音穿过博斯佛鲁斯，直达地平线那边的落日，像爆炸物在大脑里引爆一样震聋了他。

Chapter 3

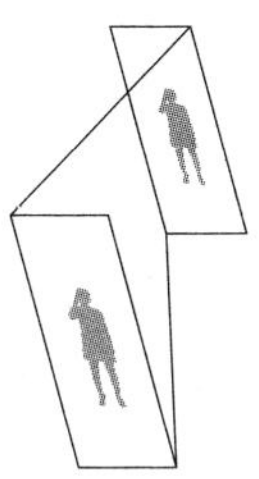

第三章

艾曼达

星期三，三月十二日；纽约市，纽约州

艾曼达刷新了浏览器。

什么都没有。

她盯着消息图标。再刷一次就回去工作。她的手指悬在鼠标上，盼望着红框的出现。她需要的仅仅是“陶德·肯特已经接受了你的好友请求”而已。

点击。

刷新。

红框!

她感到心脏在喉咙里怦怦直跳。谁说积极意念不起作用？她打开消息，感觉手心在出汗。

哈罗德·哈蒙兹邀请您参加活动“我赢得了麦琪家的免费欢乐时光”!!! 三月二十六日，下午五点至七点!!!

“呸。”她说出声来，回到刚刚在校对的股东协议的打印资料上。

她坐在克罗利·布朗五十八层自己的小隔间里，读了两页文档。作为纽约顶级法律公司的最底层，她强迫自己将精力集中到耗费她大部分时间的工作内容上来。终于，她发现一个逗号的位置错了，于是满意地圈起来："抓到你了！"

艾曼达已经在这里做了两年的律师助理，她发现成为成功律师的秘诀是不能老惦记着你的工作缺乏重要性。你反而应该集中精力使事情变得更复杂，从而滋生更多不重要的工作，这样就没有时间来思考它们的不重要性。

或许她应该去那个派对，她心想。哈罗德·哈蒙兹是她认识的宾夕法尼亚大学本科最没劲的男人之一，但她确信他在一家对冲基金上班，没准他有一些不错的同事？

她搜索了一下麦琪家，发现它位于第五十七街，离拉赛西尔三个街区。她的喉咙再次紧绷：没准陶德会去那里。没准那是他常去的酒吧，下班后的据点。没准他走进来的时候，她刚好坐在桌旁，穿得职业但很性感，外套脱下，头往后仰，正为哈罗德说的话大笑。陶德会看到她正和哈罗德的对冲基金同事们玩得开心，然后他会心生嫉妒，终于看清他以前从未意识到的一幕。

你做完了吗？

一条内部即时消息弹出来，来自这个案子的二年级助理凯瑞。艾曼达抬起头。凯瑞坐在旁边的隔间里，其实只隔了一臂的距离。她正盯着屏幕，戴着耳机。

"没有。"她大声对凯瑞说。

"不好意思？"凯瑞取下一只耳机，有点恼怒，"你刚说什么？"

艾曼达怒视着她。"我说没有，我还没弄完文档。"

凯瑞不以为然地耸了耸眉，回到屏幕上。

这正是艾曼达想要避免的。凯瑞也许拥有哈佛法律学院的法学博士学位，但是她依然单身。而且已经二十九岁了。在纽约，这等于死刑。

艾曼达见过女人在这个城市达到一定年龄后产生的变化。当女人慢慢接近三十岁，她们垂死的卵子似乎开始分泌绝望的气息，男人在一英里外就能闻到。在她们意识到之前，她们成了艾曼达的妈妈：独自住在佛罗里达，跟一些蹩脚货约会，将钱花在各种面霜和流行的节食减肥上，徒劳地挣扎着想要找回她们浪费在男人身上却无法修复的青春。

所以即便她眼前的工作可能很重要，对艾曼达来说，更重要的是在二十七岁一切都开始走下坡路之前，把一些事情确定下来。她还有一年零五个月。

时间还很充裕，她安慰自己，让思绪回到文档上。

但真的很充裕吗？她已经在纽约待了两年半，陶德是她交往过的唯一接近于男朋友的人。她的室友辛迪可能会嫁给大学时的男朋友，另外一个室友克劳迪娅根本不担心，因为她来自上东区，总有一堆帅气的钻石王老五等着与她的贵族血统联姻。

艾曼达有什么呢？大胸，这她知道。还有杀手级新陈代谢系统，这让她不用锻炼就能保持苗条，正因如此，她不像很多纽约女人那样胳膊粗得像男人。她虽然有野心，但不至于对工作痴迷到不愿意辞职去养育孩子，她愿意将不愧于常春藤盟校的聪明才智奉献给自己的孩子们。

她沮丧地转了转眼珠：她没理由配不上陶德。她就是适合他的那个女孩，她只需要让他知道这一点。但是要让他知道这个，她得见到他才行，在纽约这么繁华的城市，她不能听天由命。

于是她重新打开脸书，给他发了条消息：

嘿——临时起兴，我下下周三，也就是三月二十六日在麦琪家有个欢乐时光派对。你要是有空，不妨顺路过来看看。会很好玩。艾曼达。

她读了一遍。又重读一遍。

发送。

陶德

星期三，三月十二日；纽约市，纽约州

“我们得弄下你的 HOOK 资料，塔塔。”

陶德从笔记本上抬眼瞥见博尔正对着他的苹果手机摇头，然后看了眼塔拉，她停止了打字。

“你在跟我说话吗？”她问。

陶德已经让莎伦在二十七层给他的团队留出了一间会议室，这样他们就能在一起工作，陶德还可以随时掌握每个人的工作情况。星期天回到纽约后，这个房间就没有空过。哈维要求五月八日前完成交易，在这个巨大压力下，他们日以继夜地工作，准备上市事宜。

陶德依然对哈维绕过他去洽谈费用感到愤怒。百分之一？简直是个大笑话。这只证明了哈维日渐衰落的权势和他绝望地通过削弱公司里真正的人才以保持自己某种意义上的重要性。这让陶德感到恶心，而且比以往任何时候都想做好这笔交易。这样他就能把功劳都归到自己名下，让任何试图挡他道的高管徒劳无功。

陶德转了转脖子释放紧绷状态。他不能被哈维激怒，要考虑的事情太多了。他得把 S-1 材料全部准备好，发给美国证券交易委员会。到那时候，这笔交易就会公开宣布，接着会有潮水般的人们开始关注。然后是路演，价格认购，最后就是敲响纳斯达克上市的钟，让所有人都成为百万富翁的大日子。

“是啊。”博尔没有抬头，眯着眼看着他的苹果手机，“塔塔。塔拉·泰勒。明白了？”他等着她对他的聪明表示惊叹。“总之，”他继续说，“你只有十八条评论。三百八十三个浏览量，但只有十八条评论。怎么搞的？”

塔拉耸耸肩。她似乎真的不知道自己的统计数据。“我不怎么用。”她说，回到电脑上。

“你有男朋友？”博尔问。

“没有。”她抬头，给了他一个礼貌的“请闭嘴”的微笑。

“你不是大概三十岁了吗？”博尔追问道。他粉色的脸颊嬉笑着。“最好用用。”他逗她说。

“我二十八岁。”她终于抬起头，看到博尔嬉皮笑脸的样子，忍不住大笑起来。

博尔咧嘴笑了，对自己缓和了房间里的严肃气氛感到愉快。

“陶德，你的浏览量是多少？”博尔问。

“我？”陶德竖起眉。他上次看的时候是今天早上来办公室的路上。他自昨晚开始就收到了八条新消息和四百三十二个新的浏览量。“我不知道，七万左右？”这不是真的，其实是八万三千六百一十二，但是他不介意表现得谦虚点。

“好啦，大人物。”塔拉假装对陶德的数据不为所动，转身面向博尔，歪着头，让长长的棕发落在肩上。她今天看起来格外漂亮，陶德自认为是因为他的缘故。“我需要做什么？”

“嗯……”博尔在座位上调整自己，正襟危坐。尼哈从电脑上抬眼瞥了他们很久，暗示她希望他们闭嘴。

“对新手来说，你得给更多男人评级，”博尔指示道，“来，让我看下你的手机。”他在她表示抗议前就把手机抢了过去，点开了应用。

“喂！”她抗议道。

“密码是多少？”他问。

“Jetgirls2003。”她说。

博尔挑起眉梢。

“西区故事。”直到他们看着陶德时，他才意识到自己说出了声，“大学时她演过西区故事。”他向博尔解释道，“我哥们儿汤姆也在里面，所以我不得不去看。”然后他转向塔拉，“你当时演得非常棒。那个舞蹈片段。”他打着手势。

她再次大笑。“随便吧。”他说完，继续回到电脑上。

现在博尔进入了塔拉的HOOK应用，像行家一样翻阅和敲打着什么。

“你在干什么？”她从桌子对面伸过手抢手机。

“我替你给陶德和我分别评了十分，希望你不介意。”他将手机举到她够不着的地方，“要想让更多人来浏览你的资料，唯一的方法就是给更多人评级。”他说，“我在帮你，塔塔！”他有着为派对而生活的充满魅力的男声，幽默又随和。

“但是我不需要帮助，”她坚持道，“我发誓，我不用这个。”

“你都二十八了，还单身！再过两年你就疯了，也没有男人愿意跟你约会了，”博尔激情澎湃地说，“时间紧迫，塔塔！”

“不要借助HOOK。”塔拉说着做了个鬼脸，“太恶心。”

“为什么？”

“我不想跟某个陌生人见面，只是因为他就在附近。”塔拉说。

“他也喜欢你的资料。”博尔纠正她。

“一个男人喜欢我的资料，只表示他当时十分渴望跟人上床，跟我本人一点关系都没有。”

“跟真实生活没什么区别。”博尔说。

“别跟我争论这个。”塔拉说。

“是真的。对吧，陶德？”博尔问他。

“我不打算对此发表意见。”

“至少在真实生活中，你可以感觉到一个人的活力。”塔拉说，“总之，不仅仅是一张可能动过手脚的照片。”

“别担心，我也在修你的照片。”博尔不理睬她的哲学观，将注意力重新集中到她的手机上。“这张是什么？”他将手机屏幕转向他们。

“千万不要把那张放上去。”她说。

博尔把手机递给陶德。那是一张裸背女孩的黑白照片，她一只胳膊将床单拉到胸前，望着窗外射进来的阳光。

他目瞪口呆。那是塔拉？

塔拉倾过身子从陶德手里抢过手机。他的目光从照片移到模特身上时，他们的眼神相遇了，她红着脸把手机面朝下放在桌子上，什么都没说。

“真的？不解释一下？”博尔的蓝眼睛微笑着。

陶德不再假装工作，头脑快速转动着，试图理解从斯坦福本科生变成拉赛西尔银行家的塔拉·泰勒在裸照里摆姿势。

“我之前上了一个摄影课，班上的一个同学需要模特练习。”她辩解道，将手机放回包里。

“当然了。”博尔说。

“总之，”塔拉说着合上了笔记本，“我得走了。”

“又拍照片？”陶德咧着嘴笑。他现在无疑想跟她上床。

塔拉做了个鬼脸，然后理了理裙子。“我有个会议。”

“跟谁？”博尔问。

“卡勒姆·雷斯。”

“什么？”陶德脸色大变。卡勒姆·雷斯是亿万富翁，多次创业，他在HOOK刚刚起步的时候给乔希·哈特投资了十万美元，这让他成为公司最大的非雇员个人股份持有者。他也是臭名昭著的国际花花公子。“你为什么要跟卡勒姆·雷斯会面？”

“他给我发了封邮件，安排了一次会面。”塔拉说，“我不清楚为什么。”

“在哪儿？”陶德问。

“市中心。”她说。

他站起身来。“我跟你一起去。”

塔拉举起手。“不好意思，为什么？”

“我是这笔交易的承销者，”陶德说，“我跟你一样应该跟他见面。”

“他给我发的邮件，”她坚定地说，“我来处理。”

“为什么？”他有点恼怒，意识到卡勒姆才是她今天打扮漂亮的动力，而不是他，“你是在设法借此得到一个约会吗？”

“没有。”她说。

“那么你为什么晚上八点，精心打扮后，去市中心见一个未婚男人？”

“我是去见一个客户，一个这笔交易中拥有很大股权的客户，在他方便见面的时间和地点。”她毫无歉意地纠正道。

“塔拉，我认为你需要认真思考下这次会面的真实含义。”陶德很严肃地说。

“我认为你需要认真思考下，为什么你会认为有别的什么含义，而不是我在做本职工作。”

“认知很重要，”陶德说，“你代表的是这家公司，你知道的。”

“谢谢你，陶德·肯特，认知管理大师。”她转了转眼珠，往门口走去。

“迷死他，塔塔！”博尔在她身后愉快地叫道。

塔拉

星期三，三月十二日；纽约市，纽约州

塔拉乘坐电梯下到大厅，感到自己的脉搏在激烈跳动。

陶德怎么敢暗示她与卡勒姆的会面有不当之处，就好像陶德的一半工作不是半夜三更跟客户喝得烂醉似的。陶德不就是因为在脱衣舞俱乐部认识了乔希·哈特，才让拉赛西尔拿到HOOK这笔交易的吗？他居然有种指责她答应对方公司最大的独立股权持有者的邀请，去见面喝一杯。

当然话说回来，她知道自己如此激烈地辩解，部分原因是她很紧张。乔希说过的“卡勒姆会喜欢她”的那些话依然萦绕在耳畔，而且她也不确定怎么看待这些话。

但是乔希不值得为之心烦，她第十七次提醒自己：他明显是个反社会——他就是那种大脑被编码耗费了过多精力，以至于从未获得正常人类交流能力的技术天才。尽管如此，她仍然对他如此露骨地诊断她的个性感到心烦。太粗俗了，就像他亵渎了她一样。即使她有可以吐露心思的对象，她也不想和对方说这些，仿佛重复乔希的观点就会证明他是正确的，从而让她变得无能为力。

她留意到黑莓手机的灯在闪，于是低头查看新邮件。

来自：凯瑟琳·威利

抄送：凯瑟琳·威利助理二

主题：弗里克

从菲尔·道尔顿那儿听到些你的好话。公司下星期三在弗里克活动上有一桌。你能去吗？莱斯利会把详情发给你。

发送自黑莓手机

电梯停了，但是塔拉没有注意到，她的眼神凝固在面前的邮件上。

凯瑟琳·威利是拉赛西尔投资银行的分部总裁。她是这家公司地位最高的女人，也是华尔街地位最高的女人之一，或许还是全球最成功的女人之一。她真的是想给塔拉·泰勒发邮件吗？

又收到一封邮件：

来自：凯瑟琳·威利助理二（莱斯利·考柏）

主题：回复：弗里克

塔拉：

请见附件中三月二十六日星期三在弗里克举行的乔治艺术展晚会邀请函，以及届时会出席的客户名单。拉赛西尔资产管理的约翰·路易斯和玛格丽特·桑德斯也会出席。请于六点半之前到。着装要求：正装。

有任何问题请随时与我联系。

莱斯利

电梯下降到一层，其他人经过她身边走出电梯，塔拉又读了一遍邮件，终于抬起头来，对着空空的大厅微微一笑。

我的天哪。

塔拉笑出声来，走到大街上时大脑嗡嗡作响。凯瑟琳·威利以亲自挑选女性门徒，为她们提供机会并培养她们在公司内部担任领导职位而闻名。现在，她居然邀请塔拉·泰勒代表公司出席一个艺术晚会？她真的考虑将塔拉收作门徒吗？仅仅因为她上周和菲尔·道尔顿的十分钟会议？他在房间里的时候她说过什么吗？

她的大脑僵住了：他是不是只说了她很漂亮，就像乔希暗示的，这才是最重要的？

管它呢，她摇摇头赶走这个想法。不管为什么会出现奇迹，都不及奇迹本身重要。她的时机到了，仅此而已。这意味着她正顺着公司阶梯向上爬，她知道自己拥有的潜能终于被人认可，即使她刚刚开始怀疑这一点。事情变化得如此之快，太不可思议了。

塔拉钻进拉赛西尔门外的一辆黑色轿车，指引司机开往克罗斯比酒店，她对乔希和陶德的愤怒被对凯瑟琳和莱斯利的感激取代了。

位于克罗斯比酒店的酒吧里满是市中心的商务人士。与常去半岛消遣的中城区商务人士不同，克罗斯比的常客的个人财富都是靠剥削金融服务外的行业赚来的。同样是二十美元的马提尼，但披着更时髦的外衣。

塔拉早到了十五分钟。迎宾员将她领到一张桌子边，她拿出苹果手机，好在卡勒姆到的时候显得自己忙碌而重要，并试图不为凯瑟琳的邮件所暗示的含义得意忘形。

当她看到 HOOK 应用有三十二条新通知时，惊讶地眨了眨眼。在博尔“修复她的资料”后，应用一直开着。她回到应用主界面，屏幕上显示了一英里范围内男人的照片，提示她如果不喜欢就向左滑动，如果喜欢则向右滑动。

她看着第一张照片：

马克站在沙滩上，海风吹着他完美的古铜色皮肤。他轻佻地凝视着镜头。没个性，她心想，向左滑动。

乔丹鼓起全是文身的二头肌。妈呀。塔拉迅速向左滑动。

提米对着镜头咧嘴大笑，胖乎乎的脸蛋很迷人，看起来幽默亲切。她点击查看他的资料。身高：五英尺七英寸。向左滑动。

弗兰克对着镜头举起手握成拳头，站在啤酒乒乓球后面，戴着橙色荧光护腕，穿着短裤和定制运动衫。困在大学里。向左滑动。

哈利一只手握着香槟杯，另一只手插在燕尾服口袋里。他抿嘴对着镜头冷笑。她点开他的资料。三一学院。有吸毒问题的信托嬉皮士。向左滑动。

塔里克亮出温暖而迷人的微笑。她打开他的资料。哈佛商学院，本科是莫里豪斯学院。她犹豫了一下。她看过《舞出一片天》。即使他很完美，她也不是那个承受得起优秀黑人的白人女孩。向左滑动。

“这附近的选择怎么样？”头顶响起一个英式口音。她抬起头，看到了卡勒姆·雷斯，脸涨得通红，突然意识到自己对应用过于专注了。

“哦，我——”她开口道，然后站起来伸出手，“我是塔拉。”

他握住她的手。“我猜到了。”

“不好意思，我刚才只是——”

“做 HOOK 刚好希望你会做的，”他打断她的话，“上钩。”

“我想我不太喜欢这个应用。”她摇了摇头，低头看着手机，“感觉自己整个人很幼稚似的。”

他大笑。“希望你在路演中能拿出比这更好的用户证词。”

卡勒姆大概四五十岁，不是特别好看。他的身高和身材都偏中等，典型的英国人：方脸，棕色的头发，发际线退到额头顶部的角落，水灵的眼睛。但是他身上有些独特之处——也许是深沉的声音，也许是笑容，也许是现在他坐在她对面，将手肘放在膝盖上，身子向前倾的那种自信——不可否认很性感。

侍者走近桌子。“你们要点些什么？”

“一杯苏打水，”她对侍者说，“加青柠。”

卡勒姆做了个鬼脸。“你准备让我一个人喝酒？”

“我得回办公室。”她微笑着说，“而且我猜你更希望我能保持清醒，好准备你们公司的上市吧？”

他噘起嘴想了想，然后摇了摇头。“不。”他将目光移向侍者，“我们要两杯伏特加马提尼，”他说，“加橄榄。”

“但是——”她开口说。

他看了她一眼。

“好吧。”她确实喜欢马提尼。

侍者离开后，塔拉望着他，提醒自己这只是一次商务会面。“那么，我能为你做点什么？”

“我想变现股份。”他说。

“什么？”她张开嘴，身子往前坐，“你不能变现。你是最大的非雇员股份持有者。”

“所以？”

“我们得公开你在上市中出售的股份。如果人们发现你变现了，他们会认为你觉得这家公司估价过高，而且知道一些他们不知道的事情，”她清楚他也知道这一点，“这会扼杀我们能够为股份争取到的发行需求量和价格。”

卡勒姆耸耸肩。“我想变现。”

“你不能。”她坚持道。

“我能，而且我要，你没法改变我的想法，所以我们最好喝一杯，说点更有趣的事情。”他说着，从侍者送过来的碗里挑出一颗杏仁，“你在拉赛西尔工作多长时间了？”

“价格会下降百分之二十五，或者更多。”她的大脑飞速运转着价格计算模型，然后转到凯瑟琳·威利。弗里克活动已成为历史，听到交易失控的那一刻，凯瑟琳就会用其他人取代塔拉，将塔拉打发得比凯瑟琳对她一无所知时还要远。“这也意味着你所持的股份也会损失百分之二十五的价值，谨慎点说，你得相信在上市后价格会下降超过百分之二十五。你就不能等到五月末吗？”

“你喜欢吗？”他无视她的问题，“在华尔街工作？”

“你不能这么做，卡勒姆，”她不死心地重复道，“你跟乔希谈过吗？”

“我讨厌那儿。”卡勒姆再次靠在椅子上，喃喃自语，“不牢靠的西装阶层东奔西跑，假装他们在创造价值，而实际上只是通过金钱赚取金钱，好像金钱是最重要的事。”

“亿万富翁这么说。”她咬上了他的钩。

“我从来没为金钱做过任何事情，这也可能是为什么我赚了这么多钱。”

“为什么你迫切希望从 HOOK 脱身？”她没打算让他分散注意力。

“我对它失去信心了。”

“为什么？”

“直觉。”

“你肯定有更好的理由。”

“什么理由比直觉更重要？”

“事实？”她建议道，“这家公司没什么问题。我深入分析了他们的数据。”

“事实跟真相同步吗？”

“不好意思？”

“哲学问题。我认为如果你视事实为真相，你会错过生活中的一切。”

“我认为哲学思考最好不要跟投资决定挂钩。”

“那么你对自己不喜欢这款应用作何解释？”

“我不是目标用户群。”

“二十八岁单身女人？我说你是。”

她脸红了。他怎么知道她二十八岁还单身？

侍者端来他们的酒，卡勒姆举起酒杯碰了下塔拉的酒杯。“为真相。”他说。

她啜了一小口马提尼，重新组织她的观点。

“好吧，”她开口说道，“说句真心话，我认为你因为直觉而冒险搅乱成功上市这一点非常自私。”

“为什么这么想？”

“因为钱可能对你不重要，但那只是因为你有很多钱做退路。但是如果你这么做的话，不只是你的股份会损失百分之二十五，是每个人的，包括需要这笔钱的人。”

“第一，”他伸出一只指头，“我不关心钱，不是因为我有很多钱，它们毫无关系。第二，那些认为需要这笔因为一个人的决定就让价值浮动百分之二十五、如此虚无缥缈的钱的人，真的需要认真考虑下自己的原则。”

“那胡安·拉米雷斯呢？”

“谁是胡安？”

“第一个员工，”她说，对想起这一点很是自豪，“八岁的时候，因为父亲在华瑞兹市被枪击，胡安随丧偶的母亲移民到加利福尼亚。他靠援助项目长大，母亲为阿瑟顿那些有钱的风险投资家们清扫房子。他远离帮派，获得了伯克利的奖金学，现在，因为他的 HOOK 股份，他生平第一次终于有了钱。”

“多少？”

“如果我们能以二十六美元每股上市的话？就是两亿多美元。”她这么说的时候微笑着，“这就是美国梦。”

“而如果我这个又坏又老的英国人变现自己的股份，他就只能得到一亿五千美元，”他说，然后纠正道，“或者说税后七千五百万。”

“对。”

卡勒姆扬起眉毛思考着。她啜饮着马提尼，对自己赢得胜利很满意。

卡勒姆什么都没说，只是观察着她，喝着酒。

“怎么了？”她终于问道。

“一个二十几岁的孩子将会拥有七千五百万美元，你却因为他会少拿二千五百万，就说我是个坏人？”

“你有二十亿！”

“谁关心这个？那个孩子的一生毁了。”

“不会的。”塔拉摇摇头，在椅子上向前坐起身子，“那个孩子终于得到了他应得的。”

“你知道七千五百万会给他带来什么吗？邮箱里塞满了财富经理、房地产经纪人还有假装是他朋友的大学同学发来的邮件。如果他不回复的话——你怎么可能有时间一天回复五百封邮件？——他们就会说他嚣张傲慢、骄傲自大。如果他买一辆凯雷德，然后退休，三年后就会发现他没有真正的朋友，生活毫无意义，跟仍在奋斗的程序员比没有任何优势，他把自己一半的钱都花在不会让他快乐的无用东西上。”

“你不知道会是什么样。”

“但我的确知道：我在硅谷见过无数次。看看早期的谷歌人或是脸书那二百五十个暴发户。”

“即使可能变成那样，也不该由你做决定。”

“你说得对，”他说，“我只能根据我拥有的信息，自由地做我认为正确的事情，而我希望不要再跟 HOOK 扯上关系。”

塔拉的血液在沸腾。“但是还有其他人——”

“不要说但是了，”他说，“我比你更清楚这个领域。”

“我的整个职业生涯都在从事这个领域的工作。”

“那么你应该清楚，作为公司的第一个员工，胡安应该有创始人股份，但是他们却只给了他期权。”

塔拉耸耸肩：“那又有什么区别？”

“区别很大，如果你是胡安的话。这很大程度上展现了乔希·哈特如何决策。”卡勒姆说，“我反正要退出。”

“那我怎么办？”她听见自己小声说。

“你怎么办？”

“我需要让这笔交易顺利进展，”她说，“为我自己。”

他沉默地观察着她。她不太确定这种关心是出于慈爱、友爱还是性爱。“你认为这笔交易将成为你的机遇。”他用肯定而不是疑问的口吻说。

"是的，"她承认道，"我在这家公司工作将近七年了，有生以来我第一次感觉自己会有所成就，好像所有的努力都没有白费。"

"你想达到什么成就？"

"凯瑟琳·威利刚发了邮件给我。"她低头自嘲，知道这对卡勒姆这样的男人来说多么微不足道，"整个投资银行的总裁想让我代表公司出席两周后的一个艺术活动。我知道这听起来没什么，但公司在想要快速提升像我这样的人时就是这样行事的。"她抬头看着他，"这是我的机会，但是如果这笔交易出了差错，我的机会就没了。"

"你想成为凯瑟琳·威利？"

"当然。"她不假思索地说。

"真的？"他追问道。

"一个漂亮又成功的女人，拥有一份地位很高的事业，一个丈夫，两个孩子，还有上东区的顶层公寓？"塔拉笑道，"是的，我当然想要。"

卡勒姆啜饮了一口马提尼。

"你跟我期待的不一样。"他最后说。

塔拉挺直身子，不太确定这是什么意思。

"菲尔·道尔顿出售多少？"他问。

"三分之一。"

"那我也出售三分之一。"卡勒姆说。

"真的吗？"塔拉充满希望地问。

"真的，"卡勒姆确定地说，"前提是我们再喝一杯马提尼庆祝。"

塔拉又谨慎起来，小心翼翼地说："我们庆祝什么？"

"那还有待确定。"他碰了她的酒杯，一饮而尽，淡褐色的眼睛凝视着她，让她的脚趾头感到一种无法准确描述的不熟悉的兴奋。

陶德

星期三，三月十二日；纽约市，纽约州

陶德试图集中注意力，但以失败告终。塔拉怎么会觉得晚上八点打扮成那样去市中心见一个以玩弄女性著称的男性客户合适呢？还有，为什么卡勒姆要求与塔拉会面而不是陶德，如果不是因为性？对那些总是抱怨被当成物品的女孩来说，一旦被当成物品成为优势，她们肯定不会抱怨。

有个分析员来到会议室，给他们送来无缝网的订餐。这些食物对三个人来说实在太多了，但是晚餐消费低于拉赛西尔四十美元的标准的话，又似乎是一种浪费。

陶德停下来休息，一边享受着帕玛森干酪鸡肉，一边读着今天的报纸。

彭博的头条新闻写着，斯坦福学生的死亡掀起新的毒品战争。他翻到这篇新闻。

> 帕洛阿尔托，加利福尼亚——凯莉·雅各布森，斯坦福毕业班学生于上星期四早晨被舍监发现在宿舍房间里身亡，学校官方在星期六发布的新闻中如是说。官方公布的死亡原因是因过量服用亚甲二氧甲基苯丙胺，或“莫里”，引发心肌梗死。这种毒品在热衷演唱会的二十多岁的年轻人中很流行。这个女孩的死亡震惊了斯坦福社区，目前在华盛顿掀起了一场对千禧一代使用毒品的争论。
>
> “这正是开始大麻合法化和给毒品贩子减刑后会发生的事情。”国会议员卡尔·坎普坚持说，“我们最有前途的学生在自由派的影响下走向堕落。我们得重新对毒品贩子加重量刑。毒品交易将获终身监禁，就这样。”

种族平等委员会总裁肖恩·罗宾逊提出反对意见："这件事情获得关注的唯一原因，只是因为凯莉是一个拥有特权的白人女孩，而莫里是一种给有特权的白人孩子的毒品。如果你要讨论悲剧的话，去看看那些援助项目，那里每周都有几十个可怜的孩子不为人知地死去。"

"你尝试过莫里吗？"陶德问博尔。他忽略了尼哈，因为她显然没有。

"当然了，哥们儿，"博尔说，"为什么问这个？"

"正在读那个凯莉·雅各布森的事。"

博尔猛地吸了一口气。"唉。很惨。"

"那是什么感觉？"陶德从未尝过毒品。全国大学生体育协会的随机测试让他在大学从来不曾尝试，而且喝酒一直能满足他的需求。

"那只是比摇头丸更纯的药物。"博尔说着，擦了擦眼睛。意识到陶德也没有试过摇头丸，他继续说："它让你心情异常愉快，你所有的感觉和情绪都更剧烈。你变得非常非常深情——不是性的那种，只是真的看到每个人最好的一面，并且觉得跟他们非常亲近。"

"它会让你宿醉吗？"

博尔摇摇头。"差不多两天之后，所有血清素会从大脑消失，你就会平静下来。那过程可能非常难熬，"他说，然后耸耸肩，"但总比酒后宿醉感觉好些。"

"有意思。"陶德说。

他接着回去概述 HOOK S-1 申请中的风险因素。这一栏一直都是个笑话，尤其对于 HOOK 这种甚至还没有盈利的科技公司。跟这家公司有关的一切对于投资者来说都是有风险的：它没有收入模式，首席执行官是个反社会者，首席财务官有社交障碍。从陶德的角度看，唯一让 HOOK 具有价值的因素，就是像他一样让人产生性幻想的男人在使用这款应用。

他输入：

+ 如果有魅力的人有更好的选择
+ 如果一夫一妻制很流行

“你和塔塔在斯坦福的时候上过床吗？”

陶德抬起头：“什么？”

“你和塔塔。你俩在大学的时候勾搭过没？”

陶德摇摇头，眼神回到电脑上：“不是我的类型。”

“你觉得她是卡勒姆的类型吗？”

陶德耸耸肩，试图不露声色：“我真的不关心。”

“你知道吗，他们在克罗斯比酒店。”

“什么？”陶德猛地抬头。假装无辜在市中心会面是一回事，但是在男人住的酒店喝酒？

“呃。”尼哈从角落里发出鄙夷的声音。陶德都忘了她的存在。

博尔在桌子对面滑动手机，给陶德看一张地图，上面有个蓝点浮在克罗斯比酒店上。

“你怎么知道她在那儿？”

“在 HOOK 上跟踪她。”他咧嘴笑，很是得意。

“你没法跟踪。”陶德扮了个鬼脸。他常用 HOOK：你可以找到哪些女孩在你四分之一英里内，但是没法看到她们的确切位置。

“变更用户设置后就可以了。”博尔耸耸肩，接着看自己的手机。原来这就是博尔抢了塔拉的手机后在做的事。

“你怎么知道的？”

“我在乔治城的时候辅修了计算机科学。”他说，“总之，要是她跟他跑了，哈维会很生气。”

“什么？”

“公司投了很多钱来培训聪明的女孩，要是她们在给公司产生任何实际价值之前就辞职变成某人的妻子，他肯定会大发雷霆。”

“她为什么会那么做？”

博尔环顾一周。“比起做股权投资市场的副总监，你难道不更想成为亿万富翁的妻子？”

“卡勒姆好像五十岁了吧。”

博尔耸耸肩。

“我希望她能离开，”尼哈头都不抬地说，“反正她什么都不做。”

“不好意思，你说什么？”陶德转过身，不太清楚是什么导致这个分析员突然爆发。

“对不起，”她说，“我知道你挑选她是为团队着想，但是她什么事都不做。她刚刚叫我把整个演示文稿的格式重新改一遍，就跟我没有别的更重要的事情做似的。”

“你是分析员。”博尔指出。

“我是陶德的分析员。如果我想成为股权资本市场分析员，我早就是了。”尼哈说，“如果她少花点时间卷头发的话，或许能干好自己的活。”

陶德大笑。“你为什么这么激动？”

“都是塔拉！”她说，“我今晚本来要写升职陈述的，现在就因为她想去喝一杯，我得弄这个。”她推了推鼻梁上的眼镜，重新盯着电脑。

“什么升职？”陶德问，“你不是第二年吗？”分析员要等到第三年才能转为助理。

“是啊，但因为马特和罗希特的离职，他们要提前给我们中的两个人升职。”

陶德思考着这件事。如果尼哈在争取升职机会的话，她会更卖力地为这笔交易工作。得分。

“她在移动，”博尔说，注意着桌上的手机，看着蓝点穿过市区，停在格林尼治大街。“她住在西村吗？”

陶德耸耸肩。

“我觉得我们安全了，”博尔说，“如果我要跟一个老亿万富翁上床的话，我会待在酒店。我听说克罗斯比的套房特别棒。”

现在陶德变得心烦。她曾试图勾搭卡勒姆。她在他们有笔交易要完成的这个关键时刻，居然十点四十五分就回家了。也许莉莉安会是个更好的选择。或者股权资本市场部对他抱有好感的那个同性恋男人。

“嘿，你——”陶德开始跟博尔说话，但是想起尼哈在他旁边心烦意乱，于是选择给博尔发了条即时消息：

陶德：喝一杯去？

博尔：正等着你这句话呢。

陶德：坎贝尔公寓？

博尔：我先过去。

陶德：随后就到。

博尔深吸一口气，关上了电脑。“累死我了，”他说，“我要回家小睡一会儿然后在家工作，如果你们不介意的话。”

尼哈目瞪口呆。“你开玩笑吧，”她说，“我们还没弄完一半呢，我们本应该——”

博尔举起一只手。“尼哈，我知道自己的极限。如果我能稍微小睡一会儿，半夜再做点锻炼，然后再回来工作的话，我的效率会更高。”

尼哈看着陶德，期望他能说点什么。“做助理的特权，”陶德解释道，“但你要是在这笔交易上努力工作的话，我真的认为你会得到升职，然后你也会有特权。”

她的胸口上下起伏，接着回到电脑上，看起来很恼怒但很有动力。好女孩。博尔收拾好东西，离开了房间。

十分钟之后，陶德也关了电脑。“我已经弄完了我这边的所有事情，就等你弄完那个模型了。我要去睡会儿。你觉得你什么时候能弄完？”

尼哈忧虑地看着电脑：“我觉得我早上六点能给你。最晚六点半。这样可以吗？”

“可以，”陶德说，“应该没问题。”

“好的。”她说道，注意力重新回到屏幕上。

“我会跟塔拉谈谈她扔给你的工作，”陶德站起来说，“但是目前，你先把我发给你的东西做完，再写你的申请，好吗？她的工作可以等等。”

“谢谢。”尼哈抬起头，充满感激地看着他。

“不客气。”陶德说。

陶德朝楼下走去。与其坐在那儿因塔拉心烦意乱，还不如休息一会儿。走在公园大道上时刚好开始下雪，他顶着风雪，强迫自己拥抱寒冷。当到达纽约中央车站的时髦酒吧坎贝尔公寓时，他发现博尔已经跟两个女孩聊上了。

坎贝尔公寓有两个优点：第一，众所周知这是银行家喜欢去的地方，因此吸引了很多只要你有拉赛西尔名片就愿意跟你上床的女孩。第二，这地方半夜就关门了，因此创造了天然良机，邀请女孩上床后还可以睡六个小时。这跟俱乐部或者两点关门的酒吧截然不同，那里的女孩总是想再待一会儿多听一首歌。陶德看了眼自己的手表：已经十一点十五分了，时间正好足够搞定其中一个女孩。他自周末以来就没有跟人上过床了，刚好可以刺激下。

“所以你们已经认识了拉赛西尔的第二号重要人物。”陶德漫步到吧台时跟女孩说。

一个穿着黑色短裙和四寸漆皮高跟鞋的小巧金发女郎转过身来，巨大的胸部面向着他。“那谁是第一？”她咬着吸管噘起嘴。

“我。”他咧嘴一笑，然后漫不经心地转向吧台点酒。他能感觉到她的眼神中带着强烈的渴望。这可能都用不了四十五分钟。他们没头没脑地谈了十分钟，陶德继续想着塔拉和卡勒姆，变得越来越恼火。

“老实跟你说。”陶德打断女孩正在说的有关时尚周的事情。他已经不记得她的名字了。“今天可能是我最漫长的一天，我真的快累垮了。我只是来和博尔喝一杯，然后就回去睡觉。”

她的胸部失望地垂落下来。

“但是我遇到了你。”他说，“我现在内心非常挣扎，因为我真的很累，但我不想就这样结束。”

她又重拾自信，扬起眉毛。“好吧，我可以给你我的号码，然后我们可以什么时候出去——”

“问题是，我现在做的这笔交易太疯狂了。我希望能跟你说说，但是全都要保密。接下来的两个月我差不多得夜以继日地工作。我知道你那时候肯定已经有人了。”他摇了摇头，“你这样的女孩永远不会在货架上待太久。”

她犹豫了下。“要不，今晚？”她说。

“哦，我——”他低下头装作很羞怯的样子，然后又打起精神，“你说真的吗？我通常不——”

“我也不这样，”她打断他，咯咯笑着打定了主意，“但是什么事都有第一次，对吗？”

坐了一个小时出租车到家后，和女孩随便亲热了一下，陶德就在枕头上沉沉睡去，不再想塔拉。

查理

星期三，三月十二日；帕洛阿尔托，加利福尼亚

查理将车停在纪念教堂后，一个身穿黑色长袍的女人领着他进入教堂的壁龛。当他看到母亲蜷缩着瘦小的身体弯腰坐在椅子里时，他感到眼眶一热，父亲无助地站在她身旁。

“嘿。”他抚摸着她的肩膀轻声说。一看到他，她又开始抽噎起来，他搂住她。

他今天早上从伊斯坦布尔直接赶到斯坦福大学参加凯莉的追悼会。得知消息的那个星期五，拉杰就让他回来，但是查理坚持留下交接工作。他只是还没准备好面对现实。

他了解到凯莉死于吸毒过量。在上星期三跟他视频时提到的演唱会上，她服用了莫里，回家后就在床上失去了知觉。查理甚至不知道人可以死于服用莫里，凯莉的舍监第二天早上发现她不省人事。他将她背到医院，但是太迟了。医生宣布因为莫里渗透到她的静脉引发了热中风，导致她心脏病发作死亡。

他接受了这个故事，但仍然不敢相信。他和凯莉如此亲密，如果她染上毒品的话，他肯定早就知道了，不是吗？

或者他对她的不赞成导致她跟他产生了隔阂？去年她告诉他在拉赛西尔实习的时候他很愤怒，但是他确信今年夏天她对此事的痴迷就会烟消云散。她认识了他在大学时最讨厌的那种毫无价值的男人——那些人以为穿套西装就是个男人，她会明白将她的才华献给这些人是一种天大的浪费。可惜她还没来得及认识到这一点，当她告诉他决定毕业后返回拉赛西尔工作时，他感觉糟透了。

他比世界上任何人都更爱他妹妹，可惜他们的最后一次谈话很不愉快。他收起那种挫败感，集中精力，知道跟自己生气比想起她真的不在了更容易接受。

教堂的钟声响起，牧师打开通往祭坛的门，里面挤满了人。管风琴的声音夹杂着低声的抽泣，他听到母亲双手遮住脸开始大哭。父亲搀扶着她防止她跌倒，领着她走到前排座位。

追悼会持续了两小时，凯莉在相框里对着人群微笑，而她的同学们眼泪汪汪地细数着她的活力和温暖。

牧师说了最后的祷告词，一个校园清唱合唱团唱起了《奇异恩典》，人群慢慢离开教堂，去往已在校园周围组织好的各个支援团。

“到这边来。”读经文的女人低声对查理说，领着一家人从边门出去。

“出了什么事？”查理低声问。

“媒体来了，”她非常抱歉地说，“我们试图将他们挡在门外，但斯坦福是一个开放式的校园。”

“为什么媒体会在这儿？”他问。

“卡尔·坎普那事儿？”她说完咬了咬嘴唇，意识到他并不知情。“卡尔·坎普，那个众议院议员，他利用凯莉的事情对毒品政策重新施加压力。”

“我一直没看新闻。”他承认。他甚至都没想过会有人来报道凯莉的事情，他们不是更应该关注叙利亚吗？

“我相信很快会平息的。”她很勉强地说，“但是目前最好还是往塞拉大街开。这样他们不会看到你们。”

他的父母钻进后座，他们太过悲痛，以至于都没有意识到发生了什么。查理将车倒出来开到马路上。他听到有人在车上猛敲，连忙紧急刹车，接着一个脸上淌满眼泪的女孩来到他的窗户边。

他将车窗摇下来。

“我真的对不起你们，”女孩惨叫道，胸膛剧烈起伏，“我真的真的真的对不起你们。”

查理将车停下，从车里出来。“我马上就回来。”他对父亲说。

女孩瘦弱的肩膀蜷缩着，因为湿冷和抽泣不停地哆嗦。他领着她到四方院子旁边的人行道上，抓着她的肩膀，她悲痛的样子使他暂时放下了自己的悲痛。“发生什么事了？你还好吗？”

“不好。”她摇了摇头，抽着鼻子说，“不好。都是我的错。”

“什么都是你的错？”他切换到报道模式。

“凯莉。我杀了她。”她一边说，一边咳嗽着抽泣。睫毛膏顺着脸颊流下来，扭曲了漂亮的脸。

“我不认为是这样，”查理尽可能冷静地说，“告诉我发生了什么。”

“我告诉她没事的，”女孩说，“她问我是否应该试试莫里，我跟她说她应该找点乐子。她当时有些犹豫，但是我说我会照顾她。我确实照顾她了。”她抬起头，蓝眼睛又大又无辜，“我保证我真的照顾她了。我一直都跟她在一起，她只吃了一口。真的，她只吸了一点点。”她充满希望地看着查理，好像他能让这场噩梦消失。他现在认出她来了：她是凯莉的朋友蕾妮，那个有钱的姐妹会女孩，是她的父亲给凯莉找了在拉赛西尔实习的机会。

“然后发生了什么？”查理冷静地问道，“在她吃了一口后？”

“她当然是高了，我是说，她比以往更温柔，更精力充沛，她告诉每个人她有多爱他们，说她多么开心，对纽约和拉赛西尔多么激动。基本上，在回家的路上，她完全没有问题。我给了她一些水，但不是太多，我发誓！她穿上睡衣，刷了牙，我把她扶上床，一直等到她睡着了才锁上门。她当时好好的，我保证她真的好好的。但是我应该，”女孩再次张嘴抽泣，“我应该留下来陪着她。”

“这不是你的错。”查理说，知道确实不是，“你也没料到这个。”

“但是怎么会呢……我就是不明白是怎么发生的。我们花了一个半小时才回到家，如果她在演唱会上吃了更多的话，在我离开她之前就应该已经起作用了。”她的眉头紧蹙着，“是吗？”

“查理，我们可以回家吗？”父亲打开车门，“你妈妈需要——”

“你是蕾妮，对吗？”查理说。

“是的。蕾妮·舒尔茨。我们在同一个姐妹会。我们本来打算明年在纽约一起住的。”

“蕾妮，谢谢你告诉我这些。”

“我真的很抱歉。”她抽着鼻子。

他开车回了酒店，先将父母安顿好，然后才去办理自己的登记手续。院长已经将凯莉的物品打包寄了过来，他坐在床上谨慎地看着这个包裹，不确定他是否想知道里面都有什么。

凯莉没有告诉过他，她去纽约会和蕾妮住一起。她还有什么没有告诉他？

他拿起钥匙回到车里，按照指示牌到了斯坦福医院。

“她到这儿的时候已经死了。”医生又矮又胖，一头红色卷发，她看着病人的记录，头都不抬地说，正准备去见下一个预约的病人。

查理一路跟着她，被她的语气激怒了。“但是她的舍监说她当时还有一丝脉搏。”

“舍监开车带她过来就应该受酒醉驾车处分。”医生很不耐烦地说，“你都能从他的呼吸里闻到他喝多了。我向你保证，女孩送到这里的时候，已经没有呼吸了。我实在无能为力。”医生说着往门口走去。

“我不是在谴责你，”查理说，“我只是想要了解到底发生了什么。”

“发生了什么？”女人转过身，扬起眉毛，好像他愚不可及似的，“她服了大量毒品，跟人发生了关系，然后她死了。不要想得太多。”

“她跟人发生了关系？”

“是的。从尸检能看出来。”

“他们查了 DNA 吗？”

“没有。她不是死于性行为，她是死于毒品。”

“我就是不明白她怎么可能会服用过量。”他追着医生不放。

“服了一克莫里，扎一剂右美沙芬，紧接着一粒减肥药，一粒安非他命，六粒布洛芬。没有哪个心脏能承受得了这么多。”

“一克？她朋友说她只吃了一口。”查理说。还有她为什么服用减肥药？

“那么她朋友说谎了。”医生说，终于停下脚步，放软了口气，“为什么你这么关心她？”

“我是她哥哥。”

女人深深叹了口气，想调整成同情的声音，但医学院没教会她这一点。“听着，我知道接受关于亲近之人的真相很难，但是不要将事实复杂化。”

“你根本不了解我妹妹。”他愤怒地说。

他回到酒店时，心脏还在怦怦直跳。一切都说不通。如果中东发生大屠杀，他会思考清楚，研究事实，揭露真相。但不是这么回事。这是关于凯莉，他能看到的只有一个很深的黑洞。

他又看了一眼院长寄来的包裹。

他从酒店的迷你吧里拿了一小瓶威士忌一口气喝下，试图决定是否准备好打开包裹。他又喝了瓶伏特加，然后开始拆包裹。

他拿出了她的书——亨利·詹姆斯、弗吉尼亚·伍尔夫和简·奥斯汀的书，还有最下面那本破旧的《追寻生命的意义》，她知道这是他最爱的一本书。书脊都散架了，书页上涂满了重点。当他意识到她花了多少时间在这本书上时，他的喉咙哽咽了，接着他看到一张照片从书页中掉落下来，喉咙又再次哽咽。

他还没翻过来就知道是哪张照片：那是他俩在她高中毕业那一天拍的。她戴着方帽穿着长袍，灿烂的笑容与旁边他的喜不自胜正好匹配。他那时刚刚作为固定员工被委派到突尼斯，她给他写了一封长长的邮件，说她理解他不能回来参加她的大日子。他记得他收到邮件时笑成什么样——就算美联社要分配给他一个能跟诺贝尔奖媲美的任务，他都不会接受——他怎么可能错过小妹妹作为学生代表致告别辞。他订了张机票，但没有告诉她。她在演讲结束后发现了他，在台上大笑着，然后跑下台给了他一个大大的拥抱，完全不顾负责人对仪式被打断的痛恨。他都不记得上次他这么开心是什么时候了。

他放下书，翻了一遍她与姐妹会女孩的镶框照片——就算他心有偏袒，她也的确是其中最漂亮的。他翻了翻她的活页夹，全是按学期整理的旧测试和资料。他发现了她的笔记本电脑、苹果手机和两个印有拉赛西尔标识的水瓶，这让查理转了转眼珠：难道一个瓶子不够吗？

他看到箱子底部有个黄本子，当他意识到这是她在离开家去读大学那天他送给她的日记本时，他的胸口再次紧绷。他轻轻解开绳子，读了第一篇日记：

二〇一〇年九月十六日星期四

怎么开始这本日记呢？我觉得我得写点非常重要的东西，得说点深刻的东西来记住这一刻。我在从肯尼迪机场飞往旧金山国际机场的飞机上。一写下来就觉得好棒！旧——金——山。而且这只是去旧金山的多次飞行中的第一次而已。天呐，光想想就让我激动。我不敢相信这真的发生了。我不敢相信我要去加利福尼亚了，要去斯坦福了，而且一切都即将改变。查理给了我这个日记本。加利福尼亚唯一的问题就是离突尼斯太远了，但是他发誓会一直跟我视频。最好如此——唯一让我对大学放松下来的就是知道能跟他谈论任何事情。我太喜欢他送我的这个日记本了。这可是一个真的日记本。我觉得在电脑上打字时很难写出真相。我觉得有时候我们需要一支笔和一张纸才能深入了解事情背后的真相。这句话深刻吗？没准四年后当我再回头看这篇日记，会笑话此刻的我在十七岁时就觉得自己很有智慧这事儿。唉！我四年后会变成什么样？我会学到些什么？我会有男朋友吗？我希望会有。我会找到一份工作吗？不能想这个。我在想谁会成为我的室友，我希望我不会让她尴尬。我希望我不会是那儿最愚蠢的人。

查理抬头看着天花板，防止不熟悉的眼泪掉下来。

"我受不了了。"他大声说道。

他打开电视调到美国有线电视新闻，感激地发现电视台正在报道一起公路爆炸，这让他重新审视他的悲剧。但是接着记者就切到了有关加利福尼亚的最新报道。看到凯莉的照片时，查理感觉喉咙在灼烧。

"学生们今天聚集在凯莉·雅各布森的追悼会上，这个斯坦福毕业班学生上周被发现死于吸毒过量，这个女孩还有四个月毕业，准备去拉赛西尔投资银行工作。保守派评论家拉什·林博很快发表意见，批评该大学悼念一个他认为代表不负责任的千禧一代和民族道德沦丧的女孩——"

查理关上电视。"他妈的。"他大声叫喊。

他伸手去拿安必恩瓶子，然后拿了其中一个拉赛西尔水瓶去水槽接水。但是当他打开瓶盖时，发现瓶口有一层薄薄的白色粉末。他舔了舔手指尝了一下：它尝起来酸酸的，像是压碎的药丸。他回去看另一个水瓶：是干净的。这是……他又尝了点白色的残留物，是莫里。只能是莫里。但是莫里是怎么到她水瓶里的？

Chapter 4

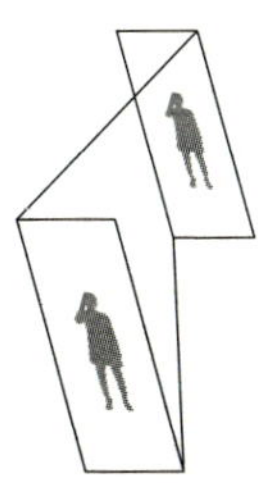

第四章

陶德

星期三，三月二十六日；纽约市，纽约州

“耶！”陶德将他的笔记本转向塔拉。

消息来自克罗利·布朗，HOOK公司的律师，他宣布S-1登记表已经正式提交给证券交易委员会了。这是三星期昼夜不停工作的顶峰。S-1申请登记通常需要两倍的时间才能完成。接招吧，哈维·塔特，别以为陶德·肯特有什么挑战没法克服。

塔拉虚弱地微笑着。她看起来疲惫不堪，这疲惫让她显得很美，这种脆弱的美几乎弥补了眼镜和别到后面的头发。

“一切还好吧？”陶德问。

“还好，”塔拉说，“就是很累而已。”

他看得出来她有些不对劲，他猜跟卡勒姆·雷斯有关。很显然，卡勒姆那天只是想获得她对市场情况的评估，以及他应该出售多少股份的建议。塔拉说他们甚至都没喝酒，只喝了苏打水，而且他一直在打量别的女人。这对塔拉来说肯定糟透了——将自己跟克罗斯比那些性感女孩对比——陶德想起自己对她那么苛刻，感到有点愧疚。

他喜欢塔拉。她工作努力但不紧张，偶尔还说些很有趣的笑话。对他和博尔讨论性或者运动，她也不觉得心烦意乱，她也不拿关于男人的问题来烦他们。她仍然有点神经质——只吃不加调味汁的沙拉，而且过分严肃——他们在办公室喝啤酒时她从来不参与，但比起其他女人，他更喜欢跟她一起工作。而且如果有机会的话，他仍想跟她上床。

“趁蜜蜂还没来之前，我得赶紧回家去。”塔拉站起来，整理穿了一天半的皱巴巴的裙子。蜜蜂是指那些一整天都在忙于内部社交，采集八卦花粉，然后将采来的花粉传授给办公室其他员工的人。他们在全公司的通知里搜寻看起来会高升的员工，然后给他发祝贺邮件，计划一起喝喝咖啡聊聊天，以便在他面前“露露面”，希望高升的同事掌权后能记着他们。

“恭喜啊，伙计们。”塔拉刚把高跟鞋穿上，卢·雷诺兹就匆匆将头探进房间说，塔拉狡黠地对陶德一笑。“我听说了你们的大新闻！”

“谢谢。”塔拉说，伸出手握住这只蜜蜂的手。塔拉的热情令卢的脸变得通红。他习惯了那个沉默寡言的职业的塔拉，而不是过去两周陶德开始了解的那个疲惫不堪的柔软的塔拉。

“你等会儿回来吗？”陶德问她，对卢置之不理。

“不回来了，我在弗里克有个活动。”她一边说，一边取下头上的发夹甩了甩头发，然后重新扎得更紧。

“你什么时候跟上东区的人有来往了？”

“是工作。”她说，“拉赛西尔有一桌，凯瑟琳叫我过去。”

“凯瑟琳·威利？”卢目瞪口呆。

陶德的喉咙一紧：为什么塔拉跟投资银行总裁的关系这么亲密？

“我猜是因为几个重要的客户也会去，凯瑟琳想让我跟他们接触一下。”她天真地说，好像没有意识到那代表什么似的。

“你为什么没提过这事？”

“我以为你不关心。”她撒谎。

“我当然关心。”陶德傻眼了。高管们都没有给他安排引荐。是他拿到的这笔交易，塔拉在这个团队里只是因为他选择了她。

“今晚好运，”卢对她说，“我们这周什么时候一起喝杯咖啡。很想听听最新消息。”

“当然，”塔拉说，向陶德眨了眨眼，“大家待会儿见。”

“哥们儿，你们打算怎么庆祝？”卢在塔拉的座位上坐下来，急切地盼望着他的英雄为晚上谋划的任何纯爷们儿式的冒险活动。

陶德实际上准备去肉库区的 PHD 夜店，但是他才不会告诉卢。他依然盯着门：公司为什么这么扶持塔拉？就因为她是个女人？这不是性别平等，这是逆向歧视。

他看了眼手表，对卢说：“我现在要去健身房，”他没有撒谎，“太长时间没去了。”

看到陶德拿起健身包，卢尴尬地站起来，他才刚坐下。“是啊，完全同意。我很讨厌有什么重要事情要做时没法去锻炼。”

陶德试图忍住笑。“好吧，谢谢你的祝贺。”

当他打开昼夜平分健身房的门，呼吸到弥漫着桉树味、充满过量氧气的空气时，他感觉烦恼平息了。

“好久不见啊。”他超级性感的私人教练摩根看到他从衣帽间出来后逗他说。氨纶紧身裤毫不掩饰地呈现了她线条完美的腿和臀部。陶德的朋友们都取消了私人教练，坚持认为 P90X 训练计划才是正确选择，但是陶德无法想象放弃摩根或者那些专注于完善他的身材的训练课。“我希望你有个好借口。”她说。

他调皮地玩弄着她的马尾辫。“实际上，我的确有。”他说着领她到健身场地，抬手打开其中一台平板电视调到 CNBC。她指了指电视下的自行车，他骑上去，看着屏幕。

“一群斯坦福学生今天宣布，他们有意创办一个非盈利投资基金来纪念凯莉·雅各布森，这名斯坦福毕业生这个月初于校园宿舍房间里被发现死于吸毒过量。”新闻主播说，“学生们与众筹网站达成协议，他们将通过该网站筹集两百万基金。这笔基金将由大学的学生金融俱乐部管理，他们会将百分之五的年收益捐助给支持女性权利的项目，以延续雅各布森在世时的激情。”

“我们发起这个基金是为了继续凯莉想做的事业、她的金融职业生涯以及她帮助全球女性的激情。”一个漂亮的深肤色白人女孩对着镜头说，“凯莉是个很棒的女孩，我们想让世界以这种方式记住她。”

“那是蕾妮·舒尔茨，凯莉在姐妹会的朋友。我们联系了肖恩·罗宾逊，他对关于雅各布森死亡的大张旗鼓的报道有直言不讳的批评，我们来听听他的评论。”

“我不是说我不赞同这些学生的努力，”肖恩·罗宾逊对着镜头抬起手，“我想指出的只是，一个黑人孩子因过量吸毒而死没人关注，但一个白人女孩因过量吸毒而死，电视台纷纷报道她的葬礼，还有人为她发起纪念基金。”

“你在忙凯莉·雅各布森的纪念基金？”摩根将注意力从电视上转移开，调高了陶德自行车的阻力。

“等等。”他说，感觉心跳随着腿部运动和对下一刻的预感加快。

“接下来是财经新闻，”新闻主播继续道，“基于地点的交友应用 HOOK，其公司今天向证券交易委员会提交了 S-1 申请，表示他们想在纳斯达克股票交易市场销售其股份。这笔交易对该公司估价一百四十亿美元左右，由拉赛西尔承销。对这家全球投资银行来说，这是一则好消息，前不久这家银行才因为受到证券交易委员会的调查上了头条。此次宣布让很多分析家大吃一惊，但是根据推测，它可能成为自去年十一月推特上市以来最热门的股票发行。”

陶德对着摩根咧嘴笑。她将目光从电视转移到他身上，噘起嘴表示同意。“不赖啊。”

嘭！陶德心想。这才是重要的时刻：当一个火辣的女孩对他的能力、权威以及参与 CNBC 报道的事件刮目相看时。

“过来。”摩根叫他从自行车上下来，走到砝码这边。“我们看看你那些强壮又重要的胳膊上是否还有肌肉。”他让她的奉承话像类固醇一样散布全身。

“那么，你安排了一个隆重的庆祝？”摩根调整侧面的下拉砝码时问道。他能看到垫子上有个女孩正从镜子里看他。这个是给你的，他在心里对她说，然后抓住杆往下拉。

“今晚去PHD。要不要跟我约会？”他俏皮地微笑。

“很遗憾我不跟客户约会。”她叹了口气，但嬉笑的样子让他觉得这并不是不能商量的。

“那我就解雇你好了。”他还击道。这想法突然看起来非常明智：摩根有那么好的中枢肌肉力量和耐力，床上功夫一定惊人。“来吧，会很好玩的。”

她笑了。“我有约会了。”

“那个幸运的男人是谁？”

“女孩，”她纠正道，“她叫罗西。今天是我们的纪念日。”

陶德放开金属杆，金属杆叮当一声收了回去。“你是同性恋？”这句话说出口时比他想得更令人厌恶。

“你以为我是直的？”摩根毫不在乎地笑道。

“怎么回事？”他竭力回过神来。

“是这样，当一个女孩——”

“不是，我——”他重新抓住杆，“我只是没有意识到。”这段时间，她一直没想过要跟他上床？“你女朋友也很火辣吗？”他终于问道，想象着摩根跟同样有魅力的女孩睡觉来抚慰他的男子气概。

“我觉得是。”

“你们喜欢三人行吗？”

“到条凳上去。”她微笑着推着他到胸部推举机旁边。

尼克

星期三，三月二十六日；门洛帕克，加利福尼亚

红木酒店，位于沙岭路尽头。酒店套房一晚五百美元，是一栋设计巧妙的发散式建筑。这里是一切发生的地方。掌控硅谷的风险投资家们都来这里出席商业午餐和收工酒会。在北加利福尼亚，这里是唯一能点上一杯独特的二十三美元的马提尼，而且周围全是努力打扮的漂亮女人的地方。

当然，这里曾经发生过一些跟卖淫集团有关的丑闻，一些老风险投资家称这种放肆行为跟硅谷风格不搭调，但是他们已经过时了。不像尼克。他才是新浪潮，硅谷 3.0 的统治者。

他的手机发出嗡嗡声，他看了眼短消息。

格蕾丝：有空的时候给我打个电话？

为了庆祝 HOOK 的 S-1 申请，尼克在红木酒店约了位子，跟备受尊敬的财富经理达雷尔·格林讨论他的资产，接着跟女朋友格蕾丝共进晚餐。他还没告诉她，但是他也在红木预订了一间套房作为晚餐后休息的地方。他预感到今晚将是他们终于睡在一起的日子，他实在不想回旧金山，或者更糟糕，去她的女生宿舍。

他看了眼手表，拨打了她的电话。

“嘿。”她接了电话。格蕾丝的父母是中国移民，但是你永远猜不到的是：她是纯粹的美国姐妹会女孩，性感的派斐，而且刚好也很聪明，虽然不及尼克，但也聪明得恰到好处。

他们是去年秋天在企业家会议上认识的，当时格蕾丝在帮忙注册。他邀请她去爱维亚共进晚餐（女孩从不拒绝爱维亚的晚餐），自那以后，他得心应手地赢取她的芳心。

“怎么了？”他对着电话说，眼睛一边瞄着大堂寻找重要人物。看到阿什顿·库彻坐在沙发上跟一个可能是二线风险投资家的男人说话，他翻了翻白眼。他讨厌硅谷的名人渗透，以及只要有像样的推特粉丝数，就能使一个人有资格评估创业公司潜力的假设。再说阿什顿·库彻上过大学吗？

“我觉得我今晚去不了了。”格蕾丝说。

“你说什么？”尼克的注意力回到通话上。

“对不起，只是那条新闻真的让我很难过。”

“什么新闻？”尼克试图控制他的声音。今天唯一的新闻是他的公司刚提交了上市申请，而这将会使她的男朋友出名，虽然她还没认识到这个事实。

“那个众议员在抗议我们为凯莉筹集基金，”她说，“现在连众筹网站都在说他们可能会取消与我们的合作关系，因为他们不想卷入这场争论。”

凯莉·雅各布森，那个死去的斯坦福女孩，跟格蕾丝在同一个姐妹会里。但是在那个女孩死之前，尼克从来没听格蕾丝提过凯莉。他真不明白为什么她这么难过。

“什么基金？”尼克并没有试图掩饰恼怒。

“我们正在筹集资金，成立支持女性权利的基金。”她说。

“这个基金有多少？”

“我们的目标是两百万，其中百分之五捐助给慈善机构。”

“十万一年？”尼克嘲笑着这个数目。

“应该会慢慢增长。”格蕾丝试图辩解。

“你是负责跟网站协调的人？”他问。

“不是，我只是帮忙提高项目的知名度。”她说完后沉默了，意识到她并没有足够的借口取消晚餐。“我只是很难过，”她轻声说，“就是，真的很难接受这个事实，尤其还发生了别的事情。”

发生了什么别的事情？她是二十一岁的姐妹会女孩而已。而他是一家即将上市的大型公司的首席财务官，他仍然能挤出时间和精力来经营他们的关系。

“你在开玩笑，对吗？”

“对不起，尼克。我现在只想跟朋友待在一起。”

“好吧，”尼克说，“我得挂了。”他感到血压上升，这时他看到阿什顿·库彻在沙发上大笑。去你的！他想大声尖叫。“爱彼迎”不过是侥幸成功！

“我能为你做什么？”一个身着低胸黑裙的迎宾员问道。

尼克转过身，平息了怒火。他才不会让格蕾丝毁了他的大日子。“我来这儿跟达雷尔·格林会面。”他小心翼翼地清晰地说出这个名字，希望她能理解其重要性。达雷尔·格林是硅谷最著名的财务经理，监管马克·扎克伯格和其他三十五岁以下的新世界主宰的财富。

“当然，这边请。”她微笑道。她走路的时候摆动着臀部，这让尼克平静了下来。她比格蕾丝性感多了，而且意识到了他的重要性。

“尼克，”这位财富经理起身伸出手，“很高兴见到你，兄弟。”他有着浓重的澳大利亚口音，身材矮胖，面色红润，头发微卷，穿着打褶卡其裤，马球衫塞进了裤子里。

“彼此彼此。”尼克感到他对格蕾丝的气愤已经消散了。

他们坐在酒吧的角桌旁边，透过这个私密的L形房间的玻璃门往外看去，就能看到圣克鲁斯山脉，达雷尔点了一瓶香槟。

“好了，我能为你做点什么？”达雷尔问。

“是这样。”尼克开口，很高兴终于有人意识到这一天以及他的重要性。他拿出带来的概述他个人资产的文件。“我带来了我目前的投资组合，想着我们可以先从——”

“请允许我打断你一下，”达雷尔说道，“你想要什么？”

“好吧，现在我觉得美国中盘股看涨，但是我显然想保持多样化，并且——"

达雷尔再次打断他，看他合上文件夹后微笑着说："我们不要讨论细枝末节。谈谈大方向——你想要什么？"

"你是什么意思？"

"你现在有八千五百万。尼克·温斯洛普想要什么？一栋房子？七栋房子？私人基金会，盖茨那样的？私人岛屿，埃里森那样的？"

尼克脸红了。他不知道达雷尔是怎么知道他的资产数目的，但是很喜欢有人说出这个数字，以及将他的名字跟拉里·埃里森相提并论的感觉。

侍者拿了一瓶唐培里侬香槟王回来，开了瓶，给他们斟上。

尼克往前倾过身子，向他吐露道："我想更成功，你明白吧？我想成为那种点石成金的人。一个能决定什么样的生意是聪明的，什么样的生活才是精彩的那种人。"

"这个我喜欢，兄弟。"达雷尔祝贺道，碰了下他的杯。

尼克抿了一口，对认同很满意。

"那我猜你已经兑现你的期权了？"

"只兑现了十万。"尼克说，指着他摆出来的那张纸。

"什么？"达雷尔往前坐起，"为什么？"

尼克耸耸肩。"我还没拿到钱。兑现全部期权要花两百万。"

"但会给你节省数千万的税，如果你计划在二〇一六年之前出售任何股票的话。"

这对尼克来说不是新闻：长期资产收益时钟，这意味着一个股东可以支付百分之十五而不是百分之四十的税，交换条件是从股份被购买那一刻算起持有股份一年以上。现在尼克只有股票期权，这表示他实际上还没有拥有股份，他只是有权在被给予股份时以它们当时的价值来购买总计两百万的股份。如果他有两百万的话，他现在就可以买下这些股份，这样就可以启动长期资产收益时钟。但现在的情况是，他不得不等到上市之后，这样他就可以同时购买和出售足够的股份，以支付购买其他股份的费用。

“我知道，”尼克说，“从税务角度来说是不理想，但是我实在没有别的选择。”

“胡说。你为什么不去贷款呢？”

“从哪儿贷？我的唯一资产是HOOK期权。没有银行会愿意为此支付贷款。”

达雷尔挑起一侧眉。“你以为我来这儿是干吗的？”

“你不是银行。”尼克说。

“银行过时了。我的其他客户用现金付贷款,他们理解你的情况。我明天就可以给你两百万的担保贷款。”

“你能办到？”尼克一直以为他得再等两年才能真正从上市中拿到现金。但是如果他现在就能贷到款购买股份的话，一年以后他就能以百分之十五的税率出售股票，踏上成功之路。

“包在我身上。”达雷尔微笑着，“当然，我假定你想跟我合作？”

“当然。”尼克点点头，“毫无疑问。”

“那就行。”达雷尔给尼克的杯子斟上酒，再次向他举杯。

酒吧里开始挤满人，尼克感觉棒极了。酒吧里一个穿着高跟鞋和紧身银色长裙的女人向他微笑，他感到脸颊发烫。

“那么，你有女朋友吗？”达雷尔问。

“有，格蕾丝。”尼克说，将眼神从那个女人身上移开。

“你觉得她就是你的那个人吗？”

“我——”酒吧里的那个女人还在看他，“我不知道。”

他以为他喜欢格蕾丝，但也许他并不喜欢。也许他需要更多的东西。

“我能说句实话吗？”达雷尔压低声音说，“我不是要说格蕾丝的坏话，但如果我是你，我就甩了她。你根本不知道迎接你的会是什么。为什么在你要腾飞的时候限制自己呢？”

侍者重新给尼克斟上酒，她探身向前的动作让她的乳沟更明显了。尼克感觉到了他静脉中的搏动。

“你知道吗？她居然取消了跟我的晚餐约会。”他承认道，摇了摇头，“我安排了整个晚上来庆祝今天的上市申请登记，她就在我刚走进这里的时候打电话取消了。”

达雷尔摇了摇头。“兄弟，有些男人不得不处理这样的烂事，但是你不必。现在整个世界都为你所用。”

“我们去跟她们聊聊？”尼克将头歪向酒吧，穿银色长裙的女人跟一个朋友在那儿会合了。

达雷尔随着他的目光往那边看。“要的就是这种精神。”他转过身，站起来时碰了尼克的杯子，“欢迎来到新世界。”

艾曼达

星期三，三月二十六日；纽约市，纽约州

艾曼达穿着她最喜欢的上班服：一条紧身但仍职业的黑色铅笔裙，一件紫色丝绸吊带背心，上面套一件设计师的黑色无袖开衫，她不知道是哪位设计师，但是猜想很贵，因为是有钱的室友克劳迪娅给了她这件旧衣服。

艾曼达很想讨厌克劳迪娅，但自从在宾夕法尼亚大学的第一年她们被随机分配成室友后，她一直是艾曼达最好的朋友。在大学的时候她们一起狂欢——她们工作很卖力，但也玩得很凶，这个众所周知的二人组基本能勾搭上任何本科生，还有大部分商学院的男生。

但是当她们搬到纽约后，情况变了。克劳迪娅在这个城市长大，这儿有她的众多中小学同学和高档衣服，以及在苏富比一周只工作四十个小时余出来的充裕空闲时间，如果那也算工作的话，靠着这些她上升到了一个全新的高度。她放弃宾夕法尼亚重聚派对去参加时尚周晚会，踢了她们可靠的旧情人去找有自己的投资基金的老男人。与此同时，艾曼达却干着自己都看不起的工作，每周工作九十个小时。她跟着克劳迪娅去派对，试图融入上等社交场合，可是每当有人问她去哪儿避暑时，缺少了楠塔基特岛、汉普顿斯、纽波特、温雅的回答就出卖了她，暴露了她在没有棕榈树的佛罗里达长大的身份，这时她看起来总是像被当场抓住的诈骗犯一样。

两个月前，克劳迪娅开始跟一个新年期间在圣巴茨认识的男人约会，现在艾曼达几乎见不到她了。

对此，艾曼达没法生气，因为她知道，如果角色互换的话，自己也会这么做。这就是跟女孩做朋友的问题：你只能在她们找到男朋友之前指望她们，还有她们之间无须挑明就达成的理解——“你不能生气”，他有优先权，所以单身女孩只能一个人待着的理解。

这就是为什么你不能是最后一个找到男朋友的人。

这就是为什么艾曼达穿着她最喜欢的上班服装，并在克罗利·布朗的洗手间里卷了金色直发，说她跟医生有个预约好及时离开办公室，刚好晚十五分钟出现在哈罗德·哈蒙兹的欢乐时光派对。

陶德还没有答复她的脸书消息，但是这并不影响她计划如果他来的话晚上怎么玩。她已经想象了这个场景的每个细节：他进来，她看着他环顾酒吧找她，然后发现她跟两个性感的男人在一起，于是她对他随意一笑。他打断他们，告诉她她看起来美极了，她接受他的一杯酒，他说他很抱歉，她说她理解，他说我们离开这里吧，她说好。然后他们去西村的一家餐馆，他为他们俩点菜，她说我们外带吧，他微笑着同意，他们回到他的公寓，上床做爱，嘲笑着人们那么傻居然不相信有灵魂伴侣或者那些相信的人以为找到灵魂伴侣是件很容易的事情。艾曼达对着这个幻想微笑，尽力鼓起精神走进酒吧。

酒吧是空的。她上楼，发现了哈罗德和两个同样缺乏吸引力的男人。不要惊慌，她告诉自己，但是她已经能感觉到幻想坍塌进失望的真空里。

“艾曼达！”哈罗德叫道，“艾曼达，嘿！”

她挤出一丝微笑，将黑洞推开。她亲了哈罗德的脸颊，小心翼翼地让他们的身体之间保持尽可能多的距离。他将她介绍给他的朋友，一个骨瘦如柴几乎不说英文的男孩，和一个过分激进的矮小男人，他脚打着拍子，不停地说自己准备怎样去跟突然出现在角落里的女孩搭讪。她没有留意他们的名字。

“要我给你拿杯酒吗？”哈罗德问。

“当然。”她说，拍了拍心口重新调整期望值。她能够挺过去，只需要喝得烂醉就行。“来一杯灰雁伏特加灰狗。”她对调酒师说。这是她跟陶德第一次在斯坦达酒吧见面时，他给她点的第一杯酒。

“不好意思，那是什么？”调酒师问。

“西柚汁，”她假笑着说，“加灰雁伏特加。”

“我只有蔓越莓汁了，”调酒师似乎很高兴地对她说，“欢乐时光只包含低价鸡尾酒。”

艾曼达想哭。“那就伏特加苏打水，”她说，“双份，麻烦了。”

“没问题，你不想要蔓越莓汁？”哈罗德问。

就跟她会愿意在这上头多浪费六十卡路里似的。“那是我在大学时喝的。”她解释道，“不幸的是，毕业季毁了它们。”

“哦，好的，没问题，”哈罗德说，“你曾属于西欧米茄，是吗？”

“西塔，”她纠正道，怀疑他知不知道问她是否曾属于西欧米茄对她是多大的侮辱。西塔才是宾夕法尼亚最棒的姐妹会。西欧米茄是给次等货的。

她一饮而尽，马上又点了一杯。

她越来越醉，酒吧也慢慢挤满了越来越有魅力的银行家。她坐在吧台旁，等着有人来跟她攀谈。一个可爱的男孩往她这边看了一眼，她转过头去找哈罗德，假装她正对他说的话开怀大笑，她知道自己往后扬脖子时显得更漂亮。

她瞥了眼那个可爱的男孩，然后靠到哈罗德身上开怀大笑。“这太好笑了。”她说。

他眨了眨眼，不太确定他刚才说了什么，但是很乐意受到她的注意。

房间那头的男孩向他们这边走过来，艾曼达打起精神来。终于。

他从她旁边走过去，她能从她裸露的胳膊上感觉到他的体温。他碰了碰她的手肘，她转过身来，睁大了眼睛，卖弄她那令人艳羡的长睫毛。

“你能给我递一下酒单吗？”他问道，抬起下巴指着她面前吧台上的酒单。

这是句新台词，她想着，伸手去够酒单递给他。

“谢谢。”他说完转身离开了。

怎么搞的?

她转过身来面对吧台，又点了一杯双份伏特加苏打水，对哈罗德置之不理。调酒师将她的酒放在吧台上。“十三。”他说。

“什么？”她一惊。

“这杯酒十三美元。”他说。她才意识到他是在告诉她价格。

“哦，不是，我有欢乐时光。”

“七点结束。”

她看了眼手表：七点零二分了。

“糟糕。”她对哈罗德微笑，等着他付款。

“太糟糕了！”他说，没抓住这个暗示。

她不敢相信地发出嘲笑声，将十四美元放在吧台上，一口气喝干了鸡尾酒，然后从高脚椅上站起来。

“嘿，我知道说得有点晚了，但是你星期五晚上有计划吗？”哈罗德意识到她要走了，于是问道，“我朋友有个——”

她盯得他不敢对视。他是认真的吗？气愤最后被失望取代，她尽全力坚持下来。

“嗯，”她打断他，突然转身离开，“我有计划了。”

外面正下着雪，风吹得她的脸生疼。已经快四月了，没道理还这么冷。她裹紧大衣，在积雪上踮起脚尖，免得脚从高跟鞋里滑出来，她感觉到身体的不适正从脚趾慢慢爬上来，扩散到胸部，进入心脏。不要哭，她强迫自己。

她伸出胳膊去拦出租车，当黄色出租车快速驶过时才发现徒劳一场，因为灯是关掉的，而且已经有人了，就像是有实体形象的拒绝。这个城市刻薄得没有理由，她到底哪里做错了？为什么纽约就不能给她一盏灯，让她进去？

她站在四十七街和公园大道的交叉路口，面朝北，发现拉赛西尔隐约可见，三个月里她第一次没有燃起碰到陶德的希望。她想回到大学去，在那里她知道要做什么，或者回到佛罗里达，虽然她厌烦了那里，但那里至少在她控制之下。然而她知道她不能回去，这种想法沉重得让她的希望沉到了胃里，让她几乎再也感觉不到了。

但就在这时，一辆出租车停下来让乘客下车。她感觉到她的双腿在奔向它，生存的欲望穿过静脉，兽性的本能让她不在乎一脚踩进了路边的灰泥水坑里，毁了她的鞋。

她给了司机地址。车流很慢，她盯着窗外的灯光，试图记起当初觉得这个城市很酷是什么滋味。她恨死了这座城市，恨死了这里的男人、这里的雪，还有她麻木的四肢和中城区烂酒吧里十三美元的劣质鸡尾酒。她为什么想要得到这个城市的认同？想起又要在这里孤独地度过另一个周末，她的心里涨满了困在孤岛上的幽闭恐慌感。

她伸手从手提包里掏出黑莓。

她找到之前看到的那封来自克罗利·布朗人力资源部的题为“调动”的邮件。

> 有兴趣暂时或常驻调任到其他办公室的律师助理，请联系你们的人力资源经理。以下办公室目前有空余职位提供给第一年和第二年的律师助理：
>
> 迪拜
>
> 上海（要求会说普通话）
>
> 旧金山

她将邮件转发给她的人力资源经理，在邮件正文中输入：

> 我希望能被考虑调到旧金山，麻烦你了。随时可以离开。

查理

星期三，三月二十六日；纽约市，纽约州

“给我们再来一轮。”强尼·沃克对调酒师说，没有询问查理是否还想要。

强尼是个瘦高又时尚的纽约本地人，他没觉得自己的名字像他父母三十三年前以为的那样有趣。他在《纽约时报》工作，在那里实习的时候和查理认识的。强尼差不多是查理最好的朋友，虽然他们通常每年只跟对方到瓦坎巴喝几杯见一次面，这家低级鸡尾酒廊位于时装区，自从二〇〇四年一个卧底警察在门阶上杀死手无寸铁的保安，这家酒廊便变得前卫，成为新闻记者的逗留之处。

“那么我们要谈谈那件事吗？”强尼终于问道，他看了眼手表，查理刚把第二个空啤酒瓶递回给酒吧侍者，然后又点了一瓶。

“回到地球另一端感觉很奇怪。”查理倾诉道。

“我猜也是。”

媒体不肯放过凯莉吸毒过量，或者由此带来的对美国毒品争论的机会。蕾妮发起纪念基金的意图是好的，但只是让这起事件变得更糟糕，引起了全国民众的热议，凯莉究竟是受害者，还是只是一个浪费了机遇的娇生惯养的女孩。

查理喝了一口新鲜的啤酒。“你觉得肖恩·罗宾逊是对的吗？关于白人女孩那事？”

作为《纽约时报》的少数黑人记者之一，强尼是“种族问题”的指定报道记者，这职位让他很厌恶。

“我觉得他们说如果死的是一个黑人穷孩子就没人会如此关心，这一点确实没错，但我怀疑如果她是一个白人丑女孩的话，他们是否也会这么关心。”他观察着查理的脸色，“别想了兄弟，你知道，每个人都只是要借这件事来得到他们想要的东西。你不能从私人角度来看这事，你知道的。”

“我就是不明白这点，”他说，“她只是一个大学女生，又不是公众人物。”

“欢迎回到美国。”

他说的对，查理已经忘记美国媒体是怎么运作的了。在他苦苦挣扎着重新调整的众多事情当中，公众对他妹妹的死亡产生兴趣与中东正在发生的成千上万的死亡哪个更重要，是他首先要理清的。

“你妈妈怎么样？”强尼问。

“很糟糕。”查理摇摇头，“你知道她们之前每天都说话吗？凯莉一天不落地给我妈打电话。我记得我在大学的时候，一个学期才给父母打一次电话。”

强尼喝了一口啤酒。他是查理认识的最有才华的男人之一，但是从未得到应得的认可。要是从种族角度取巧的话，很容易取得突破性成就，但是强尼不会这么做。他拒绝让某种动机来推动他的工作，或者被炒作的畅销诱惑。

“我觉得她是被谋杀的。”查理轻声说。

强尼的眼神变得惊恐。“什么？”

查理又喝了一口啤酒，才说出他仔细收集的事实，那些事实可以支持他现在相信的故事。

“她朋友只看见她吃了一口莫里。所有人吃的是同一批莫里，其他人都没事，所以这批药应该没什么问题，”他叙述道，“她朋友蕾妮说她们花了一个半小时从演唱会回到学校，她将凯莉安顿上床时凯莉还是好好的。所以，即使凯莉从演唱会上的人那里服了更多毒品——这我很难相信——她在车里的时候就应该有反应了，蕾妮早就发现了。”

查理感觉到他的朋友在观察他的脸，试图判断他是逻辑分明，还是在欲望的影响下认为妹妹是清白的。

“毒物学报告显示她的体内不止一剂。”强尼小心翼翼地说。

“我知道。我认为她肯定是在蕾妮离开后服用的。”

“但那并不证明是谋杀。”

“我在她的遗物中发现了一个水瓶，水瓶内有粉末遗留物，我认为是莫里。”

“但那还是不能证明就是谋杀。”

“为什么我妹妹在自己的房间一个人醒来，去喝掺了莫里的水瓶里的水？”

“也许是自杀。”强尼轻声说。

查理摇摇头。“她当时很开心。”

“你怎么知道？”

“我那天跟她说话了，”他承认道，“她生我的气，但是她没有自杀倾向。”

“但是那些毒品——还有毒品作用消失——”

“需要两天，不是两个小时。”

“你知道她那天跟谁上床吗？”

“我觉得要么是那个在演唱会上给她毒品的叫路易斯的孩子，要么是她的舍监。”

强尼等着他说完。查理继续说道，知道他的言语可能产生的影响。

“蕾妮说她离开时把门锁上了。那个舍监罗比是唯一有钥匙的人。根据医生的说法，他早上把她带到医院时还是醉醺醺的，这表示她死去的时候，他肯定彻底昏过去了。”

“所以你认为他跟此事有关？”

“我觉得应该派个人问一下。”

“你不能卷进来。”强尼摇头说，“家人卷进来，一点用都没有。”

“我知道。”

“你是想让我写点什么？”

查理耸耸肩，低头看着双手。

“你知道这会成就我的事业，对吗？报道这样的一个故事？”

“我知道你会公正对待此事。”

“但是这会让关注度变得更为糟糕。现在的权威意见与之相比将一无是处——”

“我知道。”查理打断他。

“我还应该了解下谁的情况？”

“我从她的手机里导出来一些号码。”查理递给强尼一张他抄下名字和联系信息的纸，“我会从蕾妮·舒尔茨、路易斯·格雷拉和罗比·古德曼开始。”

强尼看了眼他的手表。

“去吧。”查理说，知道他想赶紧开始写这个故事。

“你确定你没事？”

“嗯。”他说。

强尼离开后，查理又点了一瓶啤酒。这是件正确的事，他提醒自己。如果媒体坚持对他妹妹进行评判，他会确保她最终是清白的。

他从口袋里拿出凯莉的手机，第十几次查看她死去那天的通话记录。他没告诉强尼还有一个号码——她那天下午拨打的212[①]开头的号码。他屏住呼吸，拨了这个电话。

“拉赛西尔，塔拉·泰勒的内线。”一个女人说。

查理感到洪水般的安慰向他涌来，嘲笑着他对这个电话号码属于某个毒贩子的恐惧。“哦，我肯定拨错了。”他开口道，但是很快改变了主意，突然好奇凯莉本来会跟什么样的人一起工作。“啊，其实没错，麻烦您帮我接通塔拉可以吗？”

“她在客户活动上，我给你她的邮箱可以吗？”

“当然，”查理说，“等我拿支笔。”

塔拉

星期三，三月二十六日；纽约市，纽约州

一个男人解开红色天鹅绒绳，照相机闪起来，塔拉提起紫色长礼服裙摆，察觉到行人好奇的目光，他们在弗里克的入口处、在寒冷中停住脚步，试图猜出这些骚动的缘由。

过去三周里，塔拉除了HOOK外就没想过别的事情。她每天五

①纽约区号。

点起床去跑步，七点到办公室，一直工作到午夜，只能通过从会议室去洗手间的路上看二十七层的拥挤程度来判断到底是工作日还是周末。她获准不去参加全办公室或全团队的会议，而且终于给个人邮箱设置了“不在办公室”的自动回复，这样她就不会对完全不理会任何朋友感到内疚。就算这个国家参战了，她都不确定她会觉察。

但是今晚她又踏入了这个社会。她要去喝杯酒，去应酬，让凯瑟琳看到她不只是那种埋头苦干的女人，她也可以是那种能与客户应酬并向他们推销公司价值的女人。

她跟博尔摆了姿势拍了张照，博尔是以赞助者而不是公司代表的身份来这儿的，然后她意识到忘记画眉了。她为这个疏忽深深自责：她怎么会忘记这么简单的事情？也许她实际上并不是既能努力工作又能社交的女人，这种焦虑在她心头膨胀，然后又被她推开。她回家后要在开始前给所有必须做的准备事项列个清单，这样她就不会忘记。

塔拉跟着入口的灯光穿过一个镜子大厅，本能地看了看镜中的自己，以确保看起来不胖。她的裙子运用斜裁方式剪裁，一条长长的深紫色丝绸跨过她的右肩直抵左臂，留下一条开着的缝隙，正好在走路的时候露出腿。这条裙子买了四年了，但就一场赞助推特流行艺术家乔治的晚宴来说，依旧相当前卫。

她从经过的银盘里拿了一杯香槟，去花园庭院里漫步。巨大的圣诞灯串在天花板上，照着昂贵的勃艮第玫瑰花束，以及屋顶和侧墙的玻璃窗格，上面还有上周暴风雪残留的白雪。她感到香槟的气泡迅速蔓延到大脑，提醒自己要慢慢来。

“你看上去太漂亮了。”她往声音的方向转过身，看到泰伦斯时，她笑了。

“你在这儿干吗呢？”她活泼地说，亲了他的脸颊。另一个她几周都没见过的人。

“投资家关系联络，”他微笑着，“其中一位老板是个有钱的同性恋，所以拉赛西尔派我过来勾引他。”

塔拉大笑：“你感觉被利用了？”

“如果我能找到一个有钱的丈夫的话就不会了。”

“我应该多学着像你一样思考。”她说。

“我猜那笔交易一切顺利？”泰伦斯问。

“嗯，”塔拉说，“我们今天提交了 S-1 申请，如释重负。”

“真快，”他说，“难怪我一直没见着你。”

“你知道我白天基本上都不出门吗？太可怕了，”她说，“但我真的很开心，”她补充道，“感觉终于看到点曙光了，你明白吧？”

泰伦斯微笑着点头：“我真为你骄傲。”

他碰了碰她的杯子，她感觉到他的诚意带来的温暖。

晚餐宣布开始后，塔拉和泰伦斯随着人流漫步到摆放桌子的饭厅。

“不要回头，那边有个男人正盯着你。”泰伦斯弯下腰对她耳语。

“什么？”塔拉说着不自觉地转过身子，“哪儿？”

“楼梯口，”他说，“超模旁边。”

塔拉看到卡勒姆·雷斯后，脸都变白了。他举起香槟杯向她问好，她眨了眨眼，强迫自己合上嘴巴，红着脸向他回了个微笑并点头问好。

“见鬼。”她对泰伦斯说。

“那是谁？”

“卡勒姆·雷斯。”她说。现在轮到泰伦斯转过身看了。

“那是卡勒姆·雷斯？”他说，“你说的是亿万富翁投资家卡勒姆·雷斯？”

“是的，”她说，“我猜那是他现在的情人。”她补充道，希望她的声音里听不出失望。和卡勒姆在一起的那个女人可能真的是位超级模特：她高挑，非常瘦，穿着某个设计师的裙子。她肯定没有忘记画眉毛。

“他为什么盯着你？”泰伦斯猜疑地问。

“因为他是HOOK的投资家之一，他想让我卖掉他的股份，这样他就能赚到十亿。”她说，终于彻底明白他们的会面也就到那个程度了。自从那次在克罗斯比一起喝酒后，他再也没有跟进过后续。倒不是他需要跟进，只是完全没有消息让她意识到，自己其实一直在渴望着他的消息。

“我喜欢他情人的裙子，”泰伦斯说，头仍然往后看着他们，“是华伦天奴，对吗？”

“我不知道。”塔拉说着喝了一大口香槟。想起自己的裙子是四年前买的，她的皮肤变得滚烫。

她在中庭中间靠前的地方找到了自己的桌子，深吸一口气，回忆了一遍凯瑟琳助理给她发的客户名单。她应该坐在里克·弗莱尔和大卫·德怀特之间，前者是以政见保守闻名的白手起家的房地产开发商，后者是投资银行最大的客户之一，怀亚特的首席财务官，他儿子正在康复中心戒毒，因此如何教养子女是禁忌话题。

她找到座位，在这一桌的人陆续来齐时看着她的黑莓，好让自己看起来很忙碌。

“你收拾得很漂亮。”她听到卡勒姆的声音，转过头，他拉出她旁边的椅子坐下来。

“你怎么在这里？”她问。

“我想来见你。”他说得好像这个理由很充分似的。

“好吧，那个位子是给——”

“我跟大卫换了座位，”卡勒姆说，没有进一步解释，“这是凯特琳娜。”他向她介绍他的约会对象。

“塔拉。”她说，小心翼翼地生怕捏碎模特骨瘦如柴的手。

“塔拉是我最喜欢的投资银行家。”卡勒姆向那女人解释道。或者她是个女孩？她看起来似乎还没到法定年龄，虽说显然已经对这样的活动司空见惯。

“我有种不要抱太大希望的感觉。”塔拉说，试图让狂跳的心平静下来应对新状况。

卡勒姆从侍者的托盘里拿了一杯白葡萄酒，放在塔拉面前。“我知道你是第一次接触这些事情，”他说，“但是相信我，最好的方式就是喝得酩酊大醉。”

“我代表的是拉赛西尔。”她说，心想他为什么还没给他的约会对象一杯酒。

“而且作为公司主要的潜在晋升人选，你有责任打动我，如果你能跟上我喝酒的节奏，我就会对你印象深刻。”他说着举起杯，“我一般喝得很多。”

她小心翼翼地看着他。他的淡褐色眼睛在笑。她终于正视并理解了他的笑容：他想跟她做朋友。他在给她机会，建立一起喝酒的友好客户与银行家的关系，就像陶德跟他们的客户一样。

“里克·弗莱尔。”一个胖胖的秃顶男人在她另一侧自我介绍。

塔拉吓了一跳，从座位上起身。“塔拉·泰勒，”她说，“非常高兴认识你。”

“彼此彼此，”他粗暴地说着坐下，“你认识路易斯先生吗？”他指着身旁的男人。

“当然，”那个男人替她回答，“塔拉·泰勒在我们合作的投资银行里。”那个男人春风满面地对里克·弗莱尔微笑，露出一排白得反常的增白牙齿。“当我们的客户有资金业务需求时，私人银行跟投资银行紧密合作。这也是跟拉赛西尔这么大型的综合机构合作的另一大好处。”

里克翻了翻白眼坐下。塔拉咬住嘴唇忍住笑。她从未见过约翰·路易斯，但是他符合私人财富经理的形象：极具魅力且过度热情的大黄蜂，喜欢跟有钱人接触，他们的工作就是为这些有钱人开立支票账户。

有人轻拍了下麦克风，众人安静下来，头转向舞台，一个年轻的女人上了台。

舞台上的女孩可能只有二十岁，显然是上东区的产物。柔软的金发在颈部形成一个复杂的结，年轻的肌肤闪着涂抹专业的古铜色光芒。

“大家好。”她紧张地开口，在灯光下眨着眼睫毛。虽然她对成为焦点习以为常，但显然从未通过公开讲话赢得焦点。“我想感谢今晚到场的所有人。我非常高兴你们能来这里庆祝关于乔治的最新展览——”

“凯瑟琳的女儿。”卡勒姆对塔拉耳语道。

“你怎么知道的？”她转过头来。

“那是凯瑟琳的丈夫。”卡勒姆指着房间那头一个站在吧台旁穿着燕尾服的男人，他正跟调酒师点酒，没有关注舞台。“我是他们婚礼的伴郎。”

塔拉顿住，转过头。“你认识凯瑟琳？”

“如果我参加了她的婚礼但不认识她就太奇怪了，不是吗？”

“我不知道——”她的大脑高速转动：她在克罗斯比谈论这个活动的时候说过什么蠢话吗？为什么他当时没有提到这一点？“你知道她在哪儿吗？”塔拉发现桌子对面有个空座位时轻声问道。

“我猜她在工作，”卡勒姆耸耸肩，“她总是会找个借口。”

凯瑟琳的女儿走近桌子。

“干得漂亮。”卡勒姆对女孩说，她显然很高兴见到他。

“终于结束了，我好开心。”女孩说，让卡勒姆亲了她的脸颊。

“劳伦，这是凯特琳娜，”卡勒姆介绍他左边的女人，“这是塔拉——她在拉赛西尔你母亲手下工作。”

劳伦跟模特握了握手，但是带着怀疑的眼光审视了一会儿塔拉才握住她的手。“妈妈还在工作，”劳伦终于说道，“为什么你没有？”

“哦，我听说了很多关于这次活动的事，”塔拉撒谎道，“我实在不能错过。”

劳伦收紧下巴，细细的喉咙咽了下口水，但是什么也没说。她以女主持得四处走动为由离开了。

“我做错了什么吗？”塔拉问卡勒姆。

“不用担心，”卡勒姆置之不理，“她终于意识到自己不是妈妈的头等大事了。”

塔拉看着劳伦在房间那头礼貌地微笑，那一刻她为那女孩感到难过。

“但是凯瑟琳显然让劳伦得到了上台的机会，也让拉赛西尔赞助了这次活动。”塔拉为从未谋面的导师辩解，“我觉得所有的妈妈都用她们认为最好的方式爱着女儿。”

“哦，凯瑟琳当然拿到了赞助商资格，但不是为劳伦。她是为了菲尔·道尔顿。”卡勒姆喝了一口酒。

“什么？”

“乔治是菲尔·道尔顿的投资之一，他从乔治创造的任何作品中赚取百分之二十的佣金。这样的活动能够为艺术家的作品抬高十倍价值，或许更多。凯瑟琳知道菲尔手头有一堆可能用得上投资银行的投资公司，所以精心策划了这次活动，来交换那些交易的机会。”

“这是我们拿到HOOK的原因？”塔拉眯着眼看卡勒姆，“我还以为是因为乔希和陶德认识——”

“塔拉，故事从来没那么简单。”卡勒姆说，向侍者打了个响指，示意给他们的酒杯续上，并指着她的酒。“跟上。”他命令道。

塔拉一口喝了下去，晚宴开始上菜了。

“对了，你可能想从那个男人那里拯救一下你们的另一个潜在晋升者。”卡勒姆说着，抬起眉毛指着约翰·路易斯，他正跟里克·弗莱尔急促地交谈。

“因此通过第一支票账户，你每个月都能得到三次免费电汇和不限次数转账到任何其他拉赛西尔账户，但是你得保持 ——”

“介意我加入吗？”塔拉转过头友好地微笑。酒精让她出乎意料地感到轻松。

“请。”里克说，看起来确实真心实意。

“你在加利福尼亚长大的，是吗？”塔拉问那个男人，她记得他的档案，“我在那边上过学。”

“奥克兰。”他说，很高兴换个话题，“你去的哪个学校？”

“斯坦福。”她礼貌地说。约翰瞪着她，因为看到里克对她比对存款利率更感兴趣而生气。

“我们在硅谷声誉很好，”约翰插嘴道，改变了策略，“实际上，我们一直让我们的客户有更多机会接触那些公司的上市股份——”

“就是那个女孩去的学校，对吗？”里克忽略了他，“死去的那个女孩？”

“哪个女孩？”塔拉问，抿了一口酒。

“凯莉什么的。”里克打了个响指。

“雅各布森。”约翰补充道。

塔拉脸色大变：“凯莉 · 雅各布森死了？”

“你住在山洞里吗？”里克做了个鬼脸，“她三周前死于毒品过量。我听说她本来是要过来跟你们一起工作？最好掩盖这一点。”

塔拉感到她的护胸要断了。“我只是——”她开口，将手举到嘴边，“天哪，这个意外太让人心碎了。”

“意外？”里克奚落道，“你不会意外地在演唱会服用了一克毒品。她在国内最高档的学校之一上学——她本应该好好利用这个机会，而不是通过吸毒来过把瘾，白白浪费大好时光。”

“大学孩子的尝试。”塔拉说，知道自己应该闭嘴，但她实在不喜欢这个男人谈论凯莉或她这样的女孩的口气。“这是他们了解自己的方式。”

“你多大了？”里克向塔拉皱了皱眉。

“二十八。”她说，一点儿也不觉得难为情。

“这就是你们这一代的问题。你们——”他在空中挥了挥手，“千禧一代。”他说得好像这是个肮脏的字眼。“你们没有职业道德。你们浪费大学教育的机会寻找自我，毕业后却什么有用的技能都没学到，老板让你们自我感觉不好的时候就抱怨。”

“这不公平。”塔拉的声音比预想的更坚定。过去三周她一直在拼命干活，给像他一样的男人赚钱，凯莉完全可能会像她一样努力工作。他怎么敢指责她这一代没有职业道德？约翰·路易斯越过里克的肩膀对她怒目相视，但是她继续说：“我们一辈子都在努力工作。进入像斯坦福那样的学校？凯莉很可能没有一个快乐的童年，她压力很大——”

“压力？”里克大笑，“什么压力？拿到好分数，参加众多课余活动？你想要压力？试试拿到征兵编号。”

塔拉盯着他。他粗野又刻薄的脸让她很生气。“每一代都经历过塑造时代的大事。你们有越南，我们有 9·11 ——”

“没有可比性。”他打断，“我对你们这一代或者某个吸毒又放荡的漂亮姐妹会女孩一点同情心都没有，”他接着说，“我只是很高兴我活不了那么久，不用看到你们和奥巴马摧毁这个国家。”

“说到这儿，”约翰闪着发亮的牙齿打断他们，“你做了遗产规划吗？我们能帮你设置朝代信托和 ——”

“你们才是摧毁这个国家的一代。”塔拉听到自己说。

“你说什么？”里克转向她，表情僵住了。

“没什么，”约翰试图拉回他的注意力，“她什么也没说。”约翰用眼神示意她敢再说。

“你们剥削其他国家并抬高消费，以支持自己的短期政策。现在，我们摆脱不了憎恨我们的恐怖分子和支付不起的债务。你们告诉我们只要努力工作贷款上学然后去好大学就会拥有完美幸福的生活，那不是真的。我们放弃了童年变成成功的成年人，现在成年了，却发现一切都是谎言，你们给我们留下的只有亟须整顿的不可持续的政策。你们变现逃跑，却有胆来指责我们？你们怎么敢怪罪千禧一代有时候想要逃离这个负担，或者倾向于一个在你们尖刻自私的犬儒主义当中带来一线希望的总统？”

里克·弗莱尔已经瞠目结舌。约翰·路易斯在这个男人肩膀后气得冒烟。

“不好意思，我得离开一下。”塔拉说着将餐巾放到桌上站起来，眼睛盯着出口，这样她就感觉不到卡勒姆或其他停止进餐看着她的客人惊恐的眼神。

“天哪，天哪，天哪。”她关上洗手间的门后反复说道，任由前额从门上滑落。“天哪。你刚才到底干了什么？”她轻声说，所有酒精从大脑蒸发了，让她异常清醒地认清了情况。

就是这样。一切都结束了。就这样，她毁了她的职业生涯。她曾经有过一个人们毕生渴望的机会，但是她毁了它。这是怎么回事？选举时她甚至都忘记了去投票：为什么她在一个众所周知的保守派客户面前为奥巴马辩护？但是他脸上有什么东西——实在是太刻薄了。还有凯莉——怎么回事。凯莉·雅各布森真的死了吗？

她伸手从手提包里掏出备用的阿普唑仑，吞下一粒药丸，然后听见有人走进洗手间锁上了门。

有个女人进入旁边的洗手间，抬起了马桶盖。塔拉屏住呼吸，等着呕吐开始。塔拉从不暴饮暴食，但是她试过暴饮暴食后狂泻几次，就像她认识的每个女人都试过一样，她不会因此来评判旁边洗手间的女孩。实际上，她有点希望她现在能这么做：用一只手指来惩罚自己，清除过去的一小时，从一无所有重新开始。

女孩终于停止了喘气和呜咽，塔拉慢慢打开洗手间的门，深吸一口气镇定下来。她在盥洗盆里洗了手：她真的能回去吗？她该说些什么？

她看着关着的洗手间门，轻声喊道："你没事吧？"

门打开了，劳伦·威利从里面走了出来。"没事。"女孩冷漠地说，避开塔拉的眼神走近盥洗盆。

劳伦使劲在皮肤上揉搓肥皂，漱了漱口，轻轻地将嘴角拍干。她保持着优美的姿势打开金色手包，拿出一粒圆形薄荷放在舌头上。

"怎么了？"劳伦发现塔拉没有动，厉声说道。

"没事，"塔拉摇摇头，"我只是不想回去，"她承认道，"倒不是说这活动不愉快。"她记起劳伦的角色，于是补充道。

"你不必撒谎，"劳伦说着，转过身面对镜子，在嘴唇上抹上唇彩。"这活动太糟糕了。这种艺术太奇怪，公司太乏味。"

"好吧，我相信你妈妈应该很自豪。"塔拉艰难地说，最后一次看了眼镜子里的自己。

"让我妈妈滚远点。"劳伦说，试探性的口气，好像这是她第一次大声说出口一样。"对不起，"她补充道，"我并不是真的这么想。"

塔拉什么都没说。

"只是，"劳伦开口道，两人都不清楚她为什么向塔拉吐露秘密，"我为此真的很努力。"女孩大笑，抬头看着天花板将眼泪咽下去。"我知道跟她所做的相比的确不难，但是对我很难，而且我——"她摇了摇头，"我只是永远都不会令她满意。"

塔拉不知道该说些什么。

女孩翻了翻眼珠，探身向前，用一根手指小心翼翼地将泪水推进眼睛里，这样就不会弄花她的眼线。"请不要说出去。"

塔拉摇了摇头。"我不会的。"

塔拉将劳伦一个人留在盥洗室,慢慢走回桌子,她的双腿很沉重。劳伦感觉到的以及感觉她不能表露出来的，就是里克·弗莱尔无法理解的。

她看到自己的空座位，改变了主意，转而向衣帽间走去。

等她到家时，阿普唑仑已经开始起作用了。她有条不紊地爬着楼梯回到公寓，插上黑莓手机充电。但是她没有打开看，还没准备好面对一封因为她的所作所为而被解雇的邮件。她脱掉鞋子和裙子，小心地将裙子放回衣架上。她卸掉眼妆，洗了脸，取出隐形眼镜，然后抹上眼霜,脸上抹上润肤霜。她取下头发上的发夹,轻轻梳了头。接着她喝了两杯水，服了三粒奶蓟药片和一粒布洛芬，调了早上五点的闹钟，在一切改变之前给自己六个小时休息。

Chapter 5

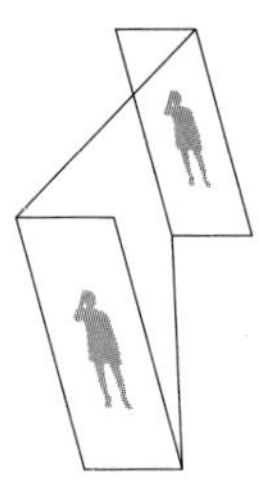

第五章

塔拉

星期四，三月二十七日；纽约市，纽约州

拉赛西尔首席执行官德里克·施特劳斯今天于国会现身，回答对全球投资银行的交易违规指控……

塔拉按了贪睡按钮，昨晚的记忆回到意识中：里克·弗莱尔的胖脸和自己愚蠢的声音刺破了她的阿普唑仑睡眠梦。

“完了。”

她伸手去拿正在充电的黑莓，在黑莓旁边充电的依次是她的苹果手机、iPod 和振动器，她把振动器放在外面，因为反正也没人来过她这里。

她滚动着新消息，寻找来自人力资源部的她被解雇的消息，但是没有找到。不过才早上五点，所以不代表什么。

她五点十五分就去了印刷行健身馆，他们刚刚开门。她乘坐电梯到顶层，爬上面对窗户的跑步机，俯瞰窗外哈德逊河和远处仍在沉睡的新泽西闪烁的灯光。

她按下按钮，开始运转机器的跑步带，双腿勉强走着，血液开始流动。

她不能喝酒，她意识到，这就是问题。酒精是一种镇静剂，让她想太多——或者说想太多错误的事情。为什么她一直接受卡勒姆的酒呢？他显然是在嘲弄她——坐在他右边的呆子喝得烂醉，而完美无比的俄国模特坐在他的左边吃着生菜。

她给跑步机加速，看着测距仪上的数字在上升，音乐在她耳畔回荡，她的胸口开始有点不堪重负。这种痛苦的感觉真好。

也许里克·弗莱尔是对的：千禧一代感觉到的压力并非那么重要。劳伦那种有钱女孩的问题跟世界上其他地方的问题相比微不足道——谁会关心她是否饮食失调或者感到不被她妈妈接受？

她再次按了加速，又按了一次，让这个想法站住脚。

凯莉·雅各布森应该对她的所作所为有更清楚的了解。塔拉在大学里只试过两次毒品，而且一直很小心，只跟那些知道如果出了事该怎么处理的人一起服用一点。

塔拉看着跑步机达到她平常的六英里，但是没有停下来，反而再次按了加速，舒展开双腿。她感到脉搏在狂跳。

事实是，这个世界竞争太激烈了。如果劳伦学不会克服她的问题，她就无法取得成功；如果像凯莉那样的女孩不知道如何负责任地加入狂欢派对，她们也不会成功。这不是任何人的错，只是现实——现代版的达尔文适者生存定理。

但是塔拉已经通过了二十岁早期的考验，在这个世界上有了立足之地。现在有了新的考验，要生存下去，她就得保持竞争力，保持专注，更加努力地工作。塔拉再次按了加速，被这想法激起了斗志。她看着距离达到六点五英里。她低头，发现鞋带松了。不要停，她对自己说，再次猛击加速。争取到七英里。马上就到了。

昨晚之前，塔拉一直是个真正的竞争者。交易进展得很顺利，高管认可她的才华，卡勒姆·雷斯这样的重要人物都想要她的陪伴。她一直做得很好，因为她一直小心行事，在不挡别人道的前提下为自己辟出一条路。她看着测距仪……6.8……6.9……就在这时，鞋带绊住了脚，塔拉的身子往前一倒。她抓住扶手稳住自己，抬起双脚跳到呼呼作响的传送带旁边。她气喘吁吁地看着测距仪达到七英里，而且还在继续计数，尽管她不在上面了。她感到失望涌来，好像那是她失败的象征。

她在骗谁呢？她已经被踢出赛场了。里克·弗莱尔就是她没通过的考验。

不要这么可笑，她停下了跑步机。象征是给孩子的玩意。

去更衣室的路上，塔拉又看了眼黑莓：还是没有人力资源部的邮件。她冲了淋浴，然后下楼，拉赛西尔的一辆黑色轿车在那儿等着她。

塔拉的电话响了，她的心脏怦怦直跳，猜想着是办公室的电话来告诉她不用麻烦去办公室了。但是当她看到屏幕后，转了转眼珠。

“你起早了。”她接起电话对妈妈说。

“你订机票了吗？”她妈妈什么客套话都没说就开口问道。

“没有，我还没订机票呢，妈妈。”塔拉说。

“但是机票价格会——”

“当你订票的时候会发现实际区别不大。”塔拉打断她。她妈妈每两年才飞一次，仍然以为要去旅行社才能订机票。“而且我还不知道我会从哪儿飞。”

“只是如果你已经订了票的话，我会感觉好很多。”她妈妈坚定地说。

“妈，你害怕什么呢？”塔拉恼火地问，“妹妹的婚礼，我肯定会参加的。”

“我只是——”

“妈，我真的要走了，”塔拉说，“我爱你。”她挂电话之前补充道。不是她不懂得妈妈的忧虑，但是家人根本不理解她的生活，而且塔拉现在实在没有耐心用他们能够理解的价值体系来向他们解释。

她拿出黑莓，开始回复邮件。她回复了尼哈关于财团名单的问题。为什么这个女孩就是不能理解这个？就好像在故意刁难她似的。

她打开一封尼克询问他们在伦敦路演那晚的晚餐地点的邮件。他为什么不能去看看她发送的日程表？作为将要上市的公司的首席财务官，难道他现在没有更重要的事要思考吗？肖尔迪奇酒店，她回复道。

她回复了来自美联社的查理·雅各布森询问他们是否能见个面的邮件。按规定我不可以直接对媒体讲话，如果你有问题，请联系我们的投资者关系部门。美联社不应该更了解这个吗？

当她看到来自凯瑟琳·威利的新邮件时，胸口一紧。

来自：凯瑟琳·威利

主题：无

你到公司了吗？

她的血液凝固了。就是这个了。

发送：凯瑟琳·威利

主题：回复：无

早上好——还有十个街区就到。一切都还好吧？

她盯着红灯，看着它开始闪烁，提示有新回复。

来自：凯瑟琳·威利

主题：回复：无

你到了之后，请来一趟我的办公室。

这是真的，她真的要被解雇了。她感到眼球后燃起一股热流，于是艰难地将这股热流推开。

“她在等你。”塔拉到的时候，凯瑟琳的助理头都没抬就对她说。

“早上好。”塔拉进入办公室，小心翼翼地说。

凯瑟琳转过身面对她，太阳正从她桌后的落地窗升起。

“早上好，塔拉。”总裁说，声音里听不出会发生什么的迹象，“很高兴终于见到你了。”

“我也是。”塔拉说着握了握女人的手，祈祷自己的手没有太湿冷。

凯瑟琳的头发是做过的完美栗色短发，皮肤上的皱纹不多不少，使她看起来既不像她的实际年龄，也不像她在试图隐藏实际年龄。她穿着香奈儿套装，正好是福布斯杂志的《华尔街权势女性》封面上，她坐在桌子旁的书架边的那套。

“请坐。”凯瑟琳指着椅子，直接跳到主题，“我听说昨晚在弗里克发生的事情了。”

塔拉向前坐起，开口道：“我可以——”

“劳伦病得很厉害，”凯瑟琳打断她，“我们找了所有最好的医生给她看病，但是到了某个阶段，一个女孩总得自己解决问题。”

塔拉顿住，嘴巴仍张开着。“劳伦？”她问，“你是在说劳伦。”她澄清道。

“是的，”凯瑟琳说，“我女儿。”

“哦，对。”塔拉感到血压降了下来，“她昨晚真的非常棒——”

“我相信你还没有告诉别人，”凯瑟琳打断她，“而且也不会。”她停顿了一下，以加深效果。“我现在手头上事情太多了，不想因为女儿的问题被指责是一个坏妈妈。”

“当然，”塔拉说，“我是说，我当然不会说出去。但是我不觉得你是个坏——”

“HOOK 的交易进展如何？”凯瑟琳切换了主题。她不准备提里克·弗莱尔吗？

“哦，”塔拉调整道，“这样。我们昨天提交了 S-1 申请，预备对话都相当看好。我觉得我们能拿下首次价格目标，而不用牺牲投资者的质量。”

“很好，”女人说，“我相信我不需要告诉你这笔交易的顺利进行有多重要，既为公司利益也为你自己。”

“不用，”塔拉同意道，再次感到沉重，“你不用。”

“很难在这个行业找到优秀的女人，但是我听说你很有潜力，我希望看到这是真的。”

“谢谢，”她说，感觉心都提到嗓子眼了，“我会尽全力不负众望。”

“好，”凯瑟琳说，“还有别的事情吗？”

塔拉感到振奋，好像她面临处决时被赦免。她又回到赛场了。“你有什么建议吗？”她问女人。

凯瑟琳停顿了下，观察着塔拉的脸，寻找着这个年轻女人需要修复的弱点。“永远不要停止完善自己，”她说，“你永远都可以工作更努力，更快，更多。不存在什么过多的自制力。”

塔拉点头。今早的七英里并不是那么差劲——也许她会开始每天都跑七英里。

“你多大了？”凯瑟琳问。

“二十八。”

“有男朋友吗？”凯瑟琳瞥了眼塔拉的左手。

“没有。”

“不要在三十五岁之前结婚，”凯瑟琳说，“但是三十岁的时候冷冻卵子，这样就不会分散你的注意力。我会让莱斯利给你发几家不错的诊所的信息。”

“你结婚的时候多大？”

“二十五。”凯瑟琳说，然后目光转到电脑上。

“谢谢。”塔拉开始起身，然后停住，她得知道，“约翰·路易斯说了什么跟活动有关的事吗？”

“约翰·路易斯已经不在公司工作了。”凯瑟琳说，依然盯着显示器。

“什么？为什么？”

“里克·弗莱尔从银行移走了所有账户，”凯瑟琳说，“当我听说了约翰的所作所为后，我只能让他走，别无选择。”

“里克是因为约翰移走了他的账户？”

“约翰在胡闹他的亲奥巴马主义时，你在那儿吗？”凯瑟琳转过头，挑起眉头，“卡勒姆昨晚很晚给我打电话时告诉我的——他说简直是一场闹剧。”

“肯定是我离开之后发生的。”塔拉小心翼翼地说，希望这可能是真的，而不是卡勒姆牺牲了约翰·路易斯来为她掩饰。

她走向门口，没有时间细想这个问题。

“对了，塔拉？”

塔拉转过身，心脏又狂跳起来。

“下次你参加活动时，穿点不那么前卫的。”凯瑟琳说，“作为一个年轻的女人，你已经有足够的不利条件了，不要给别人创造更多批判的机会。”

塔拉想起她的紫色长裙，双颊涨得通红。卡勒姆居然还跟凯瑟琳说了她穿的是什么？“好的，”她点头说，“好的，当然。”

她小心翼翼地离开了，感到内心的忧虑仍在静脉里搏动。镇定。保持专注，她命令自己，这时电梯门开了，于是她回去工作了。

陶德

星期一，四月七日；纽约市，纽约州

陶德心情特别好，没有什么能够毁了他的心情。

当塔拉得到凯瑟琳的邀请去弗里克活动时，他气得要死，但是仔细考虑之后，他意识到生气也于事无补。凯瑟琳只是做了她应该做的事情，因为公司需要女性领导——真正的权力并不在她手里，也不在那些参加弗里克这类银行赞助活动的庸俗的老客户手里。塔拉可以拥有这些客户。

真正的权力，陶德觉得，掌握在像他一样的男人手里——年轻聪明有干劲的华尔街未来领导者。这就是为什么他叫那帮哥们儿今天下午逃班去市中心的一个酒吧观看美国大学生联赛，过属于他们自己的社交生活。

除此之外，陶德今晚要跟人上床。老朋友路易莎·勒梅从洛杉矶过来，给陶德发了短信问他们能否聚聚。在他睡过的女孩中，与他保持纯粹的性关系，又从不要求搂搂抱抱，也不找他要钱花，除非她自己想上床否则从不联系他，这样的人很少，路易莎就是其中之一。

因此今天陶德四点就会离开办公室，跟那帮哥们儿看比赛，然后晚上跟路易莎上床做爱。

他在会议室坐下，通读初步路演行程表时，心想这些都是他应得的。交易进展得很顺利：他搞定了 S-1 申请登记，已经有人打电话来要投资，这意味着资金会超额认购，意味着他们能够以更高的价格提供更多的股份，也意味着拉赛西尔会拿到更多服务费，陶德会拿到更多奖金，双方都会有很高的媒体曝光率。

“是我看错了，还是这个名单上真的没什么宝贝？”博尔在座位上问。

陶德抬起头。“你在看什么？”

“HOOK 里拥有股份的员工名单。朱儿是上面唯一的妞儿，她拥有的股份只有同时加入公司的那些男人的百分之十。”

“谁是朱儿？”

“那个前台招待。”博尔说。

“你在睡她吗？”

“是，但这不是重点，”他说，“我只是觉得她吃亏了。”

“她是个前台。”陶德指出来。

“不管怎么样。乔治就因为画那些丑陋的男美人鱼拿到了比她多二十倍的股份。他不可能比她做得还要多。”

“但是她还是靠接两年电话就要赚五百万。”

“即便如此，”博尔说，“也改变不了她是上面唯一的妞儿这个事实。”

“华尔街也没有什么不同。”塔拉仍然看着电脑，头也不抬地说。

“那倒是，但是华尔街是保守派。如果你是个妞儿，在这儿你会知道等着你的是什么。但是那里？那里可是硅谷，是我们这个年纪的人在做决定。你一般会觉得他们应该更，”他寻找合适的词汇，“不分性别公平对待或者别的什么。”

“这不是 HOOK 的错。你认识多少喜欢电脑编程的女孩？”陶德反驳，“你不能总是把女人赚得比男人少归咎于男人。”

“哦，我把女人赚得比男人少归咎于她们不吃东西的事实。”

“什么？”塔拉抬起头，终于停止打字。

博尔耸耸肩。“我的女朋友们一天才吃差不多九百卡路里。而且大多数食物都是没有糖没有脂肪的垃圾。一天才吃九百卡路里，你怎么能做好工作？换成我就会又暴躁又没精力。”

塔拉大笑。这是自 S-1 以来陶德第一次看到她展开笑颜。在美国证券交易委员会给出修订意见之前，她大部分时间都在运作路演。

自上星期三以来，她几乎没从电脑上抬起头来。“你觉得多吃卡路里除了让女孩变胖之外，还能让她逆转局势？你在这个办公室里看到几个胖女孩？”

“吃真正的食物不会让你变胖，”博尔说，“这是另外一个问题：你们太容易受那些毫无道理的疯狂的快速瘦身市场营销的影响。”

电话响了，塔拉接起电话。“嘿，瑞秋。”

博尔按下扬声器按钮。“嘿，瑞秋。”他说。塔拉伸手去拿控制台，但是博尔将控制台抽走。“你觉得为什么妞儿仍站在男人背后？”

“你是说工作上？”公关总监问。陶德只在他们第一次去加利福尼亚时见过她，但她一直帮助塔拉处理路演中如何安置乔希和尼克的问题。

“是啊，”博尔说，“比如说为什么女人还没有真正打破玻璃天花板？”

“简单，”瑞秋轻松地说，“没有高潮。”

陶德的脸变得通红，他往后靠。她刚才真的说了他认为她说的吗？

博尔大笑着扬起眉毛。“继续说。”

“女人不像男人那么频繁地自慰，她们中的一半在性交时从未有过高潮。”她的声音平静得好像在报告 S-1 数据，“因此她们不能清楚地思考问题。你能想象如果你三天没有自慰或者一年减少很多次自慰或者一辈子都不自慰，你工作效率能有多高吗？”

“太荒唐了。”塔拉说，双颊变得绯红。

“你知道女人以前为什么会得歇斯底里症吗？”瑞秋的声音还在继续，显然她是这个话题的专家，“大概是在十九世纪的时候，她们被诊断出这个病的吧？治疗方法就是去医生办公室自慰，直到后来发明了震动器，女人可以在家自慰。自慰对你的心脏好，对你的大脑好，对你的神经系统也好。我保证如果你在办公室分发震动器的话，女性的工作效率会穿破屋顶。男人一点机会都没有。”

塔拉伸手从博尔因吃惊而紧握的手中抢过控制台，将通话模式切换回耳机。“我声明不是我开始的这个话题。”

陶德想着下次去加利福尼亚，一定要勾搭瑞秋上床。

“哦，天啊，”塔拉对着电话叹气道，“他还没改变主意，是吗？他告诉我三分之一足够了，他会在上市后卖掉其他的。”

陶德看着她，猜测他们在讨论卡勒姆。

“什么？”塔拉冲电话问，然后听着，“这太可笑了。他喜欢俄罗斯超模。而且我做了很蠢的事——”她听着，“好吧，是的，我是，但是——”她摇了摇头。“不，我不感兴趣。”她坚决地说，“但是听着，我们下周会过去——我们能从日程上挤出点时间亲自过一遍这件事吗？”

“是关于什么的？”她挂了电话后，陶德问道。

“我只是想让她对下周如何指导乔希和尼克给点建议。”

“不是，第一部分。”

“什么第一部分？”她假装无辜地说。

“关于卡勒姆。”

她耸耸肩。“我猜他想知道我是否愿意跟年长的男人约会。”

陶德翻了翻白眼。“我就知道。”

“什么？”她问。

“这就是为什么他想跟你而不是我见面。”

“我知道怎么回答他关于销售股份的问题。”她说。

“但那不是要求见你的原因。”

“我控制不了男人想要什么。”

“作为一个男人，我坚决不同意这个观点。”他坚定地说。

“你说得对，”她说，“我去布鲁明戴尔百货看看，给自己选条罩袍。”

陶德感觉到他的肌肉紧绷着。她真是满嘴胡言——她非常清楚自己在做什么。这就是为什么她像死鱼一样戴着耳机坐在办公室里，几乎不跟他或团队里其他人说话，然后当卡勒姆那种有钱客户或者凯瑟琳那种高管一出现，她就打扮得漂漂亮亮地释放魅力。简直太假了。

陶德看了看手表。他才不会让这件事影响他。“我得走了。”

“你去哪儿？”博尔问。塔拉显然不在乎。

“跟几个基金经理叙叙旧，”他说，“今晚可能不回来了，如果你们需要什么尽管给我发邮件。”

陶德摔上会议室的门，想着路易莎的裸体来安抚自己的思绪。他要喝个烂醉玩个痛快，然后跟路易莎上床，没有什么能够阻止他。

尼克

星期一，四月七日；帕洛阿尔托，加利福尼亚

会有眼泪。

但是尼克不去想那个。她终究会理解这全是出于好意。

她会吗？被即将走上成功之路的男人甩掉的女孩们会有什么感觉？她真的还能恢复吗？或许当她看尼克收获权力、影响力和财富，看到他的脸出现在杂志上，听到他的名字被精英圈私下谈论时，会想起她曾跟她梦想的生活如此接近而痛苦不堪？当然，她会找到其他人——她依然聪明漂亮——但是不属于尼克这样的阶层，因为尼克这样阶层的男人不需要格蕾丝这种女孩。

有一点很难解释，那就是她做什么都于事无补。当然，如果她停止在姐妹会房间里为某个她几乎不了解的淫荡女孩哭泣，选择来旧金山支持他的话，这段关系可能会持续得久点。毕竟，他住在整个城市最好的建筑里，又不是叫她去贫民窟。

但是这不值一提。即使她已经跟他上了床，即使她没有取消上周的晚餐，她仍然不合适，那些事只能推迟不可避免的事情发生而已。她想创办自己的公司，等到三十多岁再生小孩。而这个，不幸的是，不太符合尼克的新世界。他需要他的女人将精力放在他身上，将她自己的需求和野心放在一边，来支持他的事业和个人形象。达雷尔·格林是对的：不是每个男人都能拥有，但是尼克可以，上周玫瑰木所有对他垂涎三尺的女人已经证明了这一点。为什么他不应拥有这一切？他努力通过大学预科、斯坦福、麦肯锡、道尔顿·汉德里、哈佛商学院，然后忍受了乔希·哈特两年，不就是希望得到这个吗？

“没错。”他大声地说。他迅速开上去帕洛阿尔托的101公路，准备在达雷尔的办公室停留一下，签署他的贷款文件，然后去跟格蕾丝见面喝咖啡。

手机响了，他通过蓝牙耳机接通电话。“尼克·温斯洛普。”

“你把胡安从安卓更新上撤下来了？”乔希听起来非常恼火。

“我需要他将所有精力放到上市上。”尼克答道。

“他是我们最好的程序员。”

“我们也需要给新来的人机会。”尼克耐心地说。

“这不是你能做的决定。”

“上市才是我们的首要任务，”尼克说，“接下来两个月里这件事优先。我需要胡安完全专注于此。”

尼克知道胡安能做的事并不多，但是他不喜欢这个年轻的程序员在办公室里累积了那么多权力。所有的员工都仰视胡安。他们叫他“娱乐部长”，不管他说什么都照做，就像那次他带头静坐，抗议尼克试图缩减调酒师的工作时间。让他干上市的活，从内部数据库挖掘统计数据，就是尼克孤立他一段时间的方式，这样会给其他程序员一些时间来填补空白，平衡一下胡安的权力。

“我以为我们雇用了拉赛西尔来管理上市。”乔希的声音从仪表板里传出来。

“我们需要内部人员为证券申报收集统计数据。他只是从数据库导出信息而已。”

“你解除了他的数据库限制？”

“他签署了保密协议。”

“你真是个白痴混球。”乔希挂了电话。

尼克翻了翻白眼，满不在乎。乔希不知道他在说什么。他就是那种典型的例子，作为工程师很出色，但没有领导一家公司所需要的商业头脑。

他开出高速，将车停在达雷尔的办公室外面。

“嘿，尼克。”达雷尔办公室里那位大胸金发的助理向他打招呼。

“嘿。”他对她知道他的名字很是享受。

“达雷尔得赶去一个会议，但是我这里有你的所有贷款文件，”她说，“跟我过来，我们签署一下这些文件好吗？”

“当然。”他说。她领着他走进一间小型会议室，他强迫自己目视前方，而不是盯着她沙漏般的来回摇晃的臀部。

一堆文件摆在中间的桌子上，旁边有支银色的钢笔和公证垫。

“你是公证人？”

“有执照。给我你的手？”她弯下腰捏着他的手指按在墨水里。尼克很高兴房间的昏暗掩饰了他的脸红。

“所以是百分之五的利率，对吗？”他问，翻阅文件查看他们同意的最终条款。

“我想六个月后会提升，”她微笑着说，“到百分之二十五。”

“百分之二十五？”

她耸耸肩。“一旦锁定解除，你就会卖掉股份，不是吗？”

“是的，刚好够偿还贷款。”

“那你就没有什么可担心的。”

“除非股票价格下降。”他纠正道。尼克拥有二百五十万认股权。他需要出售三百万等值股票才能拿到足够的钱——而且是税后——来偿还贷款。如果价格是三十美元每股的话就没问题，他就只需出售二百五十万中的十万股票，但是假如价格下降，比如说降到十五美元每股，他就得抛弃更多总体资产来偿还贷款。

“你是公司的首席财务官。如果有人知道价格不会下降的话，那就是你了。”她调情似的噘起红唇。

“你说得对。”他大笑，摇了摇头，接着回去签字，“你说得完全正确。”

“你叫什么名字？”他问道，将表格递给她。

“蒂凡尼。”她微笑道。

“好吧，蒂凡尼。”他自信地说，“我等会儿有个咖啡会议，但是应该用不了多久。我要回市里去，但是能在这附近逗留下，你想一起喝一杯吗？”

“哦，你太贴心了，”她说，“但是我已经有男朋友了。”她仍然微笑着，让他感觉这个男朋友并不是那么认真。

“好吧，如果有任何变化的话，告诉我一声。”

她笑道。“我会的。”

尼克步伐轻快地离开了办公室。他明天就能拿到贷款资金购买他的所有股权，然后他就正式踏上了八千五百万的财富之路。

等他到古帕咖啡馆的时候，格蕾丝已经到了，正用苹果手机打电话。

他走近桌子，深吸了一口气。

“没有，她和路易斯从来没有勾搭在一起。他绝对整晚都在兄弟会。我们那晚是啤酒乒乓搭档，活动至少持续到四点半，可能更晚。如果他离开了的话，我会知道的。”她向尼克抬起一只手指，不出声地说“对不起”，然后继续回到电话上。“我不太了解罗比。我不怎么跟橄榄球队出去玩。好的，当然。如果你需要了解其他信息，联系我就是了。”

“那是谁？”她挂了电话后，尼克问道。

“一个《纽约时报》的记者。”她抬起头，神情严肃，“他问了一堆关于凯莉的问题。”

“哦。”他漠不关心地说。他不是来讨论凯莉·雅各布森的。“你要杯咖啡吗？”

“不用了。”她指着桌上的杯子。

他在她对面坐下来。

“你不想点些什么吗？”她问。

“不。”他摇摇头，“我不能待太久。”

“一切都还好吧？”

“当然。”他点点头，“很好，事实上。我刚刚签了贷款文件。”

“干吗用的？”

“我贷了二百万来支付我的股权。”他知道不必说出这个数字来让她刮目相看，但是他情不自禁。

“什么？为什么？”

“这会节省我上千万的税。”他说。她看起来不太信。“一旦能出售自己的股份，我就会全部还清。”他澄清道。

“那是什么时候？”

“上市之后我的股份要锁定六个月，之后我就能想出售多少就出售多少。”

“但是，如果没有发生会怎么样？”

“什么？”

“上市，”她说，“那么你的股份就一分不值，你就会欠二百万。”

“不会发生这种事的。”他大笑着说。

她耸耸肩。

“听着。”他往前坐起，有点恼火对话开始的方式，“我想跟你谈谈，因为我觉得你和我应该——”他开口道，但是有什么让他又顿住了。

她喝了口咖啡，很冷静地看着他。她那么可爱，那么年轻，这些特点加起来刚好是大学时一直让他留心的那种女孩。但那是在大学，现在是真实生活，你现在能做得更好，他提醒自己。

“我觉得我们应该分手。”他说完往后靠在椅背上。

她的胸部起伏了下，然后看着她的手叹了口气。“好的。”她点点头，“我觉得你说得对。”

“什么？”他再次往前坐起。

“我毕业后要去欧洲三个月，试图维持关系的确也说不过去。”她耸耸肩，“我猜我们最好现在就断掉。”

“不是。”他摇了摇头，“不是，欧洲不是问题。”

“不好意思？”

“我们分手是因为我需要一个更好的人。”他解释道。

“什么？”她重复道。

“格蕾丝，我马上就会有八千五百万了，作为全球最有实力的公司之一的首席财务官。”他说。她的脸仍然显得很茫然：为什么她不明白？“我需要一个——”

她抬起头打断他。“没问题。”她说，伸手去拿包，然后站了起来。

“你去哪儿？”他问。

“家。”她说着披上外套。

“我们还没完呢。”

“我以为你刚刚说了我们完了。”

“但是我——”

“不管你要说什么，尼克，我都不想听。祝贺你拿到贷款。”

她端起咖啡往门口走去，留下尼克一个人。旁边桌子的男人从苹果电脑上抬起头大笑。

“滚你的蛋。”尼克说道，将椅子推回去，离开了咖啡馆。

艾曼达

星期一，四月七日；纽约市，纽约州—旧金山，加利福尼亚

艾曼达花了不到一周，就在旧金山找到了住处，尽管只是先从克雷格列表网站选了两个随机室友，一个男孩和一个女孩，他们是同事，合租着海港区一间有三个卧室的公寓。

他们说他们是悠闲而年轻的专业人员，她知道这表示高成就和高工资，电话里的女孩听起来非常友善。她去的是斯坦福，他去的是伯克利，感觉还不错。他叫胡安，这让她稍微有点不安——男孩，而且还是墨西哥人？—— 但是管它呢。她只需要待四个月，到时候他们就得续租了，这是完美的西海岸冒险之旅。即使他们很奇怪，也将是不同的体验，肯定只会比纽约好。

艾曼达从哈罗德·哈蒙兹的欢乐时光派对中得到了启示：纽约是问题的症结。这里有太多女人想成为陶德以为他想要的那种毫无意义的上床对象。这一点再加上人们工作时间太长、去同样的场所次数太多，撞上某些人次数多到会看不到对他们的第一印象之外的东西。只要还在纽约，陶德一见到她就只会想到 HOOK 上床对象，除非他下定决心想要看到其他东西。

艾曼达没有时间坐等奇迹发生。

但是旧金山将会不同，她一边想着，一边将机票递给检票员，登上了飞机。首先，那地方小很多。她阅读了统计数据：加利福尼亚的漂亮女孩都去了洛杉矶，给旧金山留下很多创办公司和跑马拉松的高大运动型男人，而且数目比不那么理想的女性要多出百分之十五。艾曼达在那里会鹤立鸡群。男人们会想得到她，跟优质男人

约会将像瓮中捉鳖一样简单。

当然，她还没向任何人承认这一点——因为她不想招致坏运气。她告诉妈妈体验硅谷繁荣的创业情况是个绝佳的职业机会，妈妈告诉她这会是绝佳的个人体验，尽管艾曼达从未离家这么远。克劳迪娅和辛迪对此也无所谓，并不怎么担心租金问题，因为反正克劳迪娅的父母支付了大部分的租金。她带着独立的自信告诉她们，她受够了她们的城市，已准备好去冒险，跟优质男人来往，她们也没有不赞同。

没人试图阻止她的事实让艾曼达自我觉醒，仿佛她对人们说她发现自己的牙缝里卡住了食物，却没有意识到其实他们在吃饭期间一直都盯着看。她们真的相信西海岸会更好吗，还是只是她没有融入纽约的本事？

不要再想了，舱门关上的时候她对自己说。谁在乎其他人怎么想？这是她的人生，而它即将重启。

六个小时后，她走出机场，走到旧金山灿烂的阳光下。有点凉飕飕的，但绝不像她刚离开的那带着寒风的零下十摄氏度。

出租车很破，她和司机之间没有树脂玻璃隔挡，司机是像她一样的白人。她以前从来没见过白人出租车司机。她应该跟他说话吗？她告诉他打开收音机。

出租车开上高速时，她透过车窗往外看，当她看到海湾大桥横跨水上时，感到皮肤兴奋起来。一辆真正的电车穿过街中心。摇下窗户，闻到新鲜的空气时，她知道这个决定是正确的。

司机继续穿过渔人码头，她朝穿着 T 恤衫和球鞋、用酸面包碗吃海鲜杂烩的游客扮鬼脸，感觉她已经比他们更了解这里。

“你说的是拉古那三三七三号？”司机用纯正的美国口音问道。旧金山所有的出租车司机都这样吗？

“是的。”她说着，抬头望着她的新家。房子是灰蓝色的，三层窗户，窗框全部刷成白色，跟车库相配，挤在另外两幢房子之间，一幢黄色，一幢浅橙色。她已经爱上这房子了。

“你要搬进去吗？”司机将她那些非常沉重的包卸下来时问道。

“是的，”她说，“我确实要搬进去。”

“你会想丢掉那些高跟鞋。”他指着她的脚说。

艾曼达低下头。她并没有穿高跟鞋，穿的是她最舒服的旅游鞋，只不过两寸的坡跟。

她付了钱，很惊讶地发现车费并不比纽约便宜，然后按了门铃。

“嘿！”新室友朱莉大叫道。她的脚趾甲涂成了亮蓝色，穿着自带胸罩的背心和毛巾布短裤，短裤尺码太小，不适合她的矮胖身材。

“很高兴认识你。”她说，强迫自己不要以貌取人。

“我来帮你。”朱莉无视自己的半裸状态，满心欢喜地走出门，将艾曼达的包拉到门口。铺着硬木地板的大片开放式空间被隔出餐厅和客厅，客厅里摆着超大号皮沙发和巨大的平板电视。艾曼达留意到 Wii 和 PlayStation 主机，感到心头一紧。游戏？他们都是些什么样的人？

“你的房间在楼上，我隔壁，”朱莉说，“胡安住在楼下。他有自己的浴室，不过我们经常混用。”

楼上的房间比她在纽约的房间要大，还有一个飘窗，屋里摆放着一套经典的宜家汉尼斯柜子和比利橡木书架。

“你寄过来的箱子在楼下车库里。如果你想的话，我可以帮你把它们搬上来。”

“你不用去工作吗？”艾曼达问。

“不用，没关系。我今天在家工作，所以可以帮你。”

“你做什么工作？”

“我在 HOOK 工作。”朱莉自豪地宣布。

“你是说那个应用？”艾曼达斜着眼睛。这就是决定她的爱情匹配的那些人？

“是呀！”她说，“它太棒了。”

“你是程序员？”

“不是，我是前台接待。”

她不是在斯坦福上的学吗？“那你怎么在家办公呢？”

“哦，他们不是非常严格。”她微笑道，“而且，自从我们提交了S-1 申请，一切都跟疯了似的，甚至没人意识到我不在。”

“我猜也是，”艾曼达说，“实际上，我觉得我们公司在代理你们公司。”

“真的吗？我没有跟律师一起工作过，但是我正跟其中一个银行家交往，每次他来这边的时候。他简直太性感了，喜欢艺术，是个真正的绅士。我猜你已经习惯了纽约的男人，但是我的天哪。”

“哦，我是来这边找男人的。”艾曼达说。

“哦。”朱莉的下嘴唇往回收，好像在说“呃”，“好吧，旧金山的男人非常有趣，但是他们都不像博尔。”

艾曼达礼貌地微笑。朱莉是个穿着差劲、超重十磅的前台招待——她们绝对不可能处于同一联盟。“好吧，我看我最好去拆包裹。”她说。

“你确定不想要我帮忙吗？”

艾曼达拒绝了。

但是跑了两趟车库回到楼上后，朱莉坚持过来帮忙，她们聊了一下午。艾曼达的心慢慢开始向朱莉打开了。她无忧无虑的活力令人尴尬，但是也让人放松和舒服，如果这暗示了在旧金山和艾曼达竞争的单身女性，那就可以放心了。

“想来点红酒吗？”朱莉放下最后一个纸箱后问道。

“好啊，”艾曼达看了眼时间说，“我出去买一瓶回来。”

“哦，不用那么麻烦，”朱莉说，“我们从办公室拿了一些。”

艾曼达跟着她去了厨房，那里有个橱柜，装满了高端酒水。“你们开了个公司派对还是什么的？”

“哦，不是，HOOK 的酒吧囤满了酒水，所以胡安和我总是在离开时拿上一瓶。”

“你们有个酒吧？在办公室里？”

“是啊，你们没有吗？”

艾曼达想起满是愤怒律师的隔间的楼层。“没有。”

“真的吗？”朱莉想了想，“太没劲了！”

陶德

星期一，四月七日—星期二，四月八日；纽约市，纽约州

星期一是欢乐时光，但是酒吧里挤满了睾丸素、鸡翅和喝着便宜啤酒容易勾搭的女孩。陶德占据了角落圆形小房间中间的位置，不管什么时候他跟那帮兄弟出去，这都是公认的属于他的位置。大家都默认他是这帮人中长得最好看的，所以他理所当然应该占据最显眼的位置。女孩从不会这么想，她们只会嫉妒地将漂亮女孩推到一边。但是男人明白合作能够引起涨潮，这样能让所有的船上升。

在纽约一起混了十年后，他的兄弟团成了一台运转良好的机器。每个男人都有属于自己的角色：陶德是美人儿；运营着自己的对冲基金的汤姆是有钱人；在普林斯顿研究过中国历史的私人股票合伙人凯尔是知识分子；在 MTV 工作的杰克是创作人员；大多数时间都在锻炼而且总是像服了兴奋剂一样跟每个人都能聊上几句的投机商麦克斯是派对人；创办了一家没人理解的保险公司的卡梅伦是企业家；来自南方可能是同性恋的对冲基金委托人威尔是这群人里的好男人。每当有女孩来到他们的圈里，不管是谁带她来的，都知道应该将她

放在谁旁边，而且他们的确也这样做了。只要每个人都遵守规则和他的角色，都能带个人回家。

上次他跟他们出去是一个多月前的事，重新回到这群人里的感觉太好了，即使他脑子里还想着工作。他喝了口啤酒，看了眼手机。他得在七点十五分准时给路易莎发短信。他知道从洛杉矶飞过来的航班已经落地，但是没有必要显得迫不及待。

陶德扫视了一眼房间。他们来到了东村，这里离纽约大学很近，也就是说这里的女性顾客更年轻，成本更低。

“哥们儿，太遗憾了，你错过了昨晚的星期日快活日。”麦克斯说，“我们打小台球打得太狠了。太精彩了。”

“唉，这交易太折腾人。”陶德摇了摇头。从新年之前起，他就没休过一个周末。

“付出会有回报的，”汤姆举起杯子说，“每个人都在讨论这交易。没准你终于能开始赚点真正的钱了。”

陶德翻了翻白眼。他知道汤姆只是开玩笑而已。对冲基金经理们都喜欢提醒银行家们，在金融服务结构中他们的级别比较低。

“先生们，准备好了。”杰克从盥洗室出来，将西装换成他在易趣上买的两百美元的迈克尔·乔丹球衣。他分发着霓虹橙防汗带。“相信我，这是吸引妞儿的磁铁。”

杰克和陶德是在拉赛西尔认识的，之前他们和麦克斯一起租住在肉库区一个三间卧室的跃层公寓。后来杰克去了斯坦福商学院，在那儿又认识了卡梅伦和威尔，换上了一副喜欢组织派对和炫耀服装的邋里邋遢蓄着胡须的创作人员新形象。

“兄弟，你在干吗呢？”杰克捶了卡梅伦一拳。卡梅伦正专心致志地看手机，没有戴上他的防汗带。

“稍等一下，”他说，“得发送下每日短信。”

“你设置了女孩提醒？”杰克转了转眼珠，抢过卡梅伦的手机放在桌子上。屏幕上显示了一张电子表格，上面有上百个女孩的名字，全部用颜色标记，分成火辣、温暖和冰冷三类。第三列写着“没有 / 亲热 / 上床”，第四列是“上次接触日期”，第五列是“接触总数”。

“这些都是你在勾搭的女孩？”

“不能量化就没法管理，”卡梅伦说着把手机拿回去，“我在商学院学到了几件事。”

“你怎么处理那张表？”陶德好奇地问。

“火辣名单里的女孩每四天都会收到一条短信，温暖名单里的一周一次。”

“你设置了提醒？”

“显然。我才记不住这些玩意儿。”

“那个冰冷名单呢？”

“我设置我的 Outlook，每三周给她们自动发送一封邮件，”他说，“让她们记着我，只是以防万一。”

陶德钦佩地点点头。“要是能把这个跟 HOOK 连在一起就好了。”他自言自语道。

“这才是你应该做的，而不是保险。”凯尔对卡梅伦说。

卡梅伦扬起眉毛想了想，继续发短信。

一小时后，陶德和一个金发妞儿喝醉了，没有看球赛。他不知道她的名字，但是她胸部很大，看起来没有性病。他看了眼手机，就快七点了。或许他能在见路易莎之前，跟这个女孩勾搭下热个身。

陶德感到手机嗡嗡响了下。

> 路易莎·勒梅：嘿——正在去布鲁克林的路上，去看个新 DJ。那地方很偏，所以可能就在那边睡了。不好意思放了你鸽子！

陶德摇摇头，眨巴着他微醉的眼睛。

他又读了一遍。又读了一遍。她说的是真的吗？

陶德在大脑里摸索着寻找解释：布鲁克林有出租车吗？他回复道：不用担心。地址是什么？我派个车过去。

“你没事吧？”女孩问道，但是他没理她，继续看手机。

几分钟后，他将手机放进衣兜里，掏出黑莓，回了几封邮件来分神。但是当他再次查看手机时，发现还是没有短信。他往水罐里伸手拿啤酒。“那个妞儿去哪儿了？”发现金发妞儿不在他身旁后，他问凯尔。

“哥们，我觉得她走了。”汤姆说。

“我觉得我们应该换地儿了。”杰克说。球赛结束了，他还没找到女孩。“谁想去休斯敦馆？”

他抓住她的屁股，她开始呻吟。她的屁股骨感得烦人。瘦骨嶙峋的女孩穿着衣服好看，裸着的时候就没那么有趣了。考虑到他永远不会在公开场合跟这个女孩见面，他情愿她能重二十磅，屁股上有点肉。也许他应该去勾搭她的朋友。但是那个女孩的脸实在是太不堪了。要是路易莎没有放鸽子就好了。他妈的！一想起这个他就生气，索性把气都撒在这女孩身上，将她来回抬，低头欣赏着自己搓衣板似的腹肌。老天保佑摩根。要是摩根能看一眼这个就不会还是同性恋了。路易莎也不会去布鲁克林。他面前的女孩吼叫着呻吟着，他试图忽略她的叫喊。他喝醉了，需要集中精力。

高潮紧接着就来了，他大松一口气跌倒躺下，大脑渐渐融化得一片模糊，几乎都没有注意到她将头弯进了他的臂膀，然后他昏过去了。

醒来的时候太阳已经升起，他摇了摇头试图记起自己在哪儿。一个金发女孩趴在他的胸口流着口水。他清醒过来后笑了，轻轻将她推开，以防弄醒她。

他穿上牛仔裤，悄悄溜出了公寓。现在是早上七点，他在想他离办公室有多远。他的脑袋还是很沉——他们在休斯敦馆至少待到凌晨三点——但是他玩得很愉快，就像一直以来的那样。

胡安

星期三，四月九日；旧金山，加利福尼亚

你真的还在办公室？胡安看到尼哈回复了他应她要求发过去的用户类型分布邮件，于是给她发了条即时消息。加利福尼亚已经是半夜了，也就是说纽约已经凌晨三点了，她那天给他发第一封邮件是早上七点十五分。

尼哈：是的。

胡安：你离开过办公室吗？

尼哈：每隔几天吧。

他正要发送大笑表情，然后意识到她并不是在开玩笑。HOOK刚起步时，他也曾工作到很晚，但是他当时在开发程序，而不是在没人会读的文档中输入数字。

胡安：你喜欢这个吗？

尼哈：什么？

胡安：投资银行业务。

尼哈：当然。我觉得不久就能升职了。

胡安：不错啊！升职会让工作时间短点吗？

尼哈：可能不会。

胡安：那你为什么要升职？

尼哈：做助理的话，简单枯燥的活儿会少点。

胡安：就是博尔那个职位？助理？

尼哈：是的。

胡安：他的工作时间看起来是短些。你们来这边的时候，他经常跟朱莉出去约会。

尼哈：那是因为他有钱。他得到这个工作只是因为他爸爸是公司的客户。

胡安：哦。

尼哈：啊。我烦死塔拉了。

胡安：为什么？

尼哈：她太自私了。她表现得自己的工作很重要，其实一点也不——陶德做了所有的模型。她只做销售提案，仅此而已。

胡安真的很喜欢塔拉。她很友好。

胡安：我猜我没留意。

尼哈：马上回来。

胡安读了这条信息，希望自己没有冒犯到她。他喜欢尼哈。她是个直肠子，工作太努力了，但是胡安觉得她潜在的好胜心很有意思。他和布拉德已经决定在为HOOK上市那天计划的派对上把她灌醉，想看看到底会发生什么。

胡安回到数据库，继续抓取世界各地有多少活跃用户的统计数据。

这是其中一个数据库，用来存储每个用户自下载应用以来进行的所有联系、评级和隐私评论。他和乔希开发出这些数据库以后，胡安就没有看过它们，但是此刻看着数据库，他意识到拥有五亿用户的HOOK现在有多大的影响力。他尤其喜欢那张给每个用户在当前活跃地点登录打点的世界地图。全世界有上百万个点，想着这些人都在使用他协助开发的产品，胡安感觉很兴奋。

他放大欧洲，然后法国，然后巴黎，然后埃菲尔铁塔，现在有二十七个点聚集在那里。他点击其中一个点，查看这个账户的注册地：汉堡，德国。他看着更多信息加载出来，惊奇地发现亨里克·鲍曼正在跟艾米莉·吉尔伯配对，觉得这太酷了——

等等，为什么他能看到他们的名字？

胡安对着电脑眨了眨眼：用户提供的信息，比如说用户名，应该跟用户位置这样的跟踪信息分开存储。他点击了另外一个点：本杰明·西伯德克。他点击本杰明的名字，电脑提示他"返回数据库"。他点击链接，但是链接将他带到与他一直在处理的两个数据库都不相同的新数据库，这个数据库交叉关联了个人数据和收集数据。

"什么？"胡安看着这个新数据库，这个数据库列出了所有用户，以及显示着所有过往历史的数据列。数据库上面有个搜索字段。即时消息框又出现在数据库上面。

尼哈：不好意思。刚刚被一个愚蠢的分析员骚扰。

胡安：没关系。

"我在想……"他大声说，然后将想法赶走。他不知道这个数据库是从哪儿来的，但是它不应该出现在这里，他绝对不应该窥探。

但是反过来说，它就在这里，他至少应该知道它是如何运作的。再说，她可能根本没有账户资料。

但是当他输入她的名字，发现她其实是有账户资料的：尼哈·帕特，出生日期12/03/92，邮编10019。他打开她的信息。她两年前创建了账户，在曼哈顿周边登录过一个月。她四次向右滑动过男人的照片，但是他们都没向右滑动她的照片。她给其中一个发送过消息，然后在四个小时内三十次查看他的资料，但是他从未回复过。她自己只有三十六次的向右滑动，没有评论，只有一条消息，来自一个看起来像连环杀人犯的四十二岁胖子。

也许他们应该使用上市的部分资金，来开发能帮助像尼哈这样的女孩的服务。他们可以开发一个算法，帮她了解她需要做什么才能提高受欢迎程度，这会提高她的自信，然后没准她会找到某个人，或者至少感觉不那么受到排斥。

因此，他不能怪她停止使用这个应用。

但是回过头说，胡安也停用了HOOK。而且他的数据比这个要好。不是吗？

胡安想了想。查看自己的信息肯定不违反规定。

胡安键入自己的名字，用户信息加载出来。他觉得应该拿瓶啤酒来看这个，于是去了冰箱那儿。办公室都空了，只留下他独自看着海湾里的灯光在房间尽头的落地窗外闪耀。

这种时刻有个女朋友的话，感觉会很不错，他心想。带她看看这间办公室，坐下喝着啤酒，看灯光在水面上快速移动。

胡安从未有过女朋友。倒不是他对女孩不感兴趣，也不是他不喜欢大部分女孩。如果要他老实说的话，他知道不是因为女孩对他不感兴趣。他只是从未真正找到足够好的女孩。当然他需要这个人聪明有趣，但也要能理解他的过去，理解他需要照顾住在东帕洛阿尔托的妈妈，而且不能讨论他父亲在华瑞兹市被谋杀的事情。而他在旧金山遇到的女孩…… 她们的生活真的过于简单，以至于无法理解那些事。

胡安喝着墨西哥啤酒，打开他自己资料的摘要页。他有一万二千零十二次向右滑动和一百八十条评论，这让他从总分十分中平均得分八点七。他看着分数分布：百分之七十五都是十分或者接近十分，百分之二十五是一到两分。他呛了口啤酒，意识到自己一直在期待分数全部完美。

他首先点开一条正面评价：来自伊莎贝拉。他的心脏跳到了嗓子眼：他整个童年都爱着伊莎贝拉。但是她当时很酷，而他是书呆子，所以当他们上了中学，她就和大她两岁的罗伯托约会了。胡安获得了门罗学院的奖学金，离开贫民区的公立学校，丢下了她以及所有朋友。

伊莎贝拉给胡安的每一项都打了完美的十分：样貌、野心、性、幽默、承诺和智慧。她打上了“带回家见妈妈”和“史上最好男人”的标签，并写着“这个男孩是个王子哟，趁他还很性感的时候抓住他 <3”。

胡安感到脸颊在发烧，旧时的所有感觉全都涌回来，就像他还是十三岁，而且平生第一次处于恋爱中。

胡安跳到一个差评。他花了一分钟才认出那个名字，但是看到那张脸时，记起来是来自伯克利的莉迪亚·卡尔。他们同在一个数学五十一学习小组，在一个派对上他曾经喝得太多，然后在舞池里跟她亲热。他二〇〇九年毕业后就再也没见过她，但是评论来自六个月前。她给他全部打了一分，还打上标签“令人伤心的人”和“混蛋”，并写着：“看起来是个好男人，结果你发现他觉得自己比每个人都要优秀。混蛋一个。离远点。”

胡安眨眨眼。他没想过自己更优秀啊，他只是经历过更多而已。而且他对她并不刻薄。他们只是在两个人都喝得太多的时候亲热过一次。他关掉页面。这就是他不用 HOOK 或者不跟女孩约会的原因。

苹果手机上的一条新短信让他刚好找了个借口转移视线，他点击登出了数据库。

朱莉：新室友太棒了！

他对着手机微笑。朱莉觉得每个人都很棒，但是她认可他们的新室友艾曼达就好。

胡安：太好了！星期五晚聚会？看看她有空没，我做肉馅卷饼。

朱莉：搞定！！你还在办公室吗？我们在凯莉·雅各布森的基金筹集人这儿做布道，你想过来吗？

胡安：我还在这儿。回家见。

每个人都在讨论为死去女孩的纪念基金筹资的好处。倒不是胡安不在乎，他只是太清楚故事将如何结尾，所以不想跟这件事扯上任何关系。像凯莉这样的斯坦福孩子都是从和他一起长大的东帕洛阿尔托孩子那儿买的毒品。在卡尔·坎普对毒贩子宣战时，胡安本能地感觉到，迟早他的社区会为她的死亡买单，而且贫民区的两边会变得更为疏远。

胡安点击回到数据库，输入信息，想看看朱莉是否评论过他。她给了他全部十分，只有“承诺”那一栏她只打了一分，还有一枚标签“不可能的高标准”。

她真的这么想的？

他得停下来。

他喝完啤酒，正要关电脑，但是又想起什么，于是折回来。那凯莉呢？

他停下，盯着屏幕，手指悬停在键盘上。她死了，她已经死了。无论如何也不能算侵犯了她的隐私吧？

他键入她的名字。她死后有超过八千万的浏览量，评级在带标签“贱人”的一分到带标签“受害者”的十分之间变动。他按日期筛选了结果，拉到最开始的记录。她去年七月开始使用 HOOK，在纽约见过几个男的。去年十二月二十八日，她在纽约又使用了一次，今年在加利福尼亚登录过几次，但是从未给任何人评过分，而且只见过一个人。胡安为她感到不平：她并不是媒体说的贱人，就算她真的是，HOOK 上大概有四点五九亿用户比她坏多了。

他起身准备离开，又转过身来看了眼她今年唯一一次见面的日期，三月六日。他停下，感到掌心开始冒汗：她是哪天死的？

胡安屏住呼吸，搜索了她的名字。他点开她的维基百科，眨了眨眼睛确定他看的信息。记录的死亡时间为二〇一四年三月六日早上四点四十七分。

胡安点击数据库中那项数据。她与另一个用户见面的时间是凌晨两点十八分。他点击地图滚动到：斯坦福大学，世外桃源居民区，梅尔菲德大道五百五十八号。

虽然过去几周他试图不去注意这个故事，但还是知道凯莉的朋友是凌晨一点留下她一人的。新闻从未提及那之后她曾跟其他人在一起。

他鼓起勇气点开另一个用户的资料。但是资料不加载。他刷新了下。什么都没有。最后，一个对话框弹出来提示“路径损坏”。

“怎么——”胡安眨了眨眼。

“你还在这儿？”

胡安跳起来。乔希·哈特正站在电脑前。他从哪儿冒出来的？

胡安控制着血液流回到苍白的脸上，并快速点击关闭屏幕上开着的窗口。“是啊，刚刚做完给尼克的一些资料。”他说。

他能感觉到乔希的眼睛正在从桌子上方窥视着他。

“一切都还顺利？”乔希问。他的脸抽搐了下。经过很多个一起编程的长夜，胡安对乔希有深切的了解，知道他的脸只在紧张或生气时才会抽搐。

“是的。”胡安点点头，他的心仍然怦怦直跳，迫切地希望乔希走开，“一切都很顺利。”

“你在看什么呢？”乔希说。

“就是一些统计数据，”胡安撒谎掩饰道，“真是太恐怖了，纽约有那么多卖弄风骚的男人。”

“他们就跟兔子一样。”

“对。”

请走开吧，胡安在脑海里尖叫着。他感觉乔希正在用目光掐着他的脖子。

“你下周想去听交响乐吗？”乔希问，“我有一张多余的票。咱俩以前常常一起出去。我想着咱俩已经很久没一起出去玩了。”他的声音抑扬顿挫，听起来与平时不同，好像他排练过这句台词似的。

胡安抬起头，乔希看起来不像是喜欢交响乐的类型啊。

“当然，”胡安说，“但是你知道，我从来没去听过交响乐，所以如果你想把票给更懂得欣赏交响乐的人，我——”

“不，我想跟你一起去。”乔希说。

“当然，”胡安说，“听起来不错。”

“很好。那明天见。”乔希转身离开。

“没问题。”胡安说着挤出一丝微笑，等着乔希砰地关上门。门一关上，他就塌在椅子上。凯莉·雅各布森死的时候不是独自一人。但是她跟谁在一起？他应该告诉谁？

Chapter 6

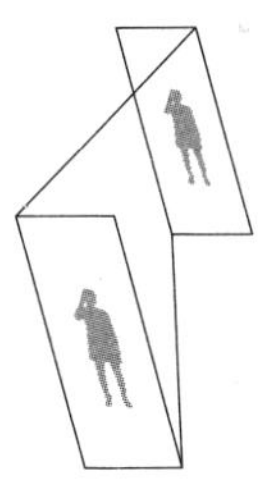

第六章

查理

星期五，四月十一日；帕洛阿尔托，加利福尼亚

查理刷新了浏览器，再次观看特利曼化学武器攻击的视频。如果凯莉没有死，他已经在那儿了，这可能就是他的故事。或者一个月前他想回去时拉杰允许的话，他现在观看的事件很有可能已经被阻止了。或者攻击期间他一直待在那儿，做全面调查，被烟雾呛得窒息。但是至少他会做点什么，而不是在加利福尼亚干坐着。

他实在没有什么理由留在这里，但是他也不知道该去哪儿。

他不能待在父母的公寓，看二十四小时的新闻报道。妈妈几乎不离开沙发，只是坐在那儿看着一个又一个权威人士评判他妹妹的品行，为此生气难过，可要是一下午没人提及女儿，她还是一样难过，好像凯莉的人生没有意义似的。

他走到一家咖啡馆，找了张桌子坐下，从包里掏出黄色的笔记本。他决定将凯莉的日记读一遍：他不是要窥探她的生活，只是意识到他错过了她生命中的一些细节，想知道她过得好不好。

二〇一〇年九月二十三日

天哪，我太喜欢斯坦福了。我不敢相信进入大学之前我竟

以为自己知道幸福的滋味——没有什么能比得上这个。我们今晚开了个宿舍会议——就是一个对我们宣布所有规则的迎新会议。但其实没有任何规则。就像舍监们告诉我们的，我们不会因为喝酒而惹上麻烦，即使我们还未到法定年龄，因为他们宁愿我们告诉他们谁喝多了而不是谁死了。如果我们太害怕他们，反而会因此惹上麻烦。我喜欢他们这样信任我们——这太有道理了，不是吗？倒不是我打算开始喝酒，我只是觉得，让人们对自己和朋友负责绝对是正确的态度。不管怎么样！我们正在开迎新会议，然后有人吹了口哨，所有的舍监都跳起来，然后有很多穿着古怪的人突然拿着乐器跑进大厅演奏音乐，他们是斯坦福乐队。天哪，他们可真疯狂。比如，有个男的全裸着演奏萨克斯。好恶心啊，但是我情不自禁地看着他！！还有，树也在跳舞——我好喜欢我们的吉祥物是棵树！！——还有——

“你要点什么吗？”

“什么？”查理抬头，吓了一跳。侍者指着菜单。“哦，”他说，“一杯咖啡和一份煎蛋卷就行。”

侍者离开后，他继续翻阅日记本。

二〇一〇年十一月五日

今晚我失去了处女身。为什么我以为这件事会有更重要的意义呢？我不爱杰米。我想这正是我跟他做了的原因：因为我知道自己不爱他，也不会爱他，这样我就不会对他是我的初夜这件事赋予很大的意义。这么说吧，我觉得女孩等待真爱才献出自己的处女身是个错误。因为这段关系没法持续下去的话，就不仅仅是你爱过他，而是你给了他你的处女之身，于是这件事变得十分重要。但这并不重要。或者已经不重要了。没有我以为的那么疼，但是绝对感觉不好。杰米说慢慢就会好了。他十四岁就失去了童贞。你能相信这个吗？一个进入斯坦福的男孩居然十四岁就发生了性关系？我猜这就是寄宿学校里会发生的事。不管怎样，第一次感觉不怎么好，所以我希望能变得更好。我很高兴没有等到结婚再上床。你能想象如果你结了婚才破处吗？想想你有一场神奇的幸福的婚礼，而且一直在期待着之后那个神奇而幸福的时刻，然后却是那种感觉？这么开始一段婚姻太可怕了。而且有点奇怪的男权主义，不是吗？以男人伤害你的方式开始一段婚姻？

“给你。”侍者说着将一盘鸡蛋轻放在他面前，查理停下来，对她的打断很是感激。

“谢谢。”

就在他要切开鸡蛋时，查理的手机响起来。“您好？”

“你看到故事了吗？”强尼在电话里问道。

“发表了？”查理在座位上朝前坐起。

“头版，上半版。”强尼听起来很自豪。

就凯莉之死采访她的朋友时，强尼已经跟他说了自己发掘出来的故事。她的舍监罗比·古德曼不仅有她房间的钥匙，而且对凯莉很有好感。那天下午他发现她毕业之后要搬到纽约时极为震惊，几个小时后在橄榄球队重聚派对上开始胡闹，整晚都处于崩溃状态，大约凌晨两点才喝得烂醉地离开。不难想象他回家之后想见凯莉，便用他的舍监钥匙进了她的房间，给她喝了掺莫里的水，对她进行了性侵犯，然后自己也昏了过去。他醒来后，惊慌失措地带她去了医院。

“他们已经拘留了罗比，”强尼说，“你可能会想请个律师，如果你还没请的话。”

“对，这是个好主意。”查理说，站起来招呼侍者拿账单过来，十分感激强尼给他找了点事做。

塔拉

星期五，四月十一日；旧金山，加利福尼亚

“对了，我昨晚跟陶德睡了。”瑞秋眼睛看着酒单若无其事地说，语气就跟报告她早餐吃了什么似的，“麻烦给我们来一瓶特拉菲森雷司令。”

“等——等——等等，”塔拉说，“你跟陶德·肯特上床了？你是说我们那位陶德·肯特？”她感到胸口一紧，她和陶德昨晚十点从HOOK办公室回到酒店。塔拉在房间里一直工作到凌晨两点，放纵自己吃了迷你吧里的一包花生M&M豆，于是今天早上多跑了一英里来消耗它们。他真的折回去跟他们的伪客户上床了？

“哦，你们俩也勾搭过？”瑞秋问道，但对两个女人跟同一个男人睡过的可能性毫不在意。她将丝绸般的头发挽成一个精心梳理的蓬松髻，简单画了画眼影和唇彩。

“没有。”塔拉摇了摇头，“好吧，有过，我是说，以前在斯坦福的时候。但没有什么意义。”她撒谎道。

“大学里勾搭过的人重新开始，”瑞秋微笑着说，“我喜欢这故事。”她尝了尝调酒师倒的酒，点头表示满意。

“我只要一杯苏打水。”塔拉说。自弗里克以来她就没喝过酒了。

瑞秋做了个鬼脸。“你觉得陶德今晚是出去喝水？”

“对我来说风险更高。”

“就一杯？”瑞秋继续争取。

“对不起。”塔拉耸耸肩表示拒绝。

“随你便吧，”瑞秋说，“反正很烂。”

塔拉呛了下。“什么？”

“基本上算是我经历过的最烂的性爱。就像跟大猩猩做爱似的。他大学时也那么差劲吗？”

塔拉感到自己咧开嘴笑了。如果瑞秋不认为这很奇怪的话，她猜她也不必。塔拉一直觉得她更喜欢跟男人一起工作，但她真的喜欢瑞秋。瑞秋自信又沉着冷静，流言蜚语不会让这个女人分神或者让她觉得是对自己才华的侮辱，如果塔拉了解她的才华的话。

“你知道，我真的不太记得。”塔拉诚实地回答。她从未细想过陶德是否有什么做爱技巧。实际上，她从未想过她睡过的男人床上功夫是好还是坏，她总是只注意自己是否还好。

瑞秋疑惑地看着她。“我猜你那时还年轻，”她找了个借口，抿了一口酒，“或许那就是纽约给男人的影响，”她自言自语道，“比如说，陶德有过恋爱关系吗？”

塔拉耸耸肩。“自我认识他以来没有过。”

“那么他可能从未真正吸取教训。我是说，他是有很多性生活，但都只是一夜情，所以从未得到任何反馈。”

塔拉抿着嘴喝了一口水。“不过，你觉得女人知道吗，如果那样的话？”

“什么？”

“是好还是坏？”

“你是认真的吗？”

“比如一个女孩只跟陶德那样的男人有过性关系，”她说，“也许她认为性应该就是那样的。”

“不可能。女孩有振动器，”她说，“她们知道应该是什么感觉。”

“但是，很多女人都没法在性爱中达到高潮，”塔拉说，“有个调

查说 ——”

瑞秋摇摇头。“我才不信。”她顿了下，“我认为是陶德那种男人在做调查，他们只是想为自己的无能辩护。”她说完，留意到塔拉的脸，“天哪，你跟男人做的时候从来没高潮过！”

塔拉扮了个鬼脸。“我有。”然后她补充道，“好吧，我觉得我有。”

“你觉得你有？”瑞秋盯着她，然后捶了下她的肩膀，“天哪，你太可怜了！难怪你这么凄惨！”

“我不凄惨。”塔拉喝着水纠正道。

“我以为只是你的工作太糟糕，但这个再加上没有好的性爱？天哪，我会杀了自己。”

“第一，”塔拉举起一根手指说，“我的工作不糟糕。第二，我只是还没找到让我觉得很舒服的人。第三，我一点也不凄惨。”

“第一，的确糟糕。第三，你的确凄惨。第二，你还没有让自己感到舒服。”

“我 ——”

“星期五晚上喝水。你很凄惨。”

塔拉顿了下，看着瑞秋，仔细想了想。“好吧，”她说。“给我倒一杯酒，好吗？”她转向调酒师。

“现在，至少是个开始，”瑞秋拍了拍塔拉的胳膊，“至于你的高潮问题，找老点的男人，”她指导道，“老点的男人生活经验丰富，他们知道外面有些什么，懂得欣赏你，不会因为看了很多毛片而将你跟他们的一些幻想比较。”

她旁边的男人回过头，一副厌烦的样子，表示他一直都在听她们说。

“怎么了？”瑞秋尖锐地问他。“啊，正好！”瑞秋大叫道，“卡勒姆怎么样？他很合适。”

塔拉脸红了。“我告诉过你，他是客户。”

“我比卡勒姆更像是客户，陶德还不是跟我睡了。”

“对女孩来说不一样。”塔拉说，“你知道的。”

“为什么每个人都这么说？”瑞秋说，“除非你这么想才会不一样。”

塔拉喝了一口红酒。瑞秋咧嘴笑了：“你绝对喜欢他。”

“我不了解他。”塔拉纠正道。

“你不会了解他，”瑞秋说，“如果你不给他一次机会的话。好嘛，再说你完全就是他喜欢的类型。”

“乔希也这么说。”塔拉透露道。

“什么？”瑞秋的眼神严肃起来，“乔希说了什么？”

“他说卡勒姆会喜欢我，因为他喜欢有控制欲的女孩，”塔拉转了转眼珠，记起第一次会面的场景，“就是他让你们所有人离开那个鱼缸后告诉我的。同时也让我清楚我在这交易里的唯一用途，就是用外表分散男人的注意力。”

“去他妈的乔希。”瑞秋生气地说。这是塔拉第一次看到瑞秋心绪不定的样子。“乔希是个厌恶女人的刺儿。”

塔拉饶有兴趣地看着瑞秋。

“我认为他开发 HOOK 的唯一原因就是让女人觉得自己低贱。”

“为什么这么说呢？”塔拉小心翼翼地问。

“我见过他对待女人的样子。他完全就是个怪胎。他对其他人类没有任何尊重，只把他们当物品或抵押物来对待。他就像个反社会机器人。”

“那你为什么为他工作？”

“菲尔·道尔顿付给我一笔高得离谱的钱。”

“来保护乔希的公众形象？”

“这工作量巨大。”

“你用 HOOK 吗？”塔拉突然很好奇地问道。

“绝对不用。”瑞秋说。

“但是你这么——”塔拉开口，寻找不会冒犯她的词。

“放纵？”瑞秋替她补充道，“带有尊重的无感情性爱和通过应用安排的交易型性爱是有区别的。”她喝完了酒，看着空瓶说，“这就是乔希不能理解的微妙差别。你有晚餐计划吗？我想去泰佐。”

“我应该回去工作。”塔拉说。

“我今晚什么都没有教你吗？”

塔拉想起陶德昨晚的外出。“好吧，”她说，“我们走。”

艾曼达

星期五，四月十一日；旧金山，加利福尼亚

艾曼达递给胡安一瓶啤酒，一屁股坐到沙发上，就坐在他的旁边。她还有一个小时可以消磨，然后去赴在旧金山跟 HOOK 上认识的男人的第一次约会。她现在心情很好。

“你在看色情片吗？”艾曼达笑他跟电视贴得那么紧，发现他其实在看凯莉·雅各布森的报道后，她咬了咬嘴唇。

“不是。”胡安说，但是没有笑。

她很喜欢胡安。上星期五她第一天上完班回到家，发现他和朱莉准备了一个惊喜晚餐聚会欢迎她的到来。他做了肉馅卷饼，比她以前在一家墨西哥餐馆吃的还要好吃。他问了些问题，让她觉得他真诚地想要了解她。

“什么新闻？”她问道，留意到标题写着突发新闻：雅各布森死亡引起怀疑，嫌疑人被拘留。

“他们认为是谋杀，”胡安说，“他们觉得她的舍监给她灌了毒品，导致她吸食过量。”

“他们为什么——”

“嘘。”他说，嫌疑犯出现在屏幕上，他调高了电视音量。

“警方今天逮捕了罗比·古德曼，斯坦福毕业班学生凯莉·雅各布森的舍监。《纽约时报》一名记者收到的匿名消息致使大学展开了对女孩死亡的调查。警方有理由相信女孩并非如他们原先以为的那样自愿服用导致她死亡的毒品。”

“我们还在对罗比·古德曼进行了解，但是看起来他对橄榄球非常投入和积极，这种运动因攻击性太强，被大多数美国大学降为俱乐部状态。我们请到了古德曼先生的律师。”

“这种指责绝对站不住脚。警方没有任何证据能够证明我的当事人当天晚上和凯莉在一起。这是一起搜捕女巫的行为，试图通过诽谤一个无辜的男人来维护一个女孩的清白。”

“你没事吧？”艾曼达轻声说。胡安脸色惨白。

“没事。”他说。

“你是律师，对吗？”停顿一下后，他问道。

“律师助理，”她纠正道，“我还不知道要不要去读法学院。”

“那我能问你一个法律问题吗，只是假设？”

“说吧！”

“如果某人拥有可以协助调查谋杀的信息，从法律上来说，他们有告知警方的义务吗？”

“从法律上说，只有在他们被起诉时。但是道德上来说，他们可能应该……”

“要是他们本来不应该拥有这信息呢？”

“这改变不了他们拥有这信息的事实，而且能帮上忙。”

“但要是他们不知道这信息是否能帮上忙呢？”

“你到底想了解什么呢？”

“我觉得凯莉死的时候登录了HOOK，而且我认为警方知道的话，可能会对调查有帮助。”他脱口而出，然后吃惊地发现他说出来了，于是用手捂住了嘴。

“你怎么知道？”她往前坐起，“你能查询用户的历史记录？”

他咬着嘴唇：“我不能告诉你。”

“天啊！”她激动地捶了他一拳，“你能不能查一下这个男的，我曾经——”

“请不要说出去任何事情，”他打断她，“这是十分机密的。”

“好吧，当然。”

“那你觉得我应该告诉谁吗？关于凯莉？”

“除非你想为毁掉你们的上市负责。”

“什么？”

“没人会给可能卷入一场谋杀调查的公司投资。”

“但是 HOOK 跟这个没有任何关系。她只是刚好登录了。”他辩护道，“只是巧合而已。”

“这不重要。对公众市场来说，唯一重要的事情就是印象。投资者听到 HOOK 跟‘凯莉·雅各布森’扯到一起的那一刻，他们就会跑掉。”

胡安看了眼手表。“糟糕，我得走了。请千万不要把跟这有关的任何事情说出去。”

她举起她的双手。“我将这个视为客户与律师的保密协定。”

“但是你什么都不会说吗？”他问，“如果你是我的话？”

“凯莉可能也登录了脸书，”她说，“还有推特和声破天以及一百个其他的应用。这跟任何事情没有任何关系。”

“是啊，我想你是对的。”他说，但是看起来不太相信她，“你能去跟乔希说一声我马上就来吗？”

“谁是乔希？”她往门口走时问道。

“乔希·哈特。”

“你们的首席执行官？”

“是的，”他大声喊，“我们要去听交响乐。”

艾曼达打开门，看见一辆亮蓝色的特斯拉跑车停在外面。“真棒。”她说。要是今晚的约会不成功的话，她没准可以跟HOOK的首席执行官约会。

乔希将窗户摇下来。他面色苍白，眼珠像爬行动物，但是长得倒不难看。“胡安在哪儿？”

她伸出手。“我是艾曼达，他的室友。”她微笑地扑闪着眼睫毛。他没有反应。“他马上就出来了，让我跟你说一声。”

乔希瞪着艾曼达，示意她走开。

“玩得开心。”胡安走出门时，她对他说道。

艾曼达回到屋里，走到门口时就已经忘了乔希的断然拒绝。她打开收音机，化着妆消磨时间，等着约会对象本·洛夫蒂斯过来。

搬到旧金山是个极好的决定。室友很棒，天气很棒，HOOK上男人的资料也很棒。工作依然很糟糕，但是工作时间好多了，而且回到家还有免费的酒，托HOOK的福。跟每个人都在使用的应用贴得这么近，感觉太好了。

最妙的是，本·洛夫蒂斯正在来接她的路上。这个男人很完美，不仅给她发了消息，还请她出去吃晚餐。这种事情什么时候在纽约发生过？她现在意识到了。那边的男人只想用HOOK找轻易上床的机会，为什么她居然浪费时间想着可以修复陶德·肯特？这边的男人不需要被修复，他们看到艾曼达就会欣赏她这样的女人。

艾曼达卷头发时，一直想着本·洛夫蒂斯的统计数据。他在杜克大学上的本科，然后在纽约花旗集团做投资银行业务，接着去了沃顿商学院，现在开办了国内有史以来第一家全有机、本地出产、可持续生产的手工啤酒会所。再加上他还跑马拉松，去过二十个国家，还是获得资格证书的水肺潜水教练，曾经花了一个夏天在中国教孩子英语。还有，他的照片超有魅力。

门铃响了，艾曼达深吸一口气，最后再照一眼镜子，欢快地跑下楼。

“嘿。”本·洛夫蒂斯微笑着递给她一束花。

天哪，她心想，我们现在应该直接上楼去滚床单吗?!

“嘿，”她控制着自己的情绪，“你太贴心了。”

“这是花食。”他递给她一个小袋子，“这会让花开得久点。”

她深受感动地张开臂膀，给了他一个拥抱。“太谢谢你了。真的太贴心了。”他拥抱她时，胳膊有点僵硬，她脸红了，也许她太热情了?

她将那束花放在门口的桌子上。“我们走吧？”

他看着花，然后嘴唇紧闭着，向她还以微笑。“当然。”

胡安

星期五，四月十一日；旧金山，加利福尼亚

胡安试图放松，但是他实在控制不住，自从他发现凯莉死的那晚跟另一个HOOK用户在一起后，一切都让他变得紧张。如果人们发现了这个，真的会耽误上市吗?

“那是谁？”胡安坐进跑车的副驾驶后，乔希问道。

“新室友，艾曼达。”胡安说，试图赶走脑海里的凯莉，“她刚刚从纽约搬到这里。”

“为什么你有个女室友？”乔希问。

“实际上，我有两个，”胡安说，“我喜欢跟女孩一起住。”

“上市之后你应该给自己找个地方住。”

“不要——这边的租金贵得离谱，”胡安说，“他们不是只生产了一千辆这种车吗？”

“我不知道。瑞秋建议我买一辆。”乔希说，显然对其他人都在讨论的车不感兴趣。

“我能问你一个问题吗？”胡安问。

“你刚刚问了。”

“你用 HOOK 吗？”

“当然不用。”

“为什么不用？”

“毒贩子永远不应该使用自己的毒品。”

“你觉得它安全吗？”

“从哪方面看？”

“比如，你认为有人会因为使用它受到伤害吗？比如，谋杀犯能利用它杀人？”

“我觉得谋杀犯最好用枪。”

“但是你觉得 HOOK 可能，”胡安小心地停顿了一下，“会帮助他们杀人吗？”

“如果一个谋杀犯开车撞死了人，车有罪吗？”

乔希将特斯拉停在戴维斯音乐厅的拐角，胡安放弃了追问这个问题。也许他是对的。

“你对我们要上市高兴吗？”胡安在他们下车后换了个话题。

“我很高兴甩掉风险投资，”乔希说，“你得找个人帮你处理下税务。”

“不，”胡安说，“我需要吗？”

“当然，”乔希说得好像这一点显而易见，“如果你不想在兑现后还要把一半钱拱手让给政府，给这个男人的失业买单的话。”他抬起下巴，指着巴士站昏过去的流浪汉。

“你是什么意思？”

“我们的纳税登记差不多是百分之五十三。但是一个好会计能帮你减少至少一半，或许更多。”

“这合法吗？”

“所有的税务漏洞都是合法的。”

胡安耸耸肩。“我觉得我的钱还没有多到需要担心这个问题。”

“你说什么呢？”乔希说。

“你知道我的工资。”胡安说。他的年薪刚提升到十二万美元，这在旧金山几乎算不上有钱。

乔希停下来，转过身看着他。“你真的知道你拥有这公司百分之一点五的股份吗？”

胡安看到乔希严肃的眼神后，感到脸上冷静下来。“那有很多吗？”他小心翼翼地问。

“如果我们拿到一百四十亿美元的估价，你的股份就值两亿，”乔希说，然后转身继续走路，“但是如果你不马上解决税务问题的话，政府会拿走一半。”

胡安僵住了：乔希刚刚说的是两亿？两亿美元？

乔希给了检票员他们的入场券，胡安恍惚地跟着他走到座位。

灯光熄灭后，胡安感觉好多了，他终于能进入思绪中。

两亿美元？这……这真的超出了胡安的大脑能够理解的范围。

艾曼达

星期五，四月十一日；旧金山，加利福尼亚

艾曼达和本从她的房子出发，沿着联合大道走到泰佐，迎宾员向本打招呼。“还是老桌子吗，洛夫蒂斯先生？”

“麻烦了。”

“你经常来这儿？”她问。

“是的。”他敷衍地微笑着，“这是你们这一片最好的餐馆，虽然他们啤酒选择得很糟糕。我下周跟这里的老板见面，讨论我们的手工啤酒合作。”

“哦，那太好了，”艾曼达说，“关于你的生意，我有好多问题想问。有一家创业公司肯定酷毙了。”

“确实。不是每个人都适合创业——工作很繁重，但是在投资银行业务工作的那几年让我习惯了。”他说话的时候褐色的眼睛快速眨动着。他不像照片里那么有魅力：首先，他有点胖。但是艾曼达放过了这一点，创业肯定使他很难跟上一贯的马拉松常规锻炼。

“哦，我听说投资银行的业务很残酷，”她表示同意，“我的意思是，我本以为律师助理工作时间很长，但是——”

“它们没有可比性，”本打断道，“除了创业，别的工作都谈不上残酷。或者至少是创办一家成功的公司，比如我的公司。”

“所以你的公司业务很不错？”

他抬起眉头，好像不敢相信她居然问了这个问题。“你没有看到今年的《福布斯》吗？我在三十位三十岁以下的创业者名单中。”

“真的吗？”艾曼达目瞪口呆。她真的在跟一个上了《福布斯》杂志的男人吃晚餐？“我不读那本杂志，但是我想肯定很厉害。”

“你得读，”他建议道，“如果你要融入硅谷，就得盯着点《福布斯》的三十位三十岁以下的创业者。这差不多能将好公司跟烂公司区分开来。你要喝点什么？”

“葡萄酒？”她提议道。

“你喜欢哪种？”

“白葡萄酒，我想？”

他观察着她。“干的还是果味的？”

“哦，我不挑剔。”

“有意思，”他看着菜单说。“我们要一瓶纳帕莎当妮，”他吩咐侍者，“还有我一贯的食物。”他朝向艾曼达，“我会给我们俩点餐，这样会快点。”

“哦，当然，”她说，“你很了解葡萄酒吗？”

“当然。我有执照。”

“侍酒师那种？那不是要花很多年吗？”

“我在商学院的时候上了个压缩课程。总共三十个小时，但培训基本上是一样的。”

侍者拿着葡萄酒回来，本尝了一口后才给她倒了一杯。“非常好。”他说。

“美味。”她抿了一口表示同意。

他什么都没说，所以她又问了个问题。“那么，你喜欢沃顿吗？本科的时候我很喜欢宾夕法尼亚。”

“商学院跟本科大不相同。首先，竞争力更强。”他看着她身后的镜子，观察着餐馆里的其他人。

“这边的人很烦，因为每个人都觉得斯坦福商学院是唯一出企业家的地方。”他继续说道，“但是从统计上看，更多公司出自沃顿。我们的经企管理研究生入学考试平均分数要比他们高。我前几天认识一个从斯坦福出来的女孩，分数才六百七。我简直不敢相信。虽然我知道女人的标准要低点，因为他们需要保持一定的数目，但是这太荒唐了。他们显然失去了优势。”

艾曼达深吸一口气，喝着酒。也许她问了个不合适的问题。

“你等一下好吗？”他没等她回复就站起来，她看着他去了他一直在观察的那张桌子，面对着一对看起来在约会的男女。

侍者把他们的食物端上来，她一点一点地吃着烤茄子，然后全部吃完了，看着他站在那张桌子旁咯咯直笑。

然后她开始吃肉丸子，看着本·洛夫蒂斯的完美形象慢慢坍塌，他站在桌旁，踩着鞋跟摇晃着，一只手插在亮蓝色绒背心口袋里。谁会穿绒背心来这样的餐馆？当他对坐着的那个男人说出的话发出假笑时，他那张胖胖的脸就变得通红。他喝了一口他们正在喝的葡萄酒，然后皱了皱眉，显然正在用他那三十个小时的葡萄酒培训专业知识对他们点的酒水进行点评。

她观察着，咀嚼着食物却没有细细品尝。整个晚餐他问过她哪怕一个问题吗？哦，有过，他问她想喝点什么。而且宾夕法尼亚本科绝对跟沃顿的竞争力差不多。绝对比他去的那所本科大学更有竞争力……哪个来着？杜克？

但是他给你送花了，她为本辩护道。

“这边，宝贝。”她朝声音的方向转过去。旁边桌子的一个女人将一杯龙舌兰放在她面前。“你比塔拉更需要这个。”

艾曼达抬起头。这个女人有张亚洲脸，因为喝酒的缘故双颊通红。她滑稽地微笑着，而跟她坐在一起的女人不由自主地咯咯笑。

艾曼达感觉自己防御性地傲慢起来，意识到这两个人一直在观察她的约会。她看着她们的手指：没有戒指。这些尖刻的老女孩怎么敢嘲笑她……她看了眼本，又回头看着这两个女人。

女人点点头，好像读懂了艾曼达的心思。“我告诉你，亲爱的，出了这里一样好。”

“但是我是来这里找更好的男人的。”

女人耸耸肩，笑着说：“我们不都是吗。”然后指着那杯龙舌兰酒，“干了吧。”

艾曼达干了这杯，本·洛夫蒂斯回来了。“不好意思，”他说，“前女友。”

“哦？”艾曼达噘起嘴，吞下龙舌兰的味道。

“可怜的女孩跟了那个私募股权的失败者。我对光靠其他人的工作来赚钱的男人一点都不尊重。”他看着食物，“你已经吃完了所有的肉丸？”

“是的。”她留意到吃得干干净净的盘子，“我刚才饿死了。”

“哦。”他的眼睛来回瞥着，试图决定该做什么，然后对侍者打了个手势，“能给我们再来点肉丸吗，马克？我猜你不需要什么甜点了。”他转过头看着她说。

邻桌的女人付完账单，离开餐馆时给了她一个好运的手势。艾曼达喝着面前的葡萄酒，而本还在继续谈论他自己以及他简历上的东西。

账单拿过来时，她甚至都没有假装要付款。

“我要叫辆出租车去帕克高地，”他说，“我能顺路捎上你。”

“那太好了。”她说，这个姿态让她觉得也许应该再给他一次机会。

他签了账单，然后她跟着他走到外面。

“你知道，我其实一直想着创办自己的公司，”他们钻进出租车时，她说道，“比如说，我发现法律里没有一个真正良好的系统提供给那些没法取得公益支持，但也无法给像克罗利这样的公司支付诉讼费的人——”

“不好意思。”他竖起一根手指，“你介意我们看这个吗？”他指着出租车里那个小型电视屏幕。“我喜欢这段视频。”吉米·坎摩尔出现时他笑了。她双手交叉往后靠着。视频结束时出租车正好到达她家门口。

“好啦，今晚很愉快。”她打开门。

“嘿，听着。”他打断她，“我非常抱歉。”

她转过身，满怀希望。“关于什么？”也许前女友很认真，伤了他的心，让他晚餐时难以耐着性子坚持到最后。

“我应该在晚餐前就中断的。”他说。

“为什么？”她温和地问，期待着他说他依然心碎，还没准备好开始一段新的感情。

“那些花，”他说，“你把它们留在桌上的方式太欠考虑了。我给你买了那些花，现在它们可能已经枯萎了，其实你当时只需要花一分钟将它们放到水里，加上我给你的花食，而不是不尊重我的努力。”

“什么？”她歪过头。他在开玩笑吗？

“杰西·潘尼做过这个测试，他不能雇用任何还没有品尝过就对他的食物持怀疑态度的人。那些花是我的测试。我不能跟对待我的周到如此轻率的女孩在一起。”

艾曼达张着嘴盯着他，试图理解这不是真的，或者她只是喝了太多酒。“我理解。”她最后说道，下车关上门。

出租车开走了，她还在沉入黑夜的潮湿寒意中摸索着钥匙。她关上身后的门，拿起那束花扔进了垃圾桶。

胡安

星期五，四月十一日；旧金山，加利福尼亚

“现在你在想着这笔钱了。”演唱会结束后他们随着人潮走下楼梯时，乔希嘲笑着胡安，他张着嘴，可以看见嘴里粉红色的口香糖。从HOOK创建那段日子以来，胡安就没见乔希张嘴笑过，这笑容让他变得更年轻、天真和有点幼稚。“让信托来管，这样你就不用付税金了。”他指导胡安。

“但是谁在乎呢？”胡安说，“即使他们拿走了一半，我还是不知道怎么用这一亿美元。”

“这不是钱的问题，这是原则问题。凭什么你和我这样的人已经注入创意刺激了国家的经济发展，还要去资助一个官僚政府，让他们将钱浪费在没效率也不起作用的项目上？”

“但那样的话，谁去帮助穷人？”

“私人基金会，”乔希说，“我相信你会有一个。”

胡安脸红了，这是个好主意。

“但是，你不觉得如果所有的援助都出自私人基金会，那就只有富人关心的事情才会得到关注？”他会用自己的钱来帮助东帕洛阿尔托的孩子们，但是他认识的有钱人都是只关心视频游戏、指环王和罕见的海龟种类的程序员。

“你以为现在不是这样吗？你以为那些说客都是干吗的？私人基金会只是效率更高而已。”

“你是共和党吗？”胡安不记得他认识任何共和党。

“自由主义者。”

“那是什么？”

“等你有钱后就会变成的样子。”

“你会建立基金会吗？”

“不会，”他说，“我要创办另一家公司。我会用这笔钱自己创业，这样就不必跟白痴风险投资家打交道了。”

“你不喜欢菲尔·道尔顿？”

“他只关心他的回报。他在削弱远见。”

“什么远见？”

“HOOK 的。”乔希的头抽搐了下，“让社交互动更有效率。性是人类的需求，为了满足这个需求浪费那么多时间太荒唐了。HOOK 用科技修复这个问题。靠这种逻辑运行的应用有上百万个，但是菲尔看不到它们。”

胡安什么都没说。他又在想凯莉了。让事情更有效率不是犯罪。即使她被杀了，他们甚至还不能肯定是被杀，最差的情况也只是 HOOK 使其变得更有效率而已。它没有导致她被杀。这不值得冒险让上市泡汤，即使上市意味着他可能会有钱来帮助改变东帕洛阿尔托。

Chapter 7

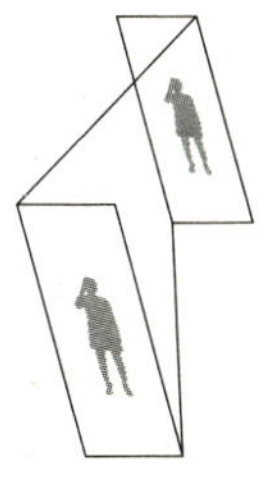

第七章

塔拉

星期三，四月十六日；旧金山，加利福尼亚

"上车。"塔拉从司机座位上严厉地说。

尼哈交叉着双臂，没有挪动。

"快上这该死的车，否则我会立刻解雇你，快得他们都来不及给你买机票回家。"

尼哈不再坚持，砰地关上身后的车门，依然双臂交叉放在胸前，眼睛盯着窗外。塔拉醒来才发现，在她为今天跟销售财团的会议筹备的所有资料中，唯一不全的就是她四周前发给尼哈但却从未进行格式重排的销售提案。幻灯片不是她要求的顺序，段落间的字体都不同，间距完全不统一。提案看起来像是一个糟糕的暑期实习生做的第一个糟糕的草稿。

现在就算有很多事情能够拖塔拉的后腿，她也不能让一个从未碰过毛刷的傲慢分析员成为其中之一。

"没什么大不了的。"尼哈咕哝着说。

"字体甚至都不一致，尼哈。我们刚刚花了两千五百美元打印了我们不能用的提案。"塔拉尽可能冷静地说。

"两千五百美元对拉赛西尔来说不算什么。"

"那不是重点。"

塔拉从瑞吉街一路开车到米什街，然后转到内河码头，没有在HOOK大楼停下。

“我们去哪儿？”尼哈问，在车座上往前坐起。

“我需要修修指甲，”塔拉说，“而且我猜你也需要。”

“但是财团会议——”

“三点开始。”

“但是我得去重排格式——”

“胡安在弄那个。”

“胡安？”尼哈的脸色煞白，“他知道是我弄乱的吗？”

“我告诉他文件损坏了，你的修改被抹除了。”她说。塔拉很愤怒，但是没有必要对她唯一的朋友说这个女孩的坏话。

她将车停进停车场，尼哈不情愿地跟着她进了指甲沙龙，塔拉用越南语要了两份指甲修理。

“你说汉语？”尼哈惊讶地问。

“越南语，”她纠正道，“她们是越南人。”

“你为什么会说越南语？”

“大学的时候我有两个夏天在那里教英语。”

“什么？为什么？”

“我想帮助别人。”

“我倒不知道这个。”尼哈说。

“还有很多你不了解的地方，尼哈。”塔拉说，不在乎这话听起来多粗鲁。

她们在座位上坐下，塔拉挑了黑灰抛光，然后记起来今天的会议，于是换成了暗淡的中性粉。尼哈看着这些抛光色很是慌乱，于是选了同样的颜色。

“你为什么带我来这儿？”那些女人将她们的手放入温水时，分析员终于问道，“你已经解决了问题。”

“我想问问你为什么从来没更新过那个演示稿。”塔拉平静地说，看着面前的女人剪掉指甲死皮。

“如果你还没留意到的话，我是这交易里唯一的分析员，”尼哈粗鲁地说，“我有很多事情要做，塔拉，坦白来说，我觉得确保所有数字精确无误，比确保幻灯片格式完美重要得多。”

塔拉转过来面对这个女孩。她的皮肤很油，眉毛很浓密，眼镜过时了。她有潜力变漂亮，只是没有做任何努力。

“不幸的是，这并不正确，”塔拉说，“如果展示它们的方式没有感染力的话，没有人会去看你的数字——不管它们多么精确。”

“那么人们应该学聪明点。”尼哈说。

塔拉观察着这个女孩，怀疑她是否意识到她刚才说的话的分量。“你的目标是什么，尼哈？”

“做最好的。”女孩毫不犹豫地说。

“最好的什么？”

“随便什么。”

“你想成为助理，对吗？”

“是的。”尼哈坐起身，“我肯定会升职，尤其是做完这笔交易后。每个人都知道我是集团里最好的分析员。”

“他们不会给你升职。”塔拉说，目光转到指甲上。她上周看到名单了。尼哈根本都不在考虑范围内。

“什么？”尼哈不安地问道，然后语气坚定地说，“你跟他们说了什么吗？”

“没有，”塔拉回复道，“我只是知道他们在找什么样的人，不是你这样的。”

“胡扯。我做过更多交易，而且——”

“确保所有数字都正确，”她说，“但是以牺牲展示为代价，也就是对公司最重要的一部分。”

“但是拉里说我是他见过的最好的分析员。”

“确实如此。这跟能做好其他事情不一样。分析员在背后处理数字；助理做部分数字处理，但是花更多时间来决定如何对数字进行包装；等你升到副总监，你的工作就是跟人合作，人们更关心你是否好相处，而不是数字多精确。”

“你说什么？”

“我说跟你相处得不愉快。”塔拉坦率地说。

“你是在说我丑吗？”

“不是，”塔拉不假思索地说，“我是说跟你相处得不愉快。”但是重复这句话时，她感到自己在撒谎。这两个是一个意思吗？她到底想说什么？“我是说你需要将更多精力放在展示上。”她最后说道，“如果你想在公司升职的话。”

两个女人沉默地坐着，沙龙里的女人在对面给她们涂指甲。想起她刚刚说的事实，塔拉的脑袋感觉很沉重。华尔街真的就是这样，对外表比事实更感兴趣？人们真的就是这样吗？这就是乔希·哈特一直说的吗？

“你为什么决定来华尔街工作，尼哈？”塔拉终于打破了沉默。

“证明我能。”女孩没有抬头就说道。

“向谁证明？”

“帕克·修斯。”

“谁是帕克·修斯？”

“他是我的高中同学，每天早上都由黑色轿车一路从上东区开着送过来。他表现得自己去布鲁克林拉丁而不是某个寄宿学校上学是给我们面子。”尼哈的声音充满仇恨。

“你在哪儿长大的？”

“阿斯托利亚。我坐地铁上学。”

“帕克的父母在华尔街工作？”

"两个人都在。他表现得这让他特殊，好像就因为我父母没有在华尔街工作，所以他就比我优秀似的。但是我比他更聪明，我在任何事情上都比他优秀，而且，"她总结道，"我在证明这一点。"

"帕克现在在哪儿？"

"在高盛。"

"你后来见过他吗？"

"高中毕业后就没见过。"

"那值得吗？"

"会值得的。"

"什么时候？"

"当我的孩子从黑色轿车下来的时候。"

塔拉想起劳伦·威利在弗里克的盥洗室呕吐时，她妈妈还在办公室。她可能就曾坐黑色轿车去学校。

"你真的觉得我不会升职吗？"尼哈的声音变软了。

塔拉不想告诉她，至少不是现在。"我不知道，尼哈。"她撒谎道。

"那我该怎么做？"女孩问。

塔拉再次看着她，她真的只需要收拾下外表吗？塔拉真的能这么告诉她吗？"我不知道。"她轻声重复道，然后看了眼手表，"我们该走了。"

"它们干了吗？"尼哈怀疑地看着指甲说。

塔拉扬起眉毛。她是认真的吗？"这是紫胶。"她说。不是每个人都知道紫胶吗？

塔拉付了钱，沉默地把车开回 HOOK。

"你为什么决定来华尔街工作？"在一阵沉默后，尼哈问道。

塔拉沉默了很长时间，思考着这个问题。"我不知道，"她最后承认道，"我猜当时看来这是最佳选择。"

她们到达停车场，塔拉将车停到空位上。

“嘿，塔拉，”她们下车时，尼哈说，“演示稿的事我很抱歉。”

“没关系，”她真心诚意地说，“我知道你压力很大。”

“是的，但是，”她说，“好吧，你还是可以信任我，你知道吗？承担更多工作？”

“我会记着的，”塔拉说，“只要你保证会老实告诉我你的优先级是什么就好。”

“好，我会的。”尼哈说，然后补充道，“你或许也能为我说些好话，向升职委员会？”

“当然，尼哈。”塔拉说，不知道她是否真的有勇气去做。

胡安

星期三，四月十六日；旧金山，加利福尼亚

“这真的是你没日没夜做的吗？”胡安问在他旁边坐下的尼哈，“我真想杀了我自己。”

过去四小时里，胡安一直在对演示文稿做格式重排，确保所有的图表跟网格对齐，以及所有的脚注字体相同。

“你没事吧？”胡安看尼哈没有反应，问道。

“没事。”她说，摇摇头好像要甩掉正在思考的事情，“真的很抱歉你得做这个。”

“没关系，”他说，“看到你们做的事情还挺有趣的。这让我对自己的工作更为感激。”他微笑着。“嘿！指甲不错！”

她红着脸握起拳头。

“不要藏起来，”他说，“它们真的很好看。”他真的这么觉得。他喜欢尼哈在乎自己的外表，这让她看起来更像一个真正的女孩，而不是一台工作机器。

“谢谢。”尼哈展开手指，不自在地说。

“好了，”他看着屏幕说，“我觉得我们编排妥当了。”

“这事耽误你了吗？”尼哈问。

“没有，”他愉快地说，“我只是在忙我的社区中心。”

“什么？什么社区中心？”

“这个社区中心将以我父亲的名字命名，叫爱德华·多拉米雷斯中心，一个给我的老社区里的孩子们玩耍的地方，这样他们就会有事情做，而不是去参加帮派或交易毒品。”他对她说。

胡安对她微笑着。他还没有正式告诉任何人，但是过去一周里他一直在研究如何在东帕洛阿尔托创办一个社区中心，只要上市后六个月员工锁定一到期，他就会卖掉他的 HOOK 股份，然后用三分之一的钱来做这件事情。把精力集中在如何处理他的财富上，让他意识到为凯莉·雅各布森而紧张有多么愚蠢。他甚至都不知道数据库是否准确，但是他确切地知道他的钱能够帮助东帕洛阿尔托的孩子们。

“你准备创办一个社区中心？”尼哈问。

“是的。”他喜欢说出来的感觉，“实际上会很像 HOOK，提供免费食品、篮球场、视频游戏室和足球机。每天都会有不同的课程，对所有人开放。我已经跟我们的厨师长说了，他会来教授烹饪课程，布拉德会来教冲浪。”

“但是你拿什么支付费用呢？”她扬起眉毛。

胡安耸耸肩。“原来我有不少 HOOK 股份。”

“我们准备好了吗？”尼克从他肩膀后问道，声音颇为恼火。

“哦。”胡安转过头，惊恐地发现首席财务官站在他旁边。

“好了，已经将演示稿发送到打印机了。他们会在两点钟将它们送到瑞吉街。”

“很好，”尼克心神不宁地说，“我希望你在会议中不要跟任何人交谈，”他指示道，“你就坐在后面，我会给你暗号。”他停下来，想了想。“我会这样做。”他捏了捏耳垂，“如果我需要你给我任何统计数据的话。”

“没问题，老板，”胡安说，“我这儿东西全都准备好了。”他指着笔记本。在调整演示稿格式前，他已经将 HOOK 的数据库上传到一台笔记本，如果尼克遇到不清楚的问题，他就可以随时计算任何用户统计数据。

“好的。请提前四十五分钟到场。”尼克说完离开了。

“哇，”胡安转过身面对尼哈说，“他比平时还要糟糕。”

“这是一次非常重要的展示。”尼哈耸耸肩。

“这次又是跟谁呢？”胡安问。尼克一直没任何解释。

“是跟销售财团，”尼哈说，“他们以我们在价格认购上设定的价格，向金融机构投资者出售股份。”

“谁是金融机构投资者？”

“拥有足够的钱来买大量股份的大型基金会和某些个人。”

“我以为每个人都可以买股票。”

“他们可以，但是金融机构的人从 HOOK 购买股份。当股票在纳斯达克上市交易的时候，一般的人再从他们那儿购买股份。”

“为什么金融机构的人会在购买股份之后马上就出售呢？”

“因为他们期待价格上升，一上升他们就会赚钱，”她说，“当然，如果太多投资者这样做，上市时供应量就会很大，人们会觉得这意味着股票并不值那么多钱，价格就会下降，这就是为什么这段时间我们一直在试图和不会马上抛掉全部股份的高质量金融机构投资者合作。”

“所以你是说大型基金会和真正有钱的人，会比普通人以更便宜的价格买到股份？”他击中要点。

“是的，”尼哈说，“我们计划出售十八亿等值股份——如果参与人没有至少几百万资产的话，效率就太低了。”

胡安斜眼看着她。这看来很不公平，但是她似乎并不介意，因此他想这个问题比较愚蠢。于是他改口问道：“但是 HOOK 得到投资者从价格认购购买的价格，是吗？那么价格下降又有什么关系呢？”

“你不会得到那个价格，”尼哈说，“但公司能。除非你有特例，员工从现在开始的六个月后才能销售他们的股份，也就是员工锁定到期的时候。再加上如果价格下降的话，对公司形象非常不好。”

“你觉得六个月后 HOOK 的价格会是多少？”

尼哈耸耸肩。“你比我更清楚。”

“为什么？”

“你知道公司进展。如果公司持续发展得很好，价格应该就会上升。如果发生了什么事情，你就永远不会有利可图，然后我猜你们就会变成星佳。”

“星佳发生了什么事？”

“他们的股票从十五美元每股下降到两美元，”她说，“但是不像大泡沫期间完全破产的公司那么惨。这些人以为自己有一亿美元，结果却失去了一切。”

“是啊，我记得，”胡安说，“但是我觉得现在不同了，你不觉得吗？”他没忘记互联网泡沫，刚刚还有了更深的理解。十二年前那些失去几百万资产、停止支付妈妈工资的人估计把赌注压在没有实际用户的公司上了。HOOK 有五亿用户呢——这不是一个概念。

“拉赛西尔分析家认为我们不在泡沫中。”尼哈说，“要让 HOOK 垮掉的话，除非真的出了很可怕的事情，”她说，“比如说跟犯罪有关。”

“你们俩要搭便车吗？”塔拉打断他们。

“当然，”尼哈替他们俩回答了，然后语气友好地补充道，“你需要的资料都全了？”

“是的，”塔拉对女孩微笑着说，“谢谢你。”

胡安犹疑地看着她们俩，尼哈不是讨厌塔拉吗？

三个人去了酒店，胡安坐在房间后面，将焦虑赶出头脑——没人会发现他知道凯莉当时登录应用的事情，再说也不是犯罪。

会议开始的时候，房间里坐了三十五个人，除了塔拉、尼哈和登记人员是女孩外，都是男人。他们全部穿着西装，头发梳得油亮，坐在闷热的宴会大厅里摆放整齐的椅子上。这场景跟HOOK差不了多少。

他试图集中注意力，但是尼克用术语说着似乎没有任何意义的话，所以他改为在笔记本上搜索东帕洛阿尔托的出租空间。也许他会直接买栋楼，再给妈妈买栋新房子。

问答环节结束了，尼克没有捏耳垂，胡安跟着人群走出去，走到了酒吧区，拉赛西尔租了这里作为会议后的接待。

“胡安。”一个声音在叫他。

胡安转过身，看到风险投资家菲尔·道尔顿笨重地从大厅走出来。“胡安，我能跟你说句话吗？”他追上胡安的脚步说道。

胡安环顾四周，他以前甚至不知道菲尔知道他的名字。“当然。”他对这个男人说，然后跟着到了一间空会议室。

菲尔关上门，神情严肃。“我们是不是有个非匿名的数据库？”

“什么？”胡安小心翼翼地说。

“是不是有个数据库可以识别应用上的个人历史记录？”菲尔的声音很平静。

“这么说吧，我们分别收集一切信息——”

“回答问题。”

“有。”胡安安静地说。他感觉到心脏开始狂跳：为什么菲尔看起来这么心烦？他发现凯莉的事情了吗？

“给我看看。”

胡安犹豫了下。道尔顿·汉德里拥有这家公司的大部分，他不能说不。

“一切都还好吗？”胡安打开笔记本将发现的合并数据库调出来，他试图让声音保持镇定。

菲尔没有回答问题。他将笔记本拉到自己面前。“你只要输入名字就能找到任何人的全部历史？”

“我不——”胡安开始撒谎。

菲尔盯着他，等待着他的反应。

“是的。但是我不知道这个数据库是从哪儿来的，我发誓。”

菲尔在数据库中键入一个名字，胡安看着他的脸色变得煞白，准备迎接争执。

“我们得扔掉这个。”菲尔说。他看起来处于恐慌的边缘。

“你不觉得我们应该说出去？”胡安问。

“告诉谁？”菲尔注视着他。

“警察？”胡安问，不确定他希望听到菲尔怎么回答。

“你在说什么呢？”菲尔看着他的样子，就好像他疯了似的，“我得跟乔希谈谈。”菲尔砰地合上笔记本，离开了房间。

胡安看着合上的电脑，感到心往下沉。他打开笔记本，想正常关机，但当他看到这个风险投资家在数据库输入的名字后停住了：他搜索的不是凯莉·雅各布森，是……菲尔·道尔顿。胡安滚动着这个已婚男人在全球各地大量的HOOK见面历史记录，看傻了。

艾曼达

星期三，四月十六日；旧金山，加利福尼亚

“他终于走了。”安迪·谢弗——坐在艾曼达隔间对面的典型兄弟会成员律师助理叹气道。他一直日以继夜地给刚刚起身去开会的资深合伙人工作，这给了安迪整整两个小时没有唠叨的时间。“我星期六的宿醉还没醒呢。但是克里斯·帕帕多普洛斯简直太、太、太傲慢了。”安迪耸起肩膀，模仿那个狂热的希腊合作人。

“你星期六干吗了？”她问。她整个星期六都跟朱莉在船坞换着酒吧喝酒。她仍然不确定起因是什么，但是她们穿着两百美元的AA美国服饰跟其他化妆的旧金山人一直喝到早上十点。这让艾曼达非常渴望罗斛酒吧和一大瓶香槟起泡酒。

在换着酒吧喝酒和跟本·洛夫蒂斯糟糕透顶的约会之间，艾曼达对旧金山的热情开始减退。这种感觉像是回到了大学，但是没有了帅气的男孩子。

“我们举行了年度谢弗柯林斯啤酒奥林匹克，”安迪自豪地说，“今年我们有二十二个团队。有史以来最大的集会。太壮观了。”

“我猜你赢了？”

“显然啊。甚至还做了——听着——六十五秒木桶站。”

他二十五岁了居然还在吹嘘木桶站？她心想，然后告诉自己多点耐心。

“干得漂亮。”她微笑着。

“谢谢。”他朝后靠到椅子上，挠着胃部，“要是我能沉醉在这种荣耀里，而不是处理这愚蠢的HOOK交易就太好了。”

“你在做HOOK交易？”她在椅子上坐起来，“就是那个上市项目？”

“显然啊。”

“我两个室友都在那里工作。”她说。

“幸运的混蛋。他们马上就要赚那么多钱了。”

她扬起眉毛。“比如多少？”

“早期员工？比如说二〇一〇年和二〇一一年加入的员工？他们的股权至少值五千万。”

“什么？”艾曼达听傻了。胡安和朱莉真能赚那么多钱？如果他们有那么多钱，为什么还住在三个卧室的合租房子里，还从公司偷酒水？

“欢迎来到硅谷。”安迪做了个鬼脸，“我跟你说，我们选错了职业。”

“简直不敢相信。”艾曼达说。也许她根本不应该去法学院，而应该加入一家创业公司。

“但是真的，这交易太残暴了。首席财务官是个工具，他们的总顾问六个月前离职了，银行家都是些蠢货，乔希·哈特下定决心要在五月前完成整件事。情况完全一团糟。”

“哪家银行？”

“拉赛西尔。但不是旧金山的拉赛西尔，而是纽约的一个团队，因此我得跟着他们的时间干活。太逊了。”

艾曼达感到无法呼吸。拉赛西尔的纽约团队？这真可能吗？

“都有哪些银行家？”她轻声问。

“怎么？”

“我认识纽约拉赛西尔的几个人，”她说，“只是在想你跟谁在合作。”

“我主要跟一个叫尼哈的女孩合作，她简直蠢得要命，”他说，“但是团队的头儿是个叫陶德·肯特的男人。”

“什么？”

“是啊，好像是个知名的银行家。我打赌他肯定睡过很多女人。”

艾曼达的脸色煞白。

这是一个象征。

必须是。

这样的巧合不是说发生就发生的。

“他们在这儿吗？”她问，试图控制自己的情绪，“我是说，这些银行家在这栋楼里吗？”

“他们为什么会在这儿呢？”安迪做了个鬼脸，“他们在瑞吉街跟销售财团开会。会议后还有鸡尾酒派对，”他说，“这就是为什么我打算在桌子下面蜷起来睡觉。”

艾曼达在谷歌地图上查找了瑞吉街。她看了眼手表，还没来得及细想就出门奔向那里。

她五点之前刚好到达瑞吉街，迅速钻进盥洗室整理头发和脸，强迫自己放缓心跳。她一直在欺骗自己：陶德确实值得努力一把。虽然她想要些真实的东西，但如果安定下来，就意味着要跟本·洛夫蒂斯或安迪·谢弗或其他在旧金山遇见的发育过快的孩子气男人约会的话，那她还没准备好。之前时机一直未到，但是现在……现在是宇宙在给她另一次机会。

电梯门在酒店酒吧那层打开，这是一个非公开的鸡尾酒会。她不能就这样假装出现在那里。赶紧想想，她对自己说。她翻开包，找到一个笔记本，撕掉写了字的页，往房间走去，寻找克里斯·帕帕多普洛斯。

她很快就认出了陶德，他站在吧台旁，正在跟另一个男的和一个漂亮但并不那么漂亮的女孩说话。艾曼达的心跳到了嗓子眼。他比她印象中还要性感，不只是高高的个子和完美比例的身材，而是他随便一站手插在兜里的姿势，以及合身的裤子恰到好处地紧包着臀部的方式，还有他曾经吻她时抱着她颈后的手指，此刻正用同样的方式紧握着杯子。

她感到双颊通红，看着他走开。他要去哪儿？那儿！朝着克里斯·帕帕多普洛斯走去！她的大脑还没仔细思考，双脚就不由自主地开始移动了。

“克里斯。”她轻拍那个律师的袖子，而没有看陶德。

“艾曼达？”他转过身。她看着克里斯身后的陶德。他还没注意到她。“新来的律师助理，对吗？”克里斯问，“你在这里做什么？”

她递给他那个笔记本。“安迪叫我给你这个，”她说，“他正在处理一些校对工作，我得跑这附近的一个差事，所以——”

克里斯打开笔记本，看到全是空白页。“里面什么都没有。”他说。

“我不清楚，”她耸耸肩，“他只是问我是否能够带过来。”

“奇怪，”这个资深合作人说，“好吧，谢谢。这么老远。”

完了。现在怎么办？

做就是了，她对自己说。机不可失时不再来。

“陶德？”她走上前碰了下他的胳膊，没有忘记扑闪着眼睫毛。

陶德转过身，眯着眼睛看她。

“我猜应该是你。”她强颜欢笑，“艾曼达，艾曼达·费弗尔。”她说。

“啊，是的。”他点点头，“不好意思，我——”

“环境所迫，我知道。”她同意道，“看见你太令人激动了！你在这里做什么？”

“我在做这笔交易。”他说得好像这里的每个人都应该知道似的。

“哦，真不错。”她说，“我刚刚给克里斯送点东西。实际上我搬到这里来了。”她继续说，“克罗利·布朗在旧金山需要更多人手，所以我想，为什么不呢，你明白吧？”

“当然。”他勉强笑道，“非常抱歉，”他说，“但是我得回去——”他歪了歪头，示意刚才被他打断的对话。

“好的，当然，”她说，“好吧，如果你准备在附近逗留的话，给我个电话。我还在熟悉这个城市，但是叙叙旧应该很有趣。”

“当然，我会的。”他微笑着，转身走回去。

她转身离开，终于松了一口气，但是又转回身，想保证他仍然有她的电话。

“我——”她重新走近，开口，但是听到他说话时顿住了。

“那是谁？”正在和陶德交谈的男人问。

“完全不认识。”

艾曼达感到自己面无血色。她的双腿无意识地往大厅移动，带着一只脚移到另一只脚前面，直到电梯门关闭，才停住脚步，让失望的空虚感侵入头脑，然后任其将她吞没，吞没，吞进无尽的黑暗中。

塔拉

星期三，四月十六日；旧金山，加利福尼亚

“嘿，今晚想一起吃个晚餐吗？”塔拉往电梯走去时，陶德抓住她的衣袖说，“不要留下我跟尼克混啊。”

“我跟瑞秋约了吃晚餐，”她说，“然后直接去机场。”她仍然因早上跟尼哈的事情而头痛，盼望着跟瑞秋谈谈，她知道瑞秋会有好的视角。

“瑞秋·刘？”陶德皱起眉头。

“是的。”塔拉边说边观察着他的脸色，她想象他以大猩猩的形象跟公关代表做爱的情景，但忍住了笑。“实际上我有点晚了，所以——”

“好的，当然，”陶德说，“对了，今天干得不错。”

“谢谢。”她说，将发呆般的微笑换成真正的感激。这是他有史以来第一次赞扬她，这对她意义重大。

塔拉在餐馆坐下，查看黑莓等着瑞秋。还有一封她妈妈的邮件，问她是否买了去缅因参加妹妹婚礼的机票。我明天就买，她恼火地回复道，但是也不确定为什么她还没订票。路演下周从伦敦开始，两周后应该就会圆满结束，最后就是五月八日的价格认购和上市。她应该会直接从纽约飞缅因，跟妹妹的婚礼一起庆祝交易结束。

“嘿，你好。”她顺着英式口音抬起头。卡勒姆·雷斯脱下黑色皮夹克，在桌子对面坐下。

她惊讶地侧过头。“不好意思，我要等的是——”

“我，”他补充完她的句子，“瑞秋临时有事，所以我就填进来了。”

“我不——”

“想独自吃晚餐。”

“但是 ——”塔拉抗议道，感到双颊通红。瑞秋也告诉了卡勒姆她建议塔拉应该跟他上床的理论吗？

“我们要一瓶黑皮诺。”卡勒姆无视塔拉的抗议，对侍者说，“然后我要鸭肉做主菜，炸西葫芦开胃。她要冬季沙拉开胃，沙拉酱放在一边，主菜三文鱼。你觉得你们能把蔬菜和土豆换成全蔬菜吗？”

“你不能 ——”她又开口道，然后改变了语气，“你都不让我自己点菜吗？”

“我点错了吗？”

他点的确实是她想从菜单上选的，只是她太害羞，不敢要求他们去掉土豆，因此本来打算不吃土豆。“这不是重点，”她说，“要是某人 ——”

他看着她，翘起眉喝着水。

她顿了下，然后缓和下来。“我真的那么好猜吗？”

“沙拉和鱼？是的。”

“你都已经认识我了，为什么还想一起吃晚餐？”

“我觉得你那些套话都是被灌输的，”他说，“你比你被训练的样子有更多可挖掘之处。”

“你为什么这么想？”

“三个原因。”

她等着。

“第一，你在弗里克爆发了。没有哪个优秀的银行家会想着与一个亿万富翁对抗，即使是像里克·弗莱尔那样的蠢货。”

塔拉脸红了。

“第二，你拒绝了 HOOK 上的每一个男孩，包括真正有钱的。

纽约的大多数女孩至少会跟他出去吃个晚餐。”

“你当时在偷看我？”她回想起在克罗斯比等卡勒姆的时候，自己如何用 HOOK 打发时间。

“是的。”他毫无歉意地说。

“第三个原因呢？”

“那天晚上你的毛衣上有个洞。”

“什么？”塔拉目瞪口呆。

卡勒姆抬起胳膊指着腋下。“就在这儿。已经开缝了，你不停移动胳膊，显然，我能看到你的文胸。”他说完又补充道，“颜色选得很有意思。”

塔拉的脸火辣辣的。他是在编故事吗？她真的没有留意到毛衣上的洞？“我不明白这跟我的性格有什么关系。”她撒谎。她非常清楚这表明什么：这表明她根本还没有准备好成为成功的商业女性。“这说明你的完美主义者习惯不是与生俱来的。”

“这太尴尬了。”

“为什么？”他翘起眉头，“那很性感。你不停地移动胳膊，像一只小鸡，”他模仿着，“对我咆哮着，质问我的道德。”

他啜饮了一口，像赢了一场游戏似的咯咯笑着。

“太丢脸了。”她叹气道。

“如果这就是你对丢脸的理解，你的生活真的有点无趣。”

“谢谢你让我感觉好点。”

“对不起，”他说，“我听说你今天的展示做得很漂亮。”

“你后悔想出售你的股份了吗？”她挖苦道。

“一点也不。”

“不好意思，再问一次，你为什么来这里？”

“来看你。”他说。

她的双颊烧得火辣辣的，为什么？

“凯特琳娜在哪儿？”

“我猜，在纽约？”卡勒姆耸耸肩，“说实在话，我真的不关心。”

“你替我圆谎了？”塔拉问，“向凯瑟琳？”

“是的，”他简单地说，“但只是因为这对凯瑟琳好。”

“你是什么意思？”她小心翼翼地问。

“从长远来看，你对她来说比里克·弗莱尔重要多了，但是她不会那么看。银行总是太在乎短期目标。”

“但是约翰·路易斯被解雇，是因为我——”

“约翰·路易斯被解雇，是因为他不是个优秀的银行家。如果他是的话，我说的话大概还不足以让他被炒鱿鱼。”

“但是——”

“你可以只说声‘谢谢’。”卡勒姆说，“不用总把事情弄得那么复杂。”

“谢谢。”她说。

“那么，那天晚上你想跟里克说什么来着，关于你们这一代？”

“哦，我不知道，”她踌躇道，“我觉得只是葡萄酒钻进大脑了。”

“不过，你们这一代真的太自以为是，太专注于自己。”

“看看，”她说，又变得狂躁起来，“你说得好像这么关注自我是我们自己的错一样，但我们就是那么被养大的。”

“知道了。”他微笑道。

她脸红了。

“继续啊，”他说，“我感兴趣。真的。”

“我只是觉得，你们那一代意识不到在这个竞争极度激烈同时还承诺给每个人一座奖杯的世界里成长多么令人不安。我们努力做任何事情来获取成功，但是每个人都太害怕伤害我们的感情，所以从未告诉过我们，我们是否真的优秀。我们做了能做的一切，但是完全不知道我们是否真的擅长任何事情。”

“原谅我没法同情有着无限机遇和鼓励的一代。”

“我不是说你们应该为我们感到抱歉，我只是说应该意识到从来不知道你做得好不好，却一直被评判是多么不公平。这是一种觉得不够好的持续焦虑状态。”

“什么不够好？”

她耸耸肩。“你的工作？你的父母？一个男人？你应该想要的生活？”

侍者来到桌子旁，将食物端到他们面前。

卡勒姆往后坐回去。“我能给你一条建议吗？”

“当然。”她说。

“想清楚你真正想要什么，”他说，“而不是你应该想要什么。这值得花时间思考下。”

“做很多不同的事，我就能很快乐，”她说，“我觉得从这方面来说我非常幸运。”

“这个，”他说，“是安顿的定义。你也许能够通过做很多事情让自己快乐，但是有一种比起其他生活来你更渴望得到的生活，而这肯定不是你五十岁醒来时终于明白你喜欢什么，却因为太迟没法改变的生活。”

“好吧，”她说，“那我知道我想要什么。就是我现在走的这条路，这条路显然真的要开始腾飞了。”

“一条成为凯瑟琳·威利的路？”

“是的。”

“一直工作，从来不微笑或大笑，有个醉汉老公和从来见不上面的女儿，这就是你想要的生活？”他做了个鬼脸，“你还没有想清楚。”

“你是她的朋友。”

“这并不代表我认为你想她拥有的生活。”

“她取得了很大的成就，”她说，“这伴随着各种权衡取舍。”

“生活中还有比成就更有意义的东西，”他说，“你得学着去享受无法衡量的事物。”

她低头看着沙拉。“你怎么知道你想要什么？”她问。

“我不知道，”他说，“但是我知道我想要有趣的生活，像你那样坐在桌边一周工作一百个小时，永远不会有趣。”

“这不公平，”她辩护道，“学习交易很有趣，而且成为其中一部分很激动人心。”

“而且我知道如果接受了薪水很高的职位的话，我会受到影响，说服自己这个很有趣，而从不花时间思考我真正想要什么。”

“但是这的确 ——”

“对某些人来说有趣，”卡勒姆同意地说，“但对大多数人而言不是，对你而言肯定没趣。”他叉起一块炸西葫芦，伸出叉子，“想要点吗？”

她举起手表示拒绝。

“来吧，”他说，“不要总是害怕。”

她身子向前倾，从他的叉子上咬下那块西葫芦，让食物在她舌尖融化。

“这就好。”他微笑道，“一小步。”

侍者将主菜端上来，重新给塔拉斟上酒。

“关于你们这一代你真正要理解的，”卡勒姆又提起这个话题，“就是金融危机是你们身上发生过的最美好的事情。”

“什么？”她做了个鬼脸，“过去四年里我的奖金从来没赢过通货膨胀，但是税一直在上升。”

“说到点子上了，”他说，“经济形势这么严峻，为金钱工作已经没有意义了。如果不为金钱工作的话，你就会被迫反省自己为了什么工作。跟老板们不同的是，你现在还处于可以真正做出改变的年纪。”

“你是在告诉我，我应该辞职吗？”她最后问道。

“不是，”他说，“我是在告诉你，要真的确定这工作让你快乐，如果发现答案是否定的，那你就应该辞职，然后找到让你快乐的事情去做。”

“你说起来当然轻松，你银行账户里有十亿资产。”

“你和钱到底有什么仇？”他恼火地说，“我没说这会很轻松，我也不是说没有问题要解决，但是你永远都会有更多的借口。到了我这个年纪，看到这么多聪明的年轻人悲惨地干着他们烦闷的工作，我内心真的太失望了，世界上有那么多问题，他们也拥有能解决这些问题的头脑、能力和途径，而且做这些事也会让他们更加快乐，只要他们别再那么害怕搞糟自己的简历就行。”

他停下来喘了口气，然后轻轻地笑了。“这个街头演讲怎么样？”

“非常棒。”她微笑着。

他身子往前倾，他的脸离她只有六英寸。她能闻到他的须后水，看见他的笑纹。

“那样感觉好吗？”他问，“将你相信的说出来？”

“那一刻很好。”她说。

“瞧你说的。”他说。

“要是我因此被炒鱿鱼怎么办？”

“然后你就会知道自己选错了职业。”

“为什么你对我这么关心？”

他的淡褐色眼睛穿透她的眼睛，他们的瞳孔同时一来一去飞快扫视对方。他微笑着，然后往后坐回去，举起杯子。

“我觉得你很有趣。”他品着酒说，然后补充道，“我想跟你睡觉。”

她笑了，咬了咬嘴唇，没有感到冒犯。

这时她手机上的闹铃响起来，提醒她赶航班。“我得去机场了。”她关掉闹铃，伸手去掏钱包。

他对她的姿势扮了个鬼脸。“我是个亿万富翁。”

“好吧。”她让步，走去洗手间。

她回来时，卡勒姆正站在街上一辆黑色轿车旁边。“我给你叫了辆优步，”他说着打开车门，“但是我要拿走这个。”他举起她塞进手提行李里准备在飞机上看的《悦己》杂志。

“你要拿走我的十个扁平腹部技巧？”

“你不需要这个，”他说，“你够好了。”

“但是——”

“而且我知道这让你感觉我在告诉你做不到，但是你能。”他说。

她安静地站着，不知道该说什么，但是有种想亲吻他的冲动。

“去吧。”他拍了拍她的臀部，让她动起来，“你要晚点了。”

“我会——”她说，“我是说，你——”

“想再见你吗？当然，”他说，“我这个周末去纽约看我侄子。你觉得你星期六能逃出来吃个晚餐吗？”

“能，”她回答得有点太快，“我是说星期六应该没问题。”

“这是个约会。”他说。

“很好。”她微笑着，“是个约会。”

她任由脑袋倒在座位上，看着外面的灯光，感到心跳把胃都点亮了。你在做什么呢？她问自己。她能感觉到思绪在旋转，但是不想停下来，只想坐下来旋转。

她将脑袋靠回头枕上，注意到另外一个座位上放着个盒子，盒子上面有张纸条。

晚餐时给你点了野莓，但是也打包了菜单上其他所有甜点，以防你馋了想尝尝。卡勒姆·雷斯。

她打开盒子，里面仔细地放了六款甜点。她将手指伸进一个焦糖布丁，然后舔掉手指上的布丁，结果有一块掉到了裙子上，她轻轻地对自己笑了。

尼克

星期三，四月十六日；旧金山，加利福尼亚

“你必须马上将数据库删除。”菲尔·道尔顿说，努力让声音保持平静，“三个数据库全部删除。”

“你能提供什么？”乔希·哈特从桌子对面问。

“这不是游戏，乔希！”菲尔气得用手猛拍桌子。

尼克感到胸闷，他的目光从风险投资家转到首席执行官身上。他们在鱼缸里。百叶窗拉上了，但是外面海湾的湿气正从窗外钻进来，使房间变得很冷。瑞秋·刘在他旁边，轻轻敲着笔。

“什么三个数据库？”尼克问他的导师，“只有两个，而且我们——”

“那里的信息会毁了人们的生活，乔希。”菲尔没有理会尼克，试图让声音保持镇定。

“那些信息会毁了你的生活，菲尔，”乔希纠正道，“但是也许你在开始使用这个应用之前就应该想到了。”

“你们说什么——”尼克开口道。菲尔结婚了，还有三个女儿。为什么他还会用 HOOK 呢？

“你想要什么，乔希？”瑞秋插话道。

“花钱让我闭嘴。”乔希看着菲尔镇定地说。

“你的股份值十亿。”

“幸好你拥有一个五十亿的基金会。”

菲尔擦了擦眼睛。他真的在考虑这个？“就算我可以，路演下周就开始。我们必须公开这个信息，然后——”他摇了摇头，“这行不通。”

“你可以解雇他。”瑞秋对菲尔说。

“你不能在上市之前解雇首席执行官。”尼克插话。她以为她是谁？

但是瑞秋没有转身，眼睛盯着菲尔。“反正投资家不喜欢他。我们可以说今天的财团会议明确表示他不再适合担当负责人，公司已经成熟，不需要他了。我们付钱给他，然后再在二次发行时转售这些股份。”

菲尔看了看瑞秋，又看了看坐在椅子上等着的乔希。

“这个你能接受吗？”菲尔最后问乔希。

乔希耸耸肩。“我没问题。”

“等等，等等。”尼克的嘴张得老大，“我们到底在这里讨论什么？你要解雇乔希，给他十亿，就因为某个愚蠢的数据库？”尼克站起来，“我要给董事会其他成员打电话——”

“坐下，尼克，”菲尔命令道，“你有什么毛病？”

“好吧……”尼克不敢置信地摇摇头。他刚刚贷了两百万美元的款——没有什么能够危及这次上市。“首先，谁来当首席执行官？我的意思是，我不得不跟全新的人合作，而且——”

“你，尼克，”菲尔带着愤怒耐心地说，“你会成为首席执行官。”

Chapter 8

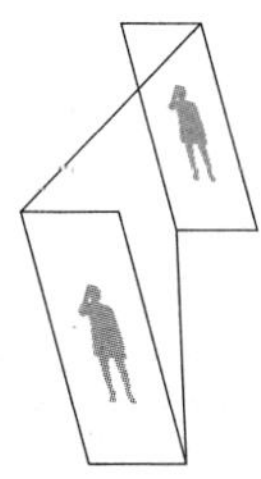

第八章

陶德

星期五，四月十八日；纽约市，纽约州

“你去哪儿了？”陶德向尼哈咆哮道。

“我从机场直接过来的，”她试图道歉，“我坐了红眼航班——”

“你为什么不回复邮件？”陶德大发雷霆，“你他妈的连手机都不回复，真的期待会升职吗？”

女孩看着手里的设备，给他看屏幕。“什么都没有收到，陶德。我不知道出了什么问题。”她开始惊慌，箱子掉下来，“我现在就给技术部门打电话。”

“不用，”陶德厉声说，“进会议室。我们得全部重新做。”

“什么？为什么？”

“乔希·哈特被解雇了。”

“博尔到了吗？”

“没有，尼哈！”陶德大喊道，“麻烦赶紧去工作。”

事情不好了。一点都不好。现在是早上七点四十五，陶德五点十五就起床了。他昨天早上回到纽约，对财团会议和他们即将开始路演的里程碑感觉好极了。

接着，今天早上他被塔拉的电话吵醒。他忽略了这个电话，但是她又打了一遍，他只好接起来，半睡半醒的大脑还在想象着她要和他约会。但她只是问他，是否看到了尼克的邮件。

这个小废物甚至都没种打个电话，尼克在东部时间凌晨两点发了封他妈的邮件，通知说现在他是HOOK新任首席执行官，要求“拉赛西尔跟克罗利·布朗一起复审下必要的文档”。

真是个王八蛋。尼克知道这会搞乱一切。这不仅会是一场公关噩梦，也意味着他们得重做所有的申请提交，所有的营销材料，所有的——“该死的！”陶德一拳重重打在桌上。

“没关系。”塔拉坐在他对面的座位上严肃地说，“我们会解决的。”

她还在打字，沉着冷静。

“我只是不明白——”

“不要浪费精力试图理解，”塔拉说，“事实就是这样。”

“好吧，你为什么早上五点就起来了？”

“我早上跑步。”她头也不抬地说。

“早上五点？”

“是的。”她一边说一边打字，好像这不够疯狂似的。

“见鬼。每天？”

“星期日我做瑜伽。”

“天哪。为什么？”

“要不然我不能清晰地思考问题，”她说，然后抬起头承认道，“而且我不想变胖。”

尼哈走进房间，带着笔记本和所有需要重做的文档打印件。“嘿，塔拉。”她说。

陶德看着她，她从什么时候开始和塔拉打招呼的？

“嘿，尼哈。”塔拉笑道。

“博尔来了吗？”尼哈问。

“我相信他正在路上。”陶德问。谁关心博尔呢？反正他除了充当同伴的角色外，也没什么用处。

“乔希出了什么事？”尼哈向塔拉问道。

怎么回事？陶德看着这个女孩，她是他的分析员。

“这不重要，尼哈。”陶德严厉地说，“我们只需要你重做申请，在首次发行里加上首席执行官为尼克·温斯洛普，乔希·哈特所有的持有股份全部归入道尔顿·汉德里。”

“根据尼克的说法，”塔拉忽略陶德说道，“菲尔·道尔顿认为乔希不适合领导公司发展，然后解雇了他。但是道尔顿·汉德里也购买了他的所有股份，我觉得实际上这是乔希的主意。”

“为什么？为什么乔希会想在公司即将上市的时候离开？”尼哈眉头紧皱。

“这无关紧要！”陶德咆哮道，“你们能不能赶紧去工作？”

两个女孩终于意识到陶德的愤怒，于是回到电脑上。

我的天啊，陶德心想。每个人都疯了吗？

陶德的手机响起来。“你好？”他恼火地接起电话。

“发生了什么事情，肯特先生？”哈维·塔特听起来很生气。

“哈维！”陶德咬紧牙。现在他不需要这个。“早上好，你好吗？”

“很担忧。我听说HOOK发生了变动。”

“是的。”他说。哈维·塔特是怎么知道的？“但是我们已经控制住了。我觉得这样其实更好。乔希是个难以驾驭的危险人物。我觉得我们能够说服投资者，将这个变动视为将HOOK带到新高度的稳定剂。”

“所有的修改需要花多长时间？”

“我不知道。”陶德说。

“我给你发工资不是来听你说不知道。”哈维的声音变得很愤怒。

“星期日，”陶德自信地说，“这是我的目标。但是你知道我们要将所有材料再次提交给证券交易委员会，这可能要花好几周。”

“这绝对不能发生，”哈维说，“我们第二季度需要这笔交易。”

“我不能控制证券交易委员会，哈维。”

“注意你说话的口气，肯特先生，”哈维说，陶德感到他的胃在剧烈翻腾，“第二季度的盈利报告需要这笔交易。如果你不能解决这个问题，我会找能解决问题的人。不要以为菲尔·道尔顿是唯一有权做人员变动的。”

“我会跟克罗利·布朗谈谈，看看我们能做什么。”陶德说，“我跟他们安排了八点的电话会议。”

“那你最好赶紧去。”哈维说。陶德看着他的电脑：八点零二。该死。

他挂掉电话，拨打了克里斯·帕帕多普洛斯的电话。

“抱歉我晚了点。”他对律师说。哈维的威胁在耳边萦绕，哈维不能将他开除出这笔交易，不是吗？

“没关系。”律师说。他听起来整晚都没睡觉。“所以，这个会让我们至少推迟一个月。”

“不行，”陶德说，“这交易必须在第二季度完成。”

“不是我的问题，陶德，是证券交易委员会。”

“你第一次很快就申请成功了。”陶德坚持道。当现实问题开始浮现，他的心跳开始加速：哈维能够替换他。拉里会得意地抓住机会接手这笔交易，再说乔希离开了，HOOK没人有兴趣保护陶德。“你肯定认识那边的人。”他几乎在恳求了。

“你是在叫我贿赂证券交易委员会的人吗？”

“不是。”陶德撒谎道，第二个现实问题——克里斯不会让步——出现了。但是绝望萌生想法，陶德突然灵光一闪。“克里斯，我得走了。尼哈在忙更新。我们晚上再谈。”

他挂掉电话，翻开他的联系人列表，大脑飞速转动着。他跟证券交易委员会的一个女孩睡过几次：她叫什么名字来着？琼！琼·希利尔。

他慌张地拨打了她的号码，电话声响起来时，他深吸了一口气。

“这里是琼。”

“琼！我是陶德·肯特。”

那边停顿了下。

“琼？”他问，“对不起，也许你不记得我了。我们——”

“我记得你，”她说，“你想干什么？”

“是这样，”他的大脑转得很快，“我知道已经有段时间了，但是我想知道是否能请你去吃晚餐。以前我们认识的时候我过得很糟糕，但是现在状态好多了，我想如果能够重新认识的话，会很不错。”他咬了咬嘴唇，紧闭双眼等待她的回答。

“你到底想干什么？”

陶德睁开眼睛，犹豫了下，然后坦白道：“我正在忙一笔交易，我需要，”他顿了下，“你的建议。因为我记得你在证券交易委员会工作过一段时间，而且——”

“我还在，”她说，“而且我猜你知道这个，既然你打了我的办公室电话。”

“真的吗？”他问道，试图听起来很惊讶。“我以为是你的手机。”

“不要跟我胡扯。”

“听着，”他再次尝试道，声音里掺入一点点绝望，“我正在带一笔交易，刚刚发生了一些变动，我们不得不重新提交申请，我需要申请快速通过。”

又一阵停顿。

“晚餐在哪儿？”她终于说道。

太好了。“格莱美西酒馆？”他建议道，“八点？”他需要一个不会碰到认识的人的餐馆。

“那我们到时见。”

“谢谢你，琼。”他在空中握起拳头，“我会——”但是她已经挂了。

“你在干什么？”塔拉怀疑地盯着他。

“拯救这笔交易。”

塔拉重重叹了口气，收回目光看着电脑。她对他要跟另一个女人出去约会感到难过吗？想起她跟卡勒姆出去喝过酒，他有种要辩护的冲动。

“有问题吗？”他情不自禁。

“这不重要。”

“什么？”他追问道，“你嫉妒吗？”

“我妹妹的婚礼是五月十日。”她说。

陶德失望地嘲弄道：“还以为你要脱身去约会。”这笔交易本来到那个时候应该结束了，但是因为这次推迟，那天他们依然会在路演当中。她不可能有时间去。

“你是个混蛋。”她说，而且好像真的这么觉得。

他管不了那么多了。他现在有更重要的事情要操心。

胡安

星期五，四月十八日；旧金山，加利福尼亚

“我需要你删除第三个数据库——那个将隐私信息和收集信息关联起来的数据库。”尼克在桌子对面说道，然后指责似的补充，“不要以为我不知道。”

胡安小心翼翼地看着他。“一切都还好吧？”

尼克昨天给胡安发了封邮件，要求他七点半过来会面，赶在强制性的全公司九点大厅集会之前。邮件上说他准备了签到纸，没有参加的任何员工都会被解雇。胡安非常确定，公司半数人从未在十一点前来上班，他谨慎地对可能发生的事情感到担忧。

“一切都很好。”尼克自信地往后靠在椅子上，“实际上，再好不过了。”

“大厅集会是怎么回事？”

“到了大厅集会时你就知道了。”

“你为什么穿戴这么整齐？”胡安问。

“这里要发生变动了，胡安。”尼克说的时候坐得更直了，“变化之一就是我们要开始表现得更专业点。”

“乔希跟我们一起吗？”

“不要再问问题了。”尼克的声音很是不满，“请立刻删除那个数据库，并确保从现在开始，这个应用从用户那儿收集的任何信息，只要不是他们直接提供的，都只保留二十四个小时以便汇总统计数据，然后就从我们的服务器删掉。你可以走了。”

胡安正要说些什么，但是改变了主意。他站起来，不安地回到座位上。

他登录第三个数据库，打开数据库背后的代码。

这肯定是因为菲尔·道尔顿。他害怕有人发现他的外遇。这让胡安不禁在想，有多少 HOOK 用户是使用这个应用欺骗妻子的老男人，突然之间，他对应用巨大的影响不那么自豪了。

胡安盯着屏幕：不管是什么原因，他应该放心了。如果他删除数据库，一切都会烟消云散。他再也不用担心凯莉和在她死去那晚跟她约会的那个用户。好像 HOOK 从一开始就从未收集过信息一样，接着就像那件事甚至从未发生过一样。他可以就这样删除它，忘掉它，拿到属于他的两亿美元，然后做他的事情。

他再次在椅子上朝前坐起，开始工作。

警告：该操作将从服务器永久性删除。你想继续吗？

胡安的手指悬停在鼠标上。

点击就是了，他对自己说。

“哥们，发生什么事了？”胡安吓了一跳，转身看到社交程序员布拉德，他在胡安旁边的椅子上放下包。“他妈的早上九点？差不多高中以后，我就没起过这么早了。”

胡安看着时间：八点四十六。他点击登出数据库。至少可以等到大厅集会后再删。

“我们现在应该下去了吗？”胡安站起来问道。

“走。”布拉德说。他们从自助餐厅拿了早餐墨西哥卷后，往提基酒吧走去，那个房间是唯一能容下所有员工的地方。

有人已经把座位摆成长长的几排，所有的棕榈树装饰都被推到一边，放着真人大小草裙舞女郎雕像的地方换上了一个讲台。

“发生什么事了？”一个新的程序员轻声问胡安。

“我不知道。”他说，发现很多目光都集中在他身上试图寻找线索。

“大家早上好。”九点整，尼克准时站在讲台后，“请确保你们全部在签到纸上签了名。”他指着后门说，那扇门已经关上了，将迟到的人挡在门外。

“我有些激动人心的消息要宣布，”尼克继续说道，“大家都知道，我们几周后就要开始上市。”他自豪地深吸一口气，笑容满面，“而且作为一家上市公司，我们将会提出新的卓越的标准。”

布拉德大声地嚼着墨西哥卷。“哥们儿，能给我点番茄酱吗？”他指着胡安搅成一团的酱轻声说。胡安递过瓶子。他已经不饿了。

“由道尔顿·汉德里风险投资合伙公司受人尊敬的菲尔·道尔顿领导的公司董事会已经做出决定，我们势必需要更有经验的领导者将公司带到新的高度。这就是为什么，”他停顿住，呼吸的声音让每个人都能听得见，“他们已经任命我为HOOK新的首席执行官，取代乔希·哈特，即时生效。”

房间一片死寂。

“接下来的几周，我们将会做一些改变，”尼克继续说，“一些小小的变化，帮助公司运转得更顺利。伙计们，会有很多工作要做。在我们找到新的首席财务官之前，我基本上要承担两个角色的工作。但是我很高兴能够为你们、这家公司以及股东们做出这个牺牲。我没有时间回答问题，”他继续说，“但是我的新助理，蒂凡尼，”他朝房间那头一个皮肤喷成古铜色的金发美女微笑，她微笑着招了招手，“已经设置了一个邮箱账号 questions@HOOK.com，你们可以向她咨询任何问题。”

房间里没人动。

“好的。”尼克高兴地说，“回去工作！祝你们拥有愉快的一天！”

“我吃不下这个。”布拉德扔了墨西哥卷，低头看着剩下的西班牙辣香肠和酸奶油，好像它们是破碎的梦境似的。“我太难过了，胡安，我头晕。”

胡安将手放在他的肩膀上。“兄弟，不会有事的，”他哄劝着，“谁在乎尼克怎么样啊？我们要赚很多钱了。然后我们就辞职，开始自己的事业。”

“哥们儿，我不想。”布拉德抬起头，眉头紧皱，嘴角还有牛油果酱，“我不想开始别的事情。我希望一切都跟以前一样，只有我和你这个大富翁。”

“也许不会那么糟糕。”胡安说。

“会的。”布拉德忧郁地说，像个六英尺五英寸的孩子一样噘着嘴站起来，“我要去游戏室打光环。我得想点开心的事情。”

胡安叹着气回到电脑前，但是无法工作。他又读了一遍凯莉·雅各布森的新闻，没有重新打开数据库。媒体再次倒向女孩那边，转而将矛头指向了罗比·古德曼，警察已经凭谋杀指控逮捕了这名橄榄球队员舍监。

做就是了，他轻声对自己说，关掉浏览器，重新点回服务器页面。做就是了，然后一切都结束了。

他屏住呼吸，手停在键盘上。

他键入罗比·古德曼的名字。这个大学学生的资料出现，加载了出来。八十二次见面。胡安嘲笑道：这个男的到处混。他按日期排序点击到三月六日。

登录地点：世外桃源，斯坦福大学。

胡安放大地图，跟凯莉的地图来回切换。这两个点离得很近，但是并不在一起，之间的距离远得足够在彼此隔壁，就像罗比说的。这并不代表什么，他可能只是在去凯莉房间时把手机留在房间了。不过，胡安继续搜索凌晨三点离凯莉一百米范围内的所有用户。有个点在她的点正上方出现，依然是他第一次搜索凯莉的活动记录时发现的那个损坏的资料。

“妈的。”胡安感觉心在喉咙里跳动。他摇了摇头关上地图。这也不代表任何事情。也许罗比用了另外一部手机谋杀凯莉，然后侵入程序掩盖他的轨迹。

罗比看起来没那么聪明。

这意味着他是无辜的。凯莉死的时候，他一直在自己的房间睡觉，正如他所说。

胡安闭上眼睛摇了摇头。“你为什么要这么做？”他轻声对自己说。

塔拉

星期五，四月十八日；纽约市，纽约州

“你能告诉我究竟发生什么事情了吗？”塔拉问瑞秋。她在一个空会议室的角落，对着手机那头说。自最近一轮对拉赛西尔的抗议后，监管机构已经开始对公司里的所有固定电话进行录音，管理部门非正式地建议银行家们用私人电话处理可能微妙的电话。

“这是我们拥有的最佳选择。”瑞秋听起来很疲惫。

“什么最佳选择？”

“你真的想知道吗？”瑞秋问，听起来像是在问塔拉是否想要听一场大屠杀的细节。

“是的。”塔拉说。

“你绝对不能对别人说出任何细节。”

“发生什么了？”塔拉俯瞰着公园大道。灰色的天空下，雨连绵不断地下着，乌云密布，很难看出来现在是一天里的什么时候。这更让她感觉自己处于某个平行宇宙。

“菲尔·道尔顿不仅仅是 HOOK 的头号投资者。”瑞秋说。

塔拉等着。

“他也是 HOOK 的头号用户。”

“啊。”塔拉摇了摇头，“他可怜的妻子。”

“哦，她不介意，”瑞秋说，“他们的合同四年后就结束了，她会拿到两千万的报酬。”

“什么？”塔拉说，“他们还签了合同？”

“菲尔是同性恋，”瑞秋说，“这不光是他上 HOOK 的问题，而是他上 HOOK 找年轻男人的问题。”

塔拉惊讶地张大嘴。“菲尔·道尔顿是同性恋？”她问，“他为什么不直接出柜？”

“我不知道，”瑞秋说，“但是他不是唯一的，他是很多同性恋中的一个而已。”

“这是你的商业模式吗？”塔拉突然意识到。她从未问过瑞秋如何年纪轻轻就将自己塑造成硅谷成功男士会寻求帮助的公关代表。

“为客户隐瞒私人生活？”

“有很多要隐瞒的，”瑞秋说，“带着不会社交的男人，将他们扔进旧金山这个美国的性成瘾圣地，给他们数十亿美元去玩？相信我，就凭我不得不亲眼见到所见的一切，我理应享有挣来的每一分钱。总之，我猜乔希不知怎么掌握了菲尔在这款应用上的全部历史记录。每一次联系，每一次约会的位置。菲尔吓坏了，他叫乔希删掉所有数据库，但是乔希拒绝了。因此菲尔提出买下他的全部股份，然后将尼克摆到首席执行官的位置，知道尼克不会说不。”

“我以为 HOOK 收集的所有信息都是无法识别的。”塔拉感到胃里一阵恶心，这个应该列入披露中，“他们可以查阅任何人的历史记录吗？”

“再也不能了，”瑞秋说，“尼克正在删除并非由用户直接提供的一切信息。”

“乔希不介意？”塔拉问，“他被排挤出去？”

“不，”瑞秋说，“乔希不关心公司，他只关心权力游戏。他毫无疑问牢牢掌握了菲尔。”

“哇。”塔拉不知道该说点什么好，回想起第一天在鱼缸里，乔希对她不使用 HOOK 的评论，他是不是查阅了她的历史？她感到毛骨悚然。

“不过，我很抱歉，”瑞秋说，“我知道这对你们不公平。”

“没事。”塔拉说。她试图不去担心她如何在这笔交易进行时抽身参加妹妹的婚礼。

“其他方面呢，”瑞秋说，“卡勒姆？”

塔拉脸红了。“我不敢相信你居然那么做了。”

“但是我那么做你高兴吗？”

“是的，”她承认，想起甜点盒，“我们本来星期六要出去约会，但是因为这个我不得不取消了。”

“不会吧！”瑞秋说，“啊。乔希·哈特怎么每次都能找到方法毁掉一切？”

“没关系，”塔拉说，“路演时他刚好在伦敦，所以我们到时候再聚，如果没有其他延迟的话。”

“很好。保证你会跟他睡觉，这样我的努力没有白费，”她说，“啊，该死。”

“什么？”

“等一下。”瑞秋切换到另一条线路。

塔拉重新俯瞰着街道，看到街角有一对情侣在接吻，那个女人倾斜着移开雨伞，踮起脚尖在他嘴上轻轻一吻，然后两人往不同方向走开了。

“嘿，塔拉？”瑞秋的声音又回到通话中，“你今天下午能去CNBC做个采访吗？”

“什么？”

“他们得知了乔希的事情，需要个人回答几个问题。我不能去，我觉得让菲尔去也不好。我也肯定不会让尼克站到摄像机前。”

“我从来没——”

“你会很棒的，”她说，“我会告诉你怎么说。”

“好的，我猜是吧，但是我不知道拉赛西尔是否会让我去。我是说，规章制度——”

“我认识你们公关的头儿。我会让他们批准的。”

“好的。”塔拉说，意识到自己很激动。她？上CNBC？

“好的。三点到他们的工作室。我会给你发信息。我得赶紧去联系了。”

“当然。谢谢你，瑞秋。”

“别客气，”她说，“咱们再聊。”

查理

星期五，四月十八日；帕洛阿尔托，加利福尼亚

“他们不得不把尸体挖出来。”查理雇来代表他们家的律师黛比·斯坦缓慢而坚定地说。

“我知道。”他对她说，低头看着双手。

“你母亲准备好接受这个了吗？”黛比问。

“是的。”查理撒了谎。一个母亲怎么可能经受得起这个？

“他们可能不会发现任何新的线索，但是仔细地、有目的地再验一遍尸体非常重要。”

“我理解。”

“精子可能没了，如果曾经有过的话，但是他们得验尸，找到强迫的痕迹，而且——”

“是的，我明白，”查理站起来打断她，“就这样了吗？”

“到时候会比这个更艰难，查理。”黛比说。她的眉头因长久的疲劳紧皱着。

“我见过更差的情况。”查理说。

“当事情涉及家人时就不同了。”

“我没问题。”他重复道。

“我有个朋友，”黛比轻声说，“她很擅长谈论这类事情。她一直在治疗——”

“我不需要心理医生。”他厉声说。

“好的。”她很抱歉地举起双手，认识到自己越界了。

他穿上夹克走到加利福尼亚大道。虽然才下午四点，但是他去了安托尼的坚果房子要了瓶啤酒，决定从这儿开始一切。

他在角落里坐下来，再次打开凯莉的日记本。

二〇一一年四月十一日

不敢相信我成了派斐的一员。真的，这有多酷啊？宣誓周刚刚开始，太棒了。我今天上完课出来，一个超性感的大学二年级学生开着高尔夫球车，举着写着我名字的牌子在等着我。他开车送我回家，给了我一个糖果篮和一件派贝塔斐的运动衫。我一整个下午都穿着它！！现在我正准备去“白色垃圾”打保龄球。我很紧张，因为不知道穿什么，但是另一个叫艾米莉的预备会员刚好要去帝当家，所以我跟她去挑了最搞笑的服装。我知道我说过绝不会加入姐妹会，但觉得那是因为我之前不理解那是什么。我以前其实有点矫情——我以为姐妹会的女孩都又肤浅又挑剔，然后我才是那个对她们挑剔的人。当然，我在舞会上认识的有些女孩说话像乡下姑娘，有个女孩基本上鼻子朝天——我觉得可能是身体原因——但是她们大多数真的很好。有个叫杰斯的女孩给了我她所有的读书笔记，因为我告诉她对这次关于乔叟的期中考试很紧张。艾米莉和我昨天一直待到早上两点，给另一个预备会员詹妮弗打气，她发短信跟我们说她跟男朋友分手了。这正是我想要的那类朋友——可以一起玩，会帮助你，不会评判你，一起学习，当你处于低谷时陪你熬夜。好吧，也许并不是所有女孩都对每个人很友好，但是我没见过什么人对每个人都很友好。我觉得她们只是因为更受关注才更受排挤。而她们更受关注只是因为漂亮而已。这不是她们的错。哇——这么一写……这么一写，我想到自己现在是她们中的一员了……这会让我变漂亮吗？变成那种受关注的女孩？我觉得我是个错误。可能她们选择我是因为我人很好。

“去他妈的。”一个声音在嚷嚷。查理抬起头。一个顶着蓬松银色长发的年长男人正在对着电视说话。他穿着破旧的毛衣，衣袖上还有个污点。如果在其他地方的话，查理会以为他是个流浪汉，但是查理觉得帕洛阿尔托没有流浪汉。

“看到没？”那个男人指着屏幕，但没有专门针对谁，“这些他妈的风险投资蠢货又上电视了。”

查理将视线投向电视屏幕，本地新闻正在报道头条新闻：

乔希·哈特在 HOOK 上市几周前被解雇

“嘿，哈尔，声音开大点，行吗？”那个男人对调酒师说。

“没问题，贺拉斯。”调酒师爬上一把椅子，把音量调高。查理抬头看着新闻。

“总部位于旧金山的基于地点的约会应用 HOOK 今天宣布，由风险投资家菲尔·道尔顿领导的董事会，要求公司创始人乔希·哈特辞去首席执行官职位，并任命公司的现任首席财务官尼克·温斯洛普为新任首席执行官。还有一周，这家公司就要为首次公开发行进行路演，此次公开发行预计将公司价值评估为一百四十亿美元。HOOK 和道尔顿都不方便做出评论，但是拉赛西尔的代表塔拉·泰勒，也就是承销这笔交易的银行家，有话要说。”

摄像头切换到一个女人，查理感到胸部收紧，屏幕下方写着她的名字：塔拉·泰勒，拉赛西尔投资银行。这就是塔拉·泰勒？她很漂亮，说话时发音标准，感情夸张，表情严肃。在大学时查理就知道她这种类型——咄咄逼人的女权主义者，为了追求高权势工作抛弃了女人本该有的一切优秀品质。难怪她不回复他的邮件。凯莉就是要为这样的人工作？

查理继续低头看日记本，翻着页寻找凯莉是否说过关于塔拉·泰勒的任何事情，然后他在她去年实习时的一篇日记上停下来。

二〇一三年七月二十一日

我搞砸了。真的真的搞砸了。天哪，我想钻到洞里死了算了。要是招聘团队发现了怎么办？这绝对会毁了我得到工作的机会。真的，毫无疑问。肯定会。我该怎么办？我得去找份新工作。要是他们明天就解雇我怎么办？那就再也没有人愿意雇我了。我本来这周要从股权资本市场开始工作，跟那个叫塔拉·泰勒的女孩。我真的很希望她会喜欢我，但是她一旦发现，一切就完蛋了。我怎么会喝得那么醉？我们一群人去了罗莎墨西哥餐厅吃晚餐，因为这是我们这个月的第一个周末。毫无疑问我真的有点醉了——我好像喝了三杯玛格丽特，我觉得。也可能是四杯。但是克里斯又点了烈酒，我不能不喝一杯——老板牌，估计每杯十七美元。再加上我觉得成为他们中的一员应该很棒。那时候只有我和珍妮·舒斯特，还有培训班里七个有趣的男孩。我坐在那里心想，什么玻璃天花板？我完全能够跟男孩们比。但是接着珍妮也点了烈酒。我不知道当时是怎么想的，居然想跟上她喝酒的速度，她六英尺高，在哈佛篮球队。但是我试了。饭后我在洗手间吐了，感觉好点。但是我们又去了这家俱乐部，他们点了瓶酒服务——就是整整两瓶伏特加和三瓶香槟——给我们九个人，然后我不知道发生了什么。我只是不停地喝酒跳舞，如果博尔·巴克利没有出现的话，一切都还好。我的天哪：那么多人！他是哈维·塔特的助理。就是整个拉赛西尔的高级副总裁的超级富豪助理。他出现了，我确定我只是倒在他身上了，我们在舞池里亲热，接下来我只知道今天早上我在他的床上醒来。为什么我以为自己能做这份工作？为什么我以为我能去华尔街工作或者过这种生活或者——我甚至都不知道如何摆脱。我希望回到派斐——和那些有过类似经历而且能够理解的人。但是这里的女孩都理解不了，我怎么能够——

“你用这张椅子吗？”那个流浪汉模样的男人粗暴地问。

查理抬起头看着他对面的椅子。“不用。”

“我能拿走吗？”那个男人问，“搁我的腿。”

查理推了一把椅子，这样那个男人能够抬起他的腿。他的鞋子是用管道胶带粘起来的。

查理看看空杯子，又看看日记本，决定再点一杯继续阅读。“要我给你拿杯酒吗？”他站起来时问那个男人。

“好啊，”男人说，“贺希私酿。他们吧台藏了这个。”他说，然后歪了下头，“你也来一杯。你看起来人很好。”

查理去了吧台，扬起眉毛对调酒师说。“贺希私酿？”

“给贺拉斯？”调酒师对着那个男人笑，然后从吧台下方掏出一瓶酒。“你想要一杯吗？”

“我不觉得。”查理说。这很可能是非法酿酒。

“你确定吗？这可是好东西。”

“这是什么？”

“十六年的波本。一瓶大概三百。”

“什么？”查理露出怀疑的表情。

“贺拉斯的最爱。”

“他是谁？”

“你记得发送邮件时的安全选项吧？就是你点击那个小按钮，然后邮件内容就加密那个？”

“知道。”

“贺拉斯发明了它。”

“什么？”查理回头看那个男人。

“我向上帝发誓。”调酒师点头说，“他值十亿美元呢，这就是我们喝他的波本的原因。欢迎来到硅谷。”

查理将那杯酒拿给贺拉斯。“谢谢。”他指着自己的酒说，然后翻阅其他日记，看看是否还有关于博尔·巴克利的内容。他在最后一页找到了自己的名字，并注意到了日期，于是鼓起勇气来。

二〇一四年三月五日

查理不会来毕业典礼。他虽然没说，但是我知道他不会来。现在我写下来，才意识到期待他来是多么愚蠢。我猜是因为他高中毕业时给了我惊喜，所以我以为这次他可能还会那样做。我也以为他会来斯坦福看我，但是他从未来过，所以我早就应该明白一切都变了。实在是太可笑了，他居然担心拉赛西尔会吞没我，接着改变我这个人——就好像他自己没有被吞没，让工作改变他一样。倒不是我不欣赏他的工作——只是不知道什么时候是个尽头。我想念以前的查理。就是那个过去常常穿着荧光弹力服踩着轮滑在纽约到处转的查理：那个查理还在吗，或者因为时时时刻被悲剧包围着，那个查理就一定要消失吗？

他说他们需要他待在那里，但是他意识不到我也需要他吗？

天哪，凯莉，这太自私了。叙利亚在垂死挣扎，你却在加利福尼亚准备看演唱会，接受一份年薪九万的工作。而且我还有其他人照顾我——我是说，塔拉·泰勒想成为我的导师。她太棒了——又漂亮又聪明，但是依然脚踏实地。去年夏天，她跟我们在博尔组织的结束晚餐上喝醉了，吐露了她对拉赛西尔老板们的印象——她又聪明又有进取心同时也知道怎么玩，你知道吧？总之，重点是我不再需要查理了，我只想让他——以前的他——回来。我觉得这样查理就会理解为什么我要去拉赛西尔，不会如此冷酷地对待这件事。

世界停止了旋转。查理盯着纸上的字，直到它们被泪水模糊，他已经忘了自己还能哭。他的大脑追溯回轮滑事件：那是毕业几年后，当时他在纽约写一个故事，母亲打电话告诉他凯莉被踢出了高中舞蹈队试镜。他给史蒂文森打电话说家里出了点事，需要请假，然后他穿着八十年代的服装和轮滑出现，带着凯莉去了西岸高速公路，他们在那里滑着旱冰大笑大闹，最后在中央公园遇到了硬核轮滑舞者，那些人非常友善地邀请他们加入，即使他们只是新手。他们甚至都没讨论舞蹈队的事情，但是他知道她感觉好多了，那让他觉得自己从未感觉这么好。

他还没失去那部分自己，只是更严肃了……这个世界已经变得更严肃了——在恐怖主义、科技、宗教冲突和贪婪之间。或许这个世界一直都这么严肃，他以前只是没有意识到而已，安全地躲在美国特权的茧里。

他感到内心的防御冒了出来，反抗凯莉的字带来的痛苦。他到底应该怎么做？

“这破事儿，”贺拉斯自言自语说，“这事儿真凄惨。”

查理抬起头。新闻已经切换到凯莉的案件，目前正在挑选最终的陪审员。

“你不觉得吗？”贺拉斯问查理。

查理沉默地点点头，然后离开了酒吧。

陶德

星期五，四月十八日；纽约市，纽约州

陶德在格莱美西酒吧找到琼时，她正喝着马提尼。金发编成一条紧紧的麻花辫，西服外套挂在椅子背后，穿着丝绸上衣，裸露着胳膊。她不应该穿无袖上衣，至少不是在曼哈顿。倒不是因为她的胳膊肥，只是无袖上衣模糊不清的定义使她看起来跟这个到处是普拉提健美体型的岛屿格格不入。

陶德深吸一口气。他能做到。他必须做。他的工作全依仗这个了。

“我能帮您吗？”迎宾员问道。

“两个人的预订，陶德·肯特名下。”他告诉她。他打了一个小时的电话，请了三个人帮忙，还撒了一个谎（他患了癌症快要死的表妹来了）才预订上一张桌子。“我晚餐的同伴就在那边。”

他轻轻地拍了拍琼的肩膀，微笑道：“你看起来太可爱了。”

“陶德·肯特，”琼说，听起来很老练，“非常高兴见到你。”

“彼此彼此。”他的笑容凝固了。不只是胳膊，她的脸也变胖了。

“你最近怎么样？”在后面的桌子旁坐下后，他问道，“你看起来真的很美。”

“你在撒谎，但是我接受了。”

“我没有，”他撒谎道，“你知道我一直觉得你很性感。”

她的目光在他身上停留了一秒，然后低下头看菜单。陶德感到手心在冒汗，要是这个不管用怎么办？他想着这笔交易，他的奖金，他的声誉。一定要管用。

“麻烦能给我们来一瓶香槟吗？”他问侍者。

“我们的酒单就在这里。”侍者递给他一个厚厚的皮革包边的本子，“起泡酒从第二十一页开始。”

“为什么不索性拿来你们的最爱呢？我们在庆祝。”

“你的品位变成熟了。”琼说。

“我本人也是。对事情那样结束我真的很抱歉。”他说，试图记起事情到底是怎么结束的。

“我们不要谈那个了。”她建议道。

侍者过来给他看了香槟，他同意了。杯子里斟上酒后，他向琼举杯："为了全新的开始。"

"为了全新的开始。"她说。

他们点了晚餐，又加了一瓶葡萄酒，陶德拼命地找话题。

"在证券交易委员会工作怎么样？"

"糟透了。"她说，"危机之后变得更糟，你能想象到。"

"为什么？"他从未想过这个。证券交易委员会是那些没能赢得华尔街工作机会的人工作的地方。费尽心力理解金融市场，最后只领一份政府薪水毫无意义，因为只要有点儿头脑，你就能在一家真正的公司拿到十倍的工资。这就是为什么政府规章制度这个理念十分荒唐：好像政府真的吸引足够有才能的员工来调控华尔街更老练的人才在做的事情一样。

"工作太多，员工不够，"琼说，"即使容易，我们也不可能真的做彻底的工作。而且工作并不简单，我相信你也能想象得到。"

"我相信。"他试图让自己听起来受到触动，但是其实一点也不关心。

"HOOK 发生什么事情了？"

"你怎么知道我在做 HOOK 交易？"

"我审核通过的第一次 S-1 申请。"

"你审核的？"他问，"谢谢你这么快就通过了申请。"他放松了，她在他这边，只要他不弄糟今晚就行。

"不客气。"她说着，咬了一口她点的鸭子。什么女人会点鸭子？尤其是她这样的体重级别？

"是这样的，我相信你已经听说乔希·哈特离职的消息了，"他说，"道尔顿·汉德里买下了他的全部股份。"

"所以他没有任何 HOOK 所有权了？"

"没了。"他说。

“他难过吗？”

“不。”陶德摇了摇头，“每个人都觉得这是最好的结局。”

她看起来很是怀疑。“发生什么了？”

陶德耸耸肩。“我觉得只是每个人都意识到乔希是个程序员，不是首席执行官。”

“嗯，那倒是。”

“什么？”陶德诚实地问道。花了一天时间说服其他人这个故事的真实性，他对此感到很自信。

“没什么，”她说，“你们什么时候提交新文档？”

“星期日。”

“那我星期一审核一下，”她说，“除非真的有什么不对的地方，你们下周应该能开始路演。你说你们要在第二季度结束前做完，对吗？这样的话你们应该能准时完成。”

“你简直太伟大了。”陶德碰了下她的杯，如释重负地松了口气。

侍者送来甜点菜单。陶德点了意式浓咖啡马提尼，觉得现在最好喝得很醉。或者他能把她灌得很醉的话，或许她会在他们不得不发生关系之前昏过去？

他喝着马提尼，点了份奶酪盘。

她快速扫光了一份巧克力蛋糕，又吃了花色小蛋糕。

他把信用卡递给侍者时，她起身去了洗手间。

“陶德？”听见熟悉的声音，他抬起头来。路易莎·勒梅，他的老情人，亭亭玉立地站在桌旁。紧身黑裙紧包着与他眼睛处于同一水平线的小蛮腰，容光焕发，脸上带着微醉的笑容。

“路易莎？”他的心一沉，“你在这里做什么？”

她将目光转向吧台，那儿有个年长的男人正喝着苏格兰威士忌对着她微笑。她对他回以微笑。“喝了太多马提尼。”她笑着伸出手指表示这是第三杯。

“你在这里要待多久？我能带你出去吗？”他问道，回忆起她的身体贴着他的感觉，让他忘记了星期日之前还有多少工作要做。

“我明天回去，”她说，然后补充道，“再说也可能不太得体。”

“为什么不？”

她咬了咬嘴唇红了脸。“我觉得我可能恋爱了，”她抬起肩膀说，“你能相信吗？我？”

陶德听傻了。他回头看着吧台边的男人。他那么老，甚至都算不上帅。“什么？”他不爽地问，实在不太明白。

她耸耸肩。“我不知道。就是发生了一些事情。我没想过我会希望安顿下来，但是这个男人真的太……”

琼回到桌旁，她看着路易莎，路易莎转过身。“嘿，我是路易莎。”

“琼。”两个女人握了握手。

“总之，”路易莎对陶德说，“你们两个继续，但是真的很高兴见到你，陶德，还有很高兴认识你，琼。”她满脸的幸福让他想吐。

琼的目光跟着她回到吧台，嫉妒地观察着。

“那是卡勒姆·雷斯吗？”她问。陶德意识到她是在看那个男人，而不是路易莎。

他转过头。“什么？”

“卡勒姆·雷斯。创办所有那些公司的亿万富翁。”

“不会吧。”陶德又转回去，“是吗？”

“我觉得是。”她眉毛一扬，“路易莎走运了。”

陶德还没来得及想明白路易莎爱上卡勒姆·雷斯这件事，侍者就拿着陶德的信用卡回来了。他看到收据后咳了下：账单是三千六百一十八美元。“该死。”他找了下香槟：两千六百美元。他甚至都不觉得好喝。

“一切还好吗？”琼问。

“当然。”他微笑道。客户晚餐通常的花费标准是三百美元每人，但是只要他解释清楚原因就会让账单得到批准，防止交易延迟对拉赛西尔来说比三千六百美元重要多了。

他扶着她离开座位，为测试自己的意志力，在离开餐馆时将胳膊轻轻地放在她的背后。他希望路易莎没有看到。一般情况下，他会试图让她嫉妒，但是和琼这样的女人在一起只让他觉得很蠢。但是当他回头看她时，她正和卡勒姆大笑，完全沉浸在他们的对话中，早已忘了陶德。她要是给他一耳光的话，他也许会舒服点。

“你去上城区吗？”琼打断了他的失望。

“就在对面，”他说，“今晚真舒适——你想走走吗？”他需要更多时间。她不漂亮，而且刚刚比中后卫球员吃得还多，看到她跟路易莎并排站在一起让一切变得更为糟糕。

“我住在八十七街和约克街那儿，”她说，“走路恐怕有点远。”

“哦，那我叫辆出租车。”他说，伸出手，希望她没有养猫。

一辆车停下，他替她打开车门。“很高兴见到你，陶德。”她说着钻了进去，将手放在门上准备关上，“恭喜你高升。”

“什 ——”他盯着她伸出的胳膊，“我 ——”

“什么？”她停下来问。

他抬起头摇了摇，目瞪口呆。她要走？不带他？

“你以为我是哪种人，陶德？”她大笑。

“我以为你 ——”他开口，试图理清头绪，她不想跟他上床？

“想吃顿好晚餐。”她补充他没说完的句子，“我们政府部门从不做这种事。祝你晚上愉快，陶德。”她再次大笑，拉着出租车门关上。

“好的，你也是。”他对着已经关上的车门说，“还有，谢谢。”他在出租车后喊道。

他开始往西步行，心里空荡荡的。一方面是喝醉后的如释重负，因为他挽救了这笔交易，而且还不必跟琼上床，另外一方面却对别人要跟路易莎上床感到失望。管它呢，她并不是他以为的那样——

只不过是另一个想锁住一个男人的肤浅女孩罢了。陶德不想被锁住的心情就跟他不想跟琼·希利尔上床差不多。

可是为什么琼·希利尔不想跟他上床？为什么路易莎不想锁住他？

陶德在街角站住，登录HOOK。他给一个可爱的金发美女发了条消息：

> 你得原谅我的唐突，但是我发现你简直太美了……你想跟我去喝一杯吗？

他复制粘贴这条消息，发给一英里范围内的其他六个女孩。还没走到五十五大道，就有四个女孩回复他了。他选了离他公寓最近的一个，约她到门口见面。

Chapter 9

第九章

艾曼达

星期二，四月二十九日；旧金山，加利福尼亚

艾曼达打开一瓶葡萄酒，倒了一大杯。她坐在沙发边上，深吸一口气，打开了法学院入学考试的课本。

她盯着书上的字，但是读不进去。旧金山烂透了。

天气烂透了，但是当她离开纽约时根本没人费心跟她提起这个，还公然撒谎说出“哦，你太幸运了，终于能逃离东海岸的寒冷去加利福尼亚了”这样的祝福。但是现在她到了这里，却被困在这个小北极般的地狱里，阴湿的雨冷到骨头里，毁了她的鞋子。她甚至不知道自己为什么要穿那些鞋子：这个城市根本没有人穿高跟鞋或者精心打扮。她就算完全放纵自己，依然是几英里之内最有魅力的女人。但即便如此，这里还是太令人失望，因为这里的男人全都十分傲慢。但又不是纽约男人的那种傲慢，纽约男人的自负至少有时尚和品位来衬托。这里呢，男人膨胀的自我价值感都来自是否了解哪家创业公司拿到了投资，谁去过TC工作，哪个农场主的农场拥有最好的甘蓝脆片，这些脆片由可生物降解的材料包装，本地出土、未经加工、有机无谷蛋白、可持续发展。

这就是艾曼达要上法学院的原因。来加利福尼亚并不是个错误，因为现在她更加坚信读研究生是正确选择。法学院里会有好男人，聪明的男人，但不是电脑程序员那种聪明——哦，该死，她怎么知道？她将书从桌上推开，坐在沙发上往后靠，喝了一大口葡萄酒。

也许问题在她身上，也许她期待得太多了。一天结束了，她还没做任何可圈可点的事情。当然，她确实上了个好大学，在一个好法律公司上班，但是她从来没有领导过一个案子或创办过一家公司。她甚至从来没有过一个男朋友。也许她不值得被陶德·肯特这样的男人记住，或被本·洛夫蒂斯这样的男人尊重。

她喝光了一杯葡萄酒，又倒了一杯，然后伸手去拿遥控器，调到 CNBC 频道。

他们又在报道凯莉·雅各布森的案子。警察发现了一个残留有莫里的水瓶，逮捕了罗比·古德曼，指控他在水瓶边抹了莫里，然后将水瓶给了女孩，这样他就能跟她发生性关系。

“你认为是他做的吗？”朱莉问。

艾曼达吓了一跳，发现朱莉站在她背后。她转过头继续看电视，耸耸肩。“这重要吗？”

“当然重要啊。”朱莉严肃地说。

“不一定。我的意思是，不管怎么样，他的人生完蛋了。”

“但他如果是无辜的呢？”

“就算他是无辜的，没有犯谋杀罪，他们也会深挖下去，证明他是浑球。”

“那不是犯罪，”朱莉说，“每个人都在大学喝醉过。”

“而且很多人都像凯莉一样试过毒品，”她说，“但是一旦媒体决定将某个人描述成坏蛋，没人会冒险毁掉自己的名声跟他扯上关系。这就是为什么现在媒体基本上掌控着法律系统。简直乱七八糟。”

“这是你想成为律师的原因吗？来修复这个？”

“不要那么幼稚。”她翻了翻白眼。为什么旧金山的每个人都认为人生的意义就是去改变世界？“塑造英雄和坏蛋是人类天性。你修复不了的。”

电视被关掉，艾曼达转身看着朱莉，她手里拿着遥控器，但是眼睛看着艾曼达，沉着脸。

“你干吗关掉？”

“去穿上外套。”朱莉命令道。

“什么？”

“别犯贱了，”她说，“现在去穿上外套。我们出去。”

“但是我得——”

朱莉瞪着眼打断了她。

“好吧。”她说，从沙发上站起来，穿上羊毛衫。

她跟着朱莉出门到了街上，朱莉气冲冲地疾走，她快速跟上她。她从未见过朱莉不那么亢奋的样子，不太确定怎么处理这种情况。

她们到了醉猪酒吧，朱莉领着艾曼达来到后面庭院的一张桌子边，那里有盏加热灯，驱赶了晚上的潮气。庭院很漂亮，木质野餐桌上方挂满了花朵和拱形树，成双成对的人在这儿吃晚餐。

“我要一杯肯塔基骡子，给她先来一杯水。我们俩分一份芝士通心粉。”朱莉对侍者说，然后转向艾曼达。“好了，”她说，“到底怎么回事？”

“什么？”艾曼达防御性地说。

“过去两周你总是苦着张脸，你在身边的时候很烦人。”她直截了当地说，“所以我们为什么不讨论下到底是什么把你弄成这样，这样你就能走出阴影，把我们从你的痛苦中解放出来。”

艾曼达目瞪口呆，朱莉是从哪里看出来的？“我——”艾曼达开口说。

朱莉等着。

“有这么一个男的，”艾曼达终于说道，“陶德·肯特。负责你们上市项目的其中一个银行家。我们以前约过会。我在纽约的时候。”

“你们是真的约会？”

“你是什么意思？”

“我是说，你们真的出去约会。”

“不全是。但是纽约不同。男人不——”

“所以你过去常跟陶德·肯特上床，”朱莉纠正道，“你没有跟他约会，虽然你想。”

“是的。”艾曼达承认。朱莉这么一说，这事看起来是那么……简单。

“然后发生什么了？”

“然后我就搬到这里了，我见到了他。”艾曼达说，然后纠正道，“其实是我听说他在这里，我就去见他，但是他不——”她从未说过这个，即使对自己，“记得我。”

“所以他是个混蛋。”朱莉说。

“不是，”艾曼达摇摇头，“他只是——”

“自负、自我、轻率，还有粗鲁。”

“但是他可以——”

“但是他不是。”朱莉纠正道。

“我觉得那种男人可以改变，当他们遇到正确的女孩。”

“而你显然不是，既然你跟他上床了他都不记得你。”

艾曼达看着她的双手。真的那么简单吗？那么明显？

“如果能让你感觉好点的话，博尔完全一样。”朱莉说，“你知道他两周都没发过短信了吗？我们终于上了床，然后，噗！消失了！只留下我怀疑自己是不够好还是怎么的。”她转了转眼珠，“真浪费时间。上周我可能花了十小时思考这件事情——你能想象如果我把这些时间花在有效率的事情上，我会多快乐吗？我想我一年都不会碰男人了。”

“你二十六了，”艾曼达做了个鬼脸，“你不能那么做。”

“为什么不能？”

“你会想念你的黄金时间。”

朱莉直直地看着她，眼神里充满了怜悯，让艾曼达感觉自己不堪一击，被看得一清二楚。“请别告诉我，你真的相信自己的价值是有保质期的。”她说。

“我——”她措手不及地开口说，“我猜我只是害怕孤独终老，”艾曼达终于承认道，“我妈妈，”她补充道，“就是孤独一人。而且她……很可悲。”

“你像你妈妈吗？”朱莉轻声问。

“天哪，不像。”艾曼达陷入沉思。她妈妈从佛罗里达一个不知名的大学退学，嫁给了她父亲。离婚之后就靠离婚赡养费生活。和一个医生十多年的婚姻让她过于挑剔，找不到任何她所受的教育能做的工作。

“那你怎么会落得跟她一样呢？”

“如果男人——”艾曼达开口，又顿住。她从来没这么想过。

“就算你真的孤独到老——但你不会，因为你漂亮聪明又善良，只要你不想象自己无望的话——你依然不会像你妈妈那样生活。”

艾曼达坐了很长时间，思考着这件事。

“给你们。”侍者端上了她们的芝士通心粉以及两副叉子。

“她现在可以来杯酒了。”朱莉告诉侍者。

两个女孩吃完芝士通心粉，又喝了一轮。她们谈论她们多么嫉妒胡安要去伦敦参加HOOK路演，朱莉吐露她怎么开始在斯坦福学习计算机科学，但是从来没有人对她正眼相待。她接受了HOOK前台的工作，这样就能了解公司各方面的业务。她的确做到了：没人关注前台，因此她私下了解了公司内部怎么运转，哪些员工会在上市后被解雇。

两个男的过来问是否能加入她们，还没等艾曼达说不，朱莉就同意了。十五分钟后，艾曼达发现他们实际上还不错，即使他们谈论的只是自己创办的没什么意义的公司，但是显然他们拿到了一百万美元的投资。

酒吧一点关门，她们俩对两个男人道了晚安，在看似不再那么糟糕的雾里走回家。夜已经深了，艾曼达喝了很多，但是她的头脑依然清醒有活力，她能真实地感受到自己的快乐。

“我们一起开家公司怎么样？”她开玩笑说。

“什么？”朱莉问。

“我们比刚才认识的男人聪明多了，他们拿到了一百万……”艾曼达说，这个想法像是她有过的最合理的想法。“再加上如果我们俩都一年不碰男人的话，多出来的全部时间……”

朱莉的嘴唇弯成一个微笑。艾曼达感到她的心脏扑腾扑腾地跳动，看到她眼前展开了一条新的更好的路。

尼克

星期四，五月一日；伦敦，英格兰

这就是生活本该有的样子，当飞机落在伦敦时尼克心想。他本来要乘坐私人国际航班，去参加世界上最重要的、基金经理聚起来听他讲述公司潜能的会议，而像陶德那样的男人和塔拉那样的女孩会迎合他的需求。终于，这个宇宙开始认可他在其中的重要性了。

一辆黑色豪华轿车正在等着带他们去公园路的四季酒店。

“我以为我说过要住在喜达屋？”他在车里问塔拉。

“整整三个小时你都要待在房间里，尼克。”她说。

“更有理由待在我能收集积分的地方。”他做过坚定的承诺，不管变得多富有，永远也不会变成那种忽视忠诚随意挥霍的人，“你能确保我们在其他城市预订正确的酒店吗？”

“我看看我们能做些什么。”她让步道。

“下次，请不要让我问两次，”他紧逼不放，“蒂凡尼，你能确保她照做吗？”他转向新助理。

“没问题，尼克。”蒂凡尼热情地微笑道。

把达雷尔·格林办公室的助理蒂凡尼抢过来，是尼克当上首席执行官的第一步。她的费用很昂贵——年薪二十七万五千美元——但是拥有一个你能信任的人是值得的。再说她还是一个经过认证的公证员。

尼克的酒店要求并不是试图刁难，他只是觉得在担当领导的早期阶段，树立正确的先例很关键。所有的眼睛都在他身上，看着他如何应付他的新职位，对他的举手投足做出评判。人们会测试他，如果他让他们侥幸逃脱最平常不过的事情，他们会认为他很软弱。

塔拉·泰勒就在那个列表的最顶端。她偷偷联系CNBC谈论公司的变动——这个特权和责任显然是属于尼克的。她说那是瑞秋的主意，但他感觉她在幕后指使。塔拉比他原先以为的要聪明多了，她藏在友善漂亮装傻的外表后面，但是她非常清楚在CNBC上镜意味着什么，他不会让她再偷取更多属于他的时刻来助长事业。

第一个演讲进展顺利。第二个和第三个也很顺利。所有基金经理都喜欢硅谷，都想成为尼克正在创造的世界的一部分。六点，黑色轿车飞速穿过伦敦，将他们送到肖尔迪奇酒店，他们将专门在这个会员制俱乐部跟一批英国基金经理共进晚餐。其他的一切对于这些人来说都只是热身而已。

尼克打开手机，查看他在脸书上的赞数，他将工作状态改成首席执行官：只有三个。也许他不小心禁用了什么选项？他检查了设置，然后去看他自己的动态消息。

格蕾丝在她的墙上发表了："凯莉·雅各布森纪念基金达到二百万了！！！"

格蕾丝的帖子有三百二十八个赞和两百条评论，排在上面的第一条评论来自一个叫詹姆斯的男孩："干得漂亮，格蕾丝。你太牛了！"

尼克感到胃部痉挛。他点开詹姆斯的简介。兄弟会，高尔夫球队，上一份工作：夏季实习生，摩根大通。他点开詹姆斯的照片，找到一个这个男孩跟格蕾丝去过的某个正式场合的相册，他们俩显然都喝醉了，而且玩得很开心。

尼克愤怒地关了手机。去他的。

车停了下来。

"就是这儿？"尼克往窗外看，人行道很脏，跟画满涂鸦的混凝土墙交叠在一起。脏兮兮的行人看都不看黑色轿车就走过去了，一个穿着法兰绒衬衫戴着帽子的女孩正往尼克前面的车上吐口水。

"欢迎来到东伦敦。"司机打开门时，博尔说。

尼克犹豫着不敢下车。"这里安全吗？"

"只要你把邮差包留在车里，就应该没问题。"博尔指着尼克那个绣着 HOOK 的公文包说，"这相当于大喊'里面有苹果设备'。"助理顽皮地笑了，尼克瞪回去，他竟敢嘲弄 HOOK 的首席执行官？

但尼克还是把包留下以防万一，只从里面掏出了消毒洗手液，然后飞快地跟着博尔走进去。

一旦他们进了门，一切就好多了，但仍然不合尼克的品位。他们随着迎宾员穿过酒吧。里面的人看起来很可笑。他们穿着千奇百怪的衣服。为什么人们不能像他一样穿西装？

镇定，尼克对自己说，他感到腋下潮湿，意识到自己很紧张。他们进入后面的一间私人房间，他在桌子中间的椅子上坐下，向进来的基金经理们问好。看到他们全都穿着西装时，尼克松了一口气。

"你是做什么的？"尼克问其中一个人。

“我在克莱德资本工作。”那个男人用英式口音说。

哪个是克莱德资本？尼克糊涂了。他需要总统戴的那种耳机，这样可以让别人给他信息反馈，他就会一直显得很聪明。

他们坐下等晚餐开始，但是尼克依然站着，咳嗽着示意他准备发表讲话。“胡安，能麻烦你分发一下演示稿吗？”

塔拉摇了摇头，但是他忽略了她。她说了在这个会议上不需要他们做完整的演示，但是尼克知道她只是试图将注意力集中在她身上而已。他能够读出大众的心声，他们都想听他讲话。

塔拉

星期四，五月一日；伦敦，英格兰

塔拉往后靠在座位上，喝着她的第二杯葡萄酒。她提醒自己不能喝太多，即便只是想喝醉点，好让自己觉得这事很有趣。

尼克可能真的是这个地球上最令人厌烦的男人。她没想过他可以变得更傲慢，但是天呐，天呐，她真的错了。首席执行官的头衔将他的自负带到了宇航员的高度，却没有增加任何自知之明或社交能力与技能。他在这次晚餐上已经讲了二十五分钟了，好像这些男人里真有人会关心演示稿似的。她已经告诉尼克十几次了，他们已经要买股份了，她已经从所有人那里都得到了口头承诺，并提供这次晚餐作为答谢，来安抚他们的自尊心并当面会见他们。现在她担心这些人看到尼克后会改变想法。

瑞秋是对的：肖尔迪奇酒店是晚餐的完美选择，足以前卫到让投资者觉得年轻，让他们感受到使用 HOOK 的群体，但是仍然有私人会员制俱乐部那种定价过高的菜单，而且盥洗室里有让他们感觉舒适的手工设计肥皂。现在这些男人——当然了，全都是男人——

每人都已经喝了六杯鸡尾酒，陶德替代尼克占据了中场，他们看起来非常舒服。

“是这样，我在博马舍。当时是下午三点，百叶窗摇下来了，音乐在跳动，两个女侍者穿着紧身弹力裙，专门分配到我们那桌。我站在沙发上面，所以我能看到舞池里的尤物。”陶德咧着嘴笑着说，“香槟在流动，你们知道的——每个瓶子里的气泡。每次他们拿一瓶新的过来，所有的女孩都要疯掉了。玛尼马尔在盥洗室跟某个妞儿乱搞——这完全是他的风格——突然之间有两个女孩出现了。她们爬到我面前的桌子上，都很生气，把手机举到我面前，给我看我刚给她们在 HOOK 上发送的同样的消息。”

“完蛋了，”一个双鬓绯红牙齿有缝的秃顶男人说，“你怎么办？”

陶德停下来咧嘴笑了。“给了她们每人一杯起泡酒，告诉她们我一个人应付得来。”

“你们三个人一起做了？”

“我是个解决问题的超级高手。”陶德咧嘴笑，“虽然我很遗憾地说，到最后我觉得她们更喜欢彼此而不是我。”

一个大鼻子矮胖男人嫉妒地摇了摇头。“该死。要是我单身的时候有 HOOK……”他沉思道。

“你明年得跟我去伊比沙岛，”坐在陶德旁边的美国人说，“我们俩一起会横扫一切。那儿的宝贝哟……”他亲了亲他的手指，然后挥向空中。伦敦的美国人最差劲。

“泰勒小姐？”女侍者进入房间，男人们喝着倒彩，表示她的确存在。

塔拉抬起头。女侍者露出疲惫的微笑。“雷斯先生在等您。”她对塔拉说。

塔拉看了看手表。已经十一点半了。怎么可能已经十一点半了？“谢谢你，”她说，“先生们，原谅我得离开下。”她从桌旁站起来微笑着。

“啊，不要走。”那个脸颊绯红牙齿有缝的男人说，“你是这桌唯一值得一看的人。”

“别傻了，”塔拉毫不犹豫地说，“陶德比我漂亮多了。”她对着同事眨眼，整桌人都对她愿意配合他们愉快地大笑。

“至少你把我们都管住了，现在今晚会怎么结束都说不清了。”另一个男人在她经过他的椅子时，边说边伸手抓住她的手。

她咬紧牙挤出一丝微笑。“只要你们买很多 HOOK 股份，让这些男孩们明天能上飞机，”她指着陶德和尼克，“我真的不介意你们今晚要做些什么。”

“终于找到了，完美的女人。”秃头男人对其他男人打趣说，他们都点头表示同意。

“晚安。”她挥手向门口走去。

“你搞过那个女的。”她听见一个人跟陶德说。

“我更愿意当现在搞她的人。”另一个人说。

她关上门，转了转眼珠。每次都这么恶心吗？她叹了口气决定不去想，让自己为即将到来的夜晚高兴起来。

她走向电梯时检查了邮件，晚餐期间收到了五十八封新邮件。她往下滚动，寻找带紧急标记的邮件，然后看到标题栏“凯莉·雅各布森”时停下来。

她打开邮件开始阅读：

> 塔拉——我是凯莉·雅各布森的哥哥，给你发邮件是因为……

“塔拉，”陶德拍着她的肩膀，打断了她的阅读，“发生什么事了？”

“哦，我——”她抬起头，然后快速收起黑莓，“没事。怎么了？”

“你去哪儿？”

“去见一个朋友。”她说着按下电梯的按钮。

“干吗不带着你的朋友跟我们去俱乐部呢？融入团队？”

肖尔迪奇酒店会议结束后，博尔为尼克和团队在南肯辛顿的一个俱乐部安排了瓶酒服务。没人在路演中睡过觉。既然会议结束后只剩下五个小时就得坐车去机场赶往下一个城市，睡两个小时还是四个小时实在没有太大区别。

“我想我就不去了，”她说，“虽然看尼克试图结识外国女人，听起来的确非常有趣。”

“你朋友是谁？”陶德紧追不放，往前迈了一步，面对着她。他们的身体在狭窄的走廊里靠得很近。她能闻到他呼吸里的苏格兰威士忌，看到他的脸颊和额头上开始出现笑纹。这些笑纹让他变得更像个男人，而不是肯娃娃。

他的蓝眼睛凝视着她，就像多年前他们睡在一起时沉默地问她是否还好一样。

到底是什么让他变成了那种向投资者吹嘘在肉库俱乐部酩酊大醉玩三人行的人？他真的认为这会让人刮目相看？

“我去见卡勒姆。”她说，将眼神从他的目光里移开。

“你在干什么，塔拉？”

“这与你无关。”

电梯门打开了，塔拉走了进去。

“你不觉得你值得拥有更好的人吗？”他伸出手阻止电梯门关上。

她在他的目光中寻找这句话的含义。更好的？她心想。就像你的一夜情，或者帕特里克·威利的公开酗酒，还是菲尔·道尔顿的婚外情？

“没有更好的，陶德，”她说，“我们早上再见。”

他盯着她看了一会儿，然后放开手。她让电梯门关上，对终于有了几秒的清静感激不尽。

她要跟卡勒姆上床，她决定了。距离上次做爱已经差不多一年了——那晚她在一间酒吧里喝醉了，撞见她大学里认识的一个男孩，于是放纵了自己一晚上——或者更准确地说是两个小时。之后她拦了辆出租车回家，睡在自己的床上。但她是个成熟的单身女人，她这种人跟她们觉得有魅力的人发生性关系很正常。而且她的确觉得卡勒姆很有魅力，所以她要跟他上床，就像普通人一样，即使人们发现了，她也不在乎他们怎么说。

"怎么样？"她走出电梯时，卡勒姆向她问好，他穿着牛仔裤和皮夹克站在前台。

"你觉得呢？"

他吻了她的脸颊，将手伸进她敞开的西服外套里轻轻搂着她的腰。"全是醉醺醺的英国男人对你献殷勤？"

"他们更爱陶德。"

他牵着她的手走出门外，门口有辆黑色的阿斯顿·马丁小轿车正等着。

轿车飞驰过东伦敦，完全听不到窗外的声音。她从未感到如此隐形，就像超级英雄那样。看着窗外繁忙的街道和拥挤的车流，知道他们应该被噪音和臭味还有藏好钱包的紧张感包围着，但是在高性能引擎稳定的颤动声中，这些全都不存在。

"那么，你放弃了什么活动来跟我出去？"

"布吉斯的瓶酒服务。"

"他们当然要去布吉斯了。"他大笑着。

"那我们去哪儿呢？"她问。

"你想去哪儿？"

"哦，我不知道。"

"骗子。"

"什么？"她无辜地问道。

"我还没笨到相信你这样的女孩没有想过今晚怎么度过。"

“我不知道你在说什么。”

“如果你知道你只能多活一小时，但你不得不跟我在一起，而且你有绝对的把握我会答应，你会建议做什么？”

“我——”

“诚实点。”

“我说不出口。”她大笑。

“那我得强迫你了。”

“好吧。如果我能拥有任何东西，我猜我会想……”她转了转眼珠，脸涨得通红。为什么这么艰难？“和……”她加重了这个字——这是正确的字眼，对吧？“……你在一起。”

卡勒姆咧嘴笑了，害羞地匆匆向她一瞥。她笑了，松了口气。“那就回我那儿？”他问。

“没问题。”她点头。他换了挡，随意地把手放在她的腿上，她感到皮肤一阵战栗。

他们又转回肖尔迪奇，他将车停到一个大型仓库下面的车库里，然后扶她下车。

“你要带我去哪儿？”

“害怕了？”他眉头一抬。

电梯井光秃秃的，他们乘坐电梯到顶层，一路上都能听到车库角落的横梁发出一连串叮哐刺耳的声音。但是当电梯门打开后，塔拉的眼前呈现出一间一尘不染的宽敞双层套房。房间四周落地窗环绕，透过窗户能看到伦敦的天际线以及楼下街道上闪烁的车灯。

“哇。”她说着走进房间。

“好景致是我的嗜好之一，”他说，“我能给你拿杯葡萄酒吗？”

“当然。”她说着向窗边走去。她以为从肖尔迪奇酒店看到的景致已经够好了，但这是另一个级别。小黄瓜大楼像一颗钻石蛋，闪烁着照亮了黑暗的夜空，嘲笑着其他大楼的平凡。

“亲爱的。”卡勒姆递给她一杯红葡萄酒，站在她身旁看着眼前的景致。他从铝制吧台旁拉过来一张高脚凳，在凳子边缘坐下。

“你会担心这景色变得不新鲜吗？”她问，想象着日复一日在这景致中醒来的感觉。

“如果会的话，我就搬家。”他轻松地说。

“你觉得有没有什么东西经历一段时间后仍不会变旧？”

“我觉得恐惧不能成为逃避新鲜事物的理由。”

“不过要是——”

“嘘……”他将手指轻轻地放在她的唇上，“不要说话。”

他将她的手拉到他的唇边，亲吻她的手指，眼中含笑地看着她，然后将她的手放到他的脖子后，并将自己的手伸向她的后背。

他们的嘴唇紧紧贴在一起，她的身体融化了。

她微笑着点点头，将前额抵在他头上。他也向她微笑，然后将她抱起，一路扛到卧室。

另外一个房间响起一阵噪音。

“那是什么？”听到噪音没有停下来，他问道。

“我的手机闹铃。”她醒悟过来。她将闹铃设置为早上九点和晚上九点，提醒自己服用依地普仑，鉴于她已经将剂量增加到一天两次。但是他们现在在伦敦，所以闹铃提早了五个小时。

她抽出双腿，在床单里找到内裤，然后穿上衬衣。

“裸着，”他从枕头上说，“你为什么不能接受自己有多火辣的现实？”

她因为他的恭维笑了，然后去了另一个房间，关掉手机，翻找药片。她看到黑莓的提示灯在闪，但是忽略了它。不管是什么事情都能等三个小时再说。她倒了一杯水，回到床边，吞下了依地普仑，半片阿普唑仑，一小把维生素。

“你服药？”他从床上坐起来，在黑莓上敲着什么。

“是的，我上瘾。”

“什么药？”

“避孕，维生素 B，银杏，钙片，依地普仑。”她省去了阿普唑仑，担心这会让他觉得她有问题。

“依地普仑？”他从黑莓上抬起头，做了个鬼脸，“你有抑郁症？”

“我已经服用很长时间了。”她说。

“多久？”

“从十四岁开始。”

“我的天呐，难怪你没法高潮。”

“什么？”

“那是性欲抑制剂。避孕药也是。”他说着，回到设备上。

这是真的吗？她的医生从未提过这个。

“你为什么抑郁？”他没有抬头继续问道。

“我不抑郁。”她防御性地说，蜷缩回床上，再次脱下衬衣。

“那你为什么服用抗抑郁药？”

“我只是服用它作为预防而已，我猜，这样就不会对事情过于情绪化。没有理由不服用。”

“它让你无法拥有真正的感觉。”他说。

“不。”她纠正道，“它避免了让太多情绪模糊我的判断力以及评估情绪根源的能力。”她重复了十几岁时她提出同样的抗议后，医生给她的解释。

他抬起眉毛，露出批判性的表情。

“我以前抑郁，”她说，“而且当时真的很糟糕，好吗？我不想回到那个时候——再也不想。”

他噘起嘴。“什么事情会让一个十四岁的女孩抑郁？”

“我的小妹妹死了。”她说。

“见鬼，”卡勒姆说，“怎么死的？”

“白血病。”

“他们没找到捐献者？”

“他们找到了，但是移植没有成功。”她说着，扭头看着别处。

“宝贝，我真的很抱歉。”他伸出手握住她的手。

“这不是你的错。”

“你还有其他兄弟姐妹吗？”

“还有一个妹妹，”她说，“实际上，她下周就要结婚了。”

“婚礼在哪儿？”

“缅因，”她说，“我的祖父母在那里有栋房子，所以我们夏天会去那儿。”

“那很好。”

“哦，我去不了。”她挤出一丝微笑，这样他就会知道不必安慰她。她在去机场的路上已经打了电话给妈妈说她去不了了，还在飞机上给莉丝贝思发了封长邮件解释了原因。“到时候我们会在路演当中。”

“什么？”他说，“那是你妹妹的婚礼。”

“这是今年最大的上市交易。”她用一直告诉自己的真理反驳。

“见鬼。”卡勒姆弯下身子关掉灯，“难怪你抑郁。”

“我不抑郁。”她正色道，被他的语气激怒了。

“好吧，”他讽刺地说，“你只是服用抗抑郁药预防而已。”

“你完全不知道那是什么感觉。”她说，容许自己认为十四岁已经成熟到能证明自己的观点。“我什么都不想做，”她说，“我只想坐在那里发呆。那是中学二年级——你知道在美国中学二年级有多重要吗？我得参加高中预考，得学习预选课程。我不能光躺在床上伤心，那绝对会毁了我所有的机会，就像现在，过于情绪化会让我脱离一直在努力奋斗的一切。”

卡勒姆再次看着她，但是他淡褐色的眼睛变得忧伤起来。

“不要同情我。”她坚定地说，掀开被子移动双腿。

“你在干吗？”

“我不知道自己为什么要做这个。”她摇摇头站起来，环顾四周寻找文胸。

“让你自己差点感觉到什么？”他没有坐起来就答道，“回到床上来。”

“不，”她说，“我要回酒店去。”

“塔拉，不要这么傻。我不是故意——”

“你不知道你在说什么，好吗？”她严厉地说，“我没有你的那些选择。”

“去感觉？”

“冒险失去控制。”

突然之间，她的思路变得如此清晰：她不能采纳他的建议——他已经拥有了成功——他有钱，有权力，他是个男人，他能够随意放松，但她不能。他完全靠不住。

他大笑。

“什么？”她怒声说。

“你看不到吗？”他问，“看不到你已经失去控制了？”

“你在说什么呢？”她生气地说。

“你将控制权全交给了拉赛西尔。”他温柔地说，“你没有控制权，你喜欢这样，因为这意味着你永远不必自己做出任何决定。还有你所有的自主性，你害怕为走自己的路负责。你害怕自己可能做出错误的决定。”

“我得走了。”她说，声音平静了下来。

“塔拉，等等！”他大声喊道，但是她已经走到了门外。

胡安

星期五，五月二日；伦敦，英格兰

他应该在床上，已经是早上两点半了，他们七点半就要离开酒店去日内瓦。他们应该都在床上睡觉才对。

但是胡安并不累，即使他现在在床上也睡不着。每次一闭上眼，他就想起凯莉和罗比，以及如果罗比真的进了监狱的话，他该怎么办。他跟着陶德、尼克和博尔去了伦敦某个地方的一家俱乐部，他现在就坐在这里，独自一人，在他们桌子旁的长沙发上，守着大瓶香槟，仍然想着凯莉和罗比。

想想你在伦敦，他对自己说。想想这有多棒，想想从现在开始你的生活会有多精彩。但是这个俱乐部实在不怎么样。只是一群穿着光鲜衣服喝得烂醉的人相互炫耀，音乐声太大，听不见任何人说话。

"我给你拿杯酒。"陶德对尼克说。他带着尼克回到桌旁，从那个巨大的瓶子里倒了一杯香槟。

"我是认真的，陶德。"尼克结巴着说，抓着一张椅子保持身体的平衡。他已经醉醺醺的了。"我是首席执行官，"他指着胸口说，"我才是注意力的中心，不是你。"

"我知道，哥们儿。"陶德也喝多了，但不像尼克那么醉，"我是你的边锋，兄弟。我今天只是做后援。这全都是你的演出。你为什么不坐一会儿呢？"陶德毫不在乎地大笑着将尼克拉到沙发，这个首席执行官一碰到沙发，立马脑袋往后倒下，闭上了眼睛。

"他今晚玩得很愉快。"陶德对胡安微笑着说，"你还好吗？"

"很好，"胡安说，"就是四处看看。"

"当然，"陶德说，"很酷的俱乐部，对吧？他们这里经营得真好。"

"确实。"胡安撒谎道。

"你在这儿啊。"一个模特般的女孩拍了拍陶德的肩膀，他将她拉到怀里亲了亲她的嘴，就像他晚餐时跟投资者握手一样随意。

胡安扫视着房间寻找博尔。胡安总觉得他有责任确保每个人都没问题。他看到那个助理在吧台旁，正在跟一个穿着使她的瘦腿显得出奇长的短裤和高跟鞋的女孩说话。他们的脸贴得很近，在天花板射出的紫蓝色光线中发光。

胡安喝着啤酒，观察着。上次博尔去旧金山的时候，室友朱莉跟他上床了。胡安第二天早上在楼下发现这个银行家助理在厨房用胡安的笔记本给手机充电，这才知道。

胡安真是不明白。朱莉那么聪明，她在博尔这样的男人身上找到什么了？他和陶德对女人都太差劲了。也许如果这就是那个有八十二次HOOK见面记录的罗比·古德曼的风格，那他被关起来了也无妨，世界上又少了一个混蛋而已。

胡安看着博尔递给女孩一杯烈酒，他们每个人都喝了一杯，眯着眼品尝着，然后她就倒在他身上，将张开的嘴贴到了他的唇上。

博尔领着女孩回到沙发上，他们开始亲热。胡安在座位上很不舒服地动了下。

已经凌晨三点了。管他呢，他站起身决定离开。

他四处张望着寻找陶德，想问问对方是否想让他带尼克走。

“哟，胡安，”博尔从沙发上叫他，“你知道那些车还在这儿吗？”

女孩轻佻地对着胡安笑，她的眼皮都睁不开了。她已经烂醉了。

“在呢，”胡安说，“我正要回酒店去。你知道她的地址吗？我觉得得有个人送她回家。”

博尔大笑。“她为什么要回家？”他看着那个女孩。“派对才刚刚开始，对吗，宝贝？”

女孩点点头。胡安盯着博尔，他不是开玩笑吧。她已经人事不省了。

“你开玩笑，对吗？”胡安问。

“什么？”博尔指了指自己的耳朵大喊，“不好意思——音乐声实在太大了。”

胡安在女孩旁边坐下，坐在博尔对面。“你叫什么名字？”

“菲奥娜。”女孩微笑着说。她向前倒下亲吻胡安。他推开她往后坐直。“你住在哪儿，菲奥娜？”

“停。”博尔说着将胡安推开。他友善的蓝眼睛因为喝多了已经变了。“她要跟我走。”博尔将女孩拉起来，他们往门外走去。

“你在干什么？”胡安跟着他到门外。

“不要那么天真行吗。”博尔转过身，恢复了他自信的从容，“你以前从来没出去吗？”

“她醉了，博尔，”胡安镇静而坚定地说，“她对发生的事情一无所知。”

“她当然知道，”博尔满不在乎地说，“她整晚都玩得很开心。”

胡安抓住女孩的肩膀。“菲奥娜，你还好吗？”

“是的！”她顽皮地拍着他的肩膀，“我太太太好了！”

“看见了吗？滚开。”博尔说着将他推开。

“你真的很享受这个吗？”

“别管闲事，哥们儿。”博尔嘲笑着他，他喝得有点醉了，踉踉跄跄地打开车门，菲奥娜倒在车里。

“你以为因为你有钱，你就有权做任何事情，是吗？”胡安感到愤怒在沸腾，知道这不只是因为菲奥娜。是对博尔那种随意的愤怒。是对晚餐上那些有钱白人的随意，对俱乐部里的有钱白人，对陶德、尼克和博尔这样的有钱白人。这些人玩弄着像菲奥娜和朱莉这样的女孩，同时骑在那些不能对此漠不关心的人背上来谋取生活。

“瞧瞧即将要赚两亿美元的人说的。”博尔反驳道，四处环顾着寻找司机。

“我不是那种人，”胡安说，“我不像你。”

“你会的。”博尔微笑着。

“我努力工作。你什么都没做过。”胡安说。

“你可不知道。”

“你走到今天这一步只是因为你的父母。”胡安紧追不放。

“而你走到今天这一步，只是因为平权法案。”

“你说什么？”胡安脸色大变，血液正冲向紧绷的肌肉。

“你的教育，你的工作——不是因为你工作努力，这跟我得到拉赛西尔的职位是因为我工作‘努力’没什么区别。是因为你是一个来自捐助项目的可怜的墨西哥人，每个人都为你感到抱歉。他们给你教育和工作让自己心安理得，就像人们给我一切是为了从我爸那儿拿到好处一样。”博尔说，“我不是说这是你的错，我只是说这就是发生在你我身上的事情。我们没有什么不同，胡安。”

胡安快速出击，握起的拳头正好落在博尔的下巴上。博尔举起手摸了摸嘴唇，看着手指上的血，然后笑了：“除了你依然还有那个拉美脾气，不是吗？”

司机出现了。“你们俩还好吧？”

“没事，”博尔说，眼睛仍然盯着胡安，“我正要回里面去。”他擦身而过，拍了拍胡安的肩膀，“如果你实在想要，我就让给你。再找一个很容易，多亏了你的好应用。早上再见，兄弟。”

胡安站了一会儿，气得冒烟。

“你没事吧？”司机问。

他的声音将胡安拉回现实。“没事。我们得把这个女孩送回家，”胡安对他说，“然后回酒店。”

“你确定你要把她一个人留下？”司机看着后座上昏过去的菲奥娜。

胡安犹豫了下，然后摇摇头。“那就回四季酒店吧，”他说，“她可以跟我待在一起。”

车驶过伦敦空空的街道，外面下起了蒙蒙细雨，胡安看着窗外，感到了自己与外界的隔离。他还没游览过这个城市，还没认识这里的任何人，这样也算到过伦敦吗?

他们回到酒店，胡安把菲奥娜扶下车，让她的胳膊搂住他，拖着她的长腿走向电梯。

“就快到了。”他对女孩说，她点头微笑。

“今晚太太太好玩了，”她拖着脚磕磕绊绊地走着，“哪儿——”她开口，然后又闭上了眼睛，头靠在胡安的肩膀上。

到了四层，电梯门打开，看到尼哈穿着宽松长运动裤和T恤准备走进来，胡安眨了眨眼。

“哦，”这个分析员说，“我——”她看着地板，“我等下一趟。”

“不用。”胡安伸出手拦住电梯门，“不是看起来的那么回事。她……”他看着怀里的女孩，“说起来太长了。我只是要把她安顿到床上去。”

“好。”尼哈不太相信地说，但她还是迈进了电梯。

“你在干什么？”他问。

“睡不着，”她说，“四层有个休息室。我刚刚一直在忙工作。”

电梯门开了，他们一起走出电梯。

“我能帮忙吗？”尼哈看着女孩说。

“我觉得我没问题，”胡安说，接着意识到他确实需要，于是补充道，“但是有个伴儿更好。”

“当然，”她说，“反正我一时半会儿也不睡觉。”

回到房间，胡安让菲奥娜坐在床上，她一侧身就倒在枕头上。胡安拉她起来让她喝了水，然后她钻到被子里。

“我猜我得睡沙发了。”胡安耸耸肩，对尼哈说。他一直盼望着能睡在那张床上——他从来没有住过这么好的酒店。

“发生了什么？”

“博尔不停地给她灌酒。”

“呀。”尼哈说。

“你信任博尔吗？”胡安问。

“他倒不坏，”尼哈说，“我的意思是，他不怎么工作，但是我觉得他人还算好。”

胡安观察着尼哈。像她这样的女孩怎么能够一直待在博尔和陶德这样的男人身边呢？他们是怎么对待她的？

“你有没有想过我们可能正促成一些坏事？”他问她。

“什么意思？”

“就是，今晚。”他犹豫着，“我们拼命工作让他们变得富有的男人。我只是怀疑我们是否在给一个糟糕的系统输入养分。”

“你只要记住财富向下渗漏，”尼哈说，“你可能不喜欢那些男人，但是他们投资，然后发展经济，而更强大的经济体系能帮助每个人。这给了你我这样的人这种机会。”她指着周围提醒他们身处的地方：两个在贫穷中长大的移民孩子，现在正在伦敦的一家四季酒店里。

“但你有没有想过这也许会导致其他后果，”他说，“除了金钱外？”

“我觉得资本市场很有效，因此久而久之它们会解决任何后果。”

“那究竟是什么意思？”胡安问，不再假装自己了解金融术语。

“这表示市场一直在改变，以应对供需关系。如果最后出现某种后果，一旦有足够的需求来对抗，就会有人前来抓住这个机会，纠正低效率，赚取利益。”

“那道德怎么办？”胡安问。

“如果人们对正确的事情有足够的需求，市场就会创造机会，从而给做正确事情的人回报。”

“我觉得不可能。”他说着摇摇头，“做正确的事情如此不起眼，如此个人化，永远不会创造足够的集体需求来强迫市场行动。我的意思是，带这个女孩回家对我来说没有任何回报，博尔也不会因为不在乎而得到惩罚，”胡安感到双颊发烫，“你知道他居然胆敢说我们是同一类人吗？说得好像我会对某个人置之不理让他们自生自灭一样，而我——”

胡安停下来。罗比·古德曼的脸在他眼前闪过。“他妈的。”他轻声说。

“什么？”

“我得给你看点东西。”他听到自己说，接着将手伸向电脑。你在干什么？大脑向他尖叫着。你决定不对任何人说出任何事情了。

“这是什么？”当她看到屏幕上一行又一行的用户信息从胡安从未删除的数据库加载出来时，脸色变得苍白。

“我找到一个将用户隐私信息和我们收集的行为数据匹配的数据库。全在这里——每个人自注册以来的所有数据。”

“你们不应该这么做。”尼哈说，“根据隐私政策，你们必须隐藏身份——”

“我知道，但这不是重点，”胡安说着键入凯莉的名字，“你知道那个叫凯莉·雅各布森的女孩吗？”

“知道。”尼哈谨慎地说。

“她死的时候登录了应用。”他指着屏幕的资料，“而罗比·古德曼，”他说着指向凯莉因过量毒品致死那晚宿舍地图上的三个点，“也在上面。但是他没跟她在一起。他在隔壁。”

尼哈的胸口起伏着，她将目光从屏幕上移开，转向胡安。

他的眉头几周以来第一次舒展开来，坦白移走了他脑袋里的一块石头。他才不像博尔，他关心发生在人们身上的事情。

“你为什么给我看这个？”尼哈突然怒气冲冲地说。她的声音又生气又受伤。

“我以为——”他开口，被她的反应弄得猝不及防。

她从电脑后退，对着电脑摇头，好像她能让它消失一样。“你得删掉它。”她果断地说，“没人能知道这个。你本不应该告诉我。”

“但是——”

“这会毁了一切，胡安。你必须删掉它。”她更加坚定地说。

“但是罗比怎么办？”胡安说，“要是他——”

“你怎么办？”她打断他，“如果这个被曝光，上市不成功，你就又会变回无名氏。”

“但我不是唯一一个——”

“太多的人指望着这个，胡安，”尼哈说，“让法律系统决定罗比是否有罪，这不值得让这笔交易冒险。”

“尼哈，”胡安说，“我们拥有信息可以——”

“毁掉你，”她说，“而你，”她搜寻着正确的词，“你必须成功，”她果断地说，“如果你赚了两亿建立一个社区中心，你会改变那么多人的人生，胡安。这个机会只有你有，其他人都没有。”

她看着他的眼睛，他知道她是对的，但是感觉不太对。

“但是罗比——”

“不是他，就是你，胡安。跟罗比不同的是，如果你成功了，你就会赢过像博尔、陶德和尼克那样的男人，以及晚餐时的所有那些男人。”她说，“我知道你不喜欢这个系统，但是你没法通过拯救罗比来改变它。只要坚持久一点，你就会成为制定新规则的人。”

Chapter 10

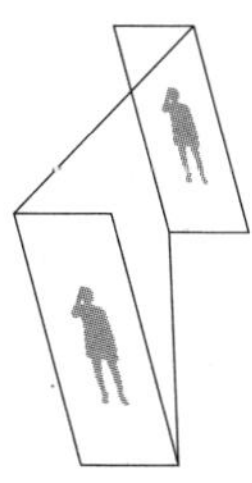

第十章

陶德

星期五，五月九日；纽约市，纽约州

卡勒姆·雷斯他妈的在这里做什么？

午餐会议只有受邀请才能参加，卡勒姆肯定不在邀请之列。看到卡勒姆这样的男人总是凌驾于规则之上，陶德心生厌恶。

陶德为这笔交易累死累活，卡勒姆却只是将此当成某个上床的平台。没出息的失败者。卡勒姆是个亿万富翁，如果他要对路易莎·勒梅不忠，至少可以去骚扰伊比沙岛某个沙滩上的超模，犯不着跨过大西洋，跟着塔拉这样的女孩参加投资者会议。这让陶德恼火，要是他有机会的话，肯定能更好地利用卡勒姆的财富和地位。

一旦有机会，陶德对自己说。欧洲路演是一场逃跑式的成功。他们昨晚从日内瓦飞回来开始美国路演，这意味着还剩下一周时间HOOK就会上市，陶德将巩固他作为顶级交易员的地位。

安东尼·凡·莱温打断了陶德的神游。安东尼是个大A级分析师，这表示他调查各大公司并发布关于投资者是否应该购买这些公司的股份的意见。跟尼哈这种小A级分析员，也就是入门级数据猴子不同，大A级分析师的意见很重要，尤其是那些以总发表正确意见闻名的分析师，比如安东尼。

“尼克，我们能认真讨论一下这件事的风险吗？”安东尼皱起眉头，声音狂傲。陶德在椅子里动了下。

“当然。”尼克翻阅着投在屏幕上的演示文稿，“你可能记得第十七张幻灯片说过，我们商业模式的最大风险是——”

“我不是说商业风险，我说的是安全风险，”安东尼说，“对这些公司我永远都不明白的就是，为什么没有更深入地讨论地点跟踪功能。你们的服务器肯定有数量多得惊人的个人信息——人们都去了哪里，跟谁在一起。你打算怎么处理那些数据？”

“首先，我们是以不可识别的方式跟踪活动的，这样用户能够感到他们的隐私是安全的。而且，我们搜集完我们认为必要的用于改善应用功能和整体用户体验的统计数据后，就会删除所有的活动日志。”

“但是，也许你们会想保留数据，”安东尼说，“那些信息对广告商、厂商、政府以及很多富人来说很有价值。你们的隐私政策相当模糊不清，用户如何对不可识别他们的行为保持信心呢？他们怎么知道你们不会出售这些数据，尤其是这笔交易后你们仍然没有盈利模式，依然承受着公众收益预期的压力时？”

陶德听傻了。安东尼在干吗？炫耀？

“我完全能够处理压力，而不用 ——”尼克开口道。

“不要这么矫情，安东尼。”坐在陶德旁的塔拉打断道，她的声音带着蔑视，“你对脸书的行情看涨，他们拥有完全相同的功能。每个应用都这么做——优步、四方和谷歌地图都能做同样的事情，但那并没有使用户停止下载他们的应用，或者阻止投资者去买他们的股票。”

“你不觉得 HOOK 的情况不同吗，鉴于你们收集的信息具有极度隐私的特质？”

“你觉得多少男人在试图跟女人上床时会考虑隐私政策？”塔拉问。整个房间的人都开始傻笑。“如果会，我认为人们愿意冒更多险来追逐异性。”

陶德瞥了一眼卡勒姆，他的嘴唇弯起一道自豪的微笑，但是塔拉的目光非常严肃地锁定在安东尼身上，挫败他的傲气。

“我会记住这个。”分析师严肃地说，鼻孔微微张开。

尼克圆满回答了其他几个问题，接着房间里的男人们开始收拾，准备回办公室。他们还能休息三个小时，然后就要参加一个鸡尾酒会以及另一个有更多纽约顶级投资者参加的晚餐会议。再之后，就是回办公室回邮件，更新模型，接着明天飞去波士顿，再接着去费城、芝加哥、旧金山和帕罗阿洛托参加更多的鸡尾酒会和晚餐。

“你准备走了吗？”塔拉说，一边收拾着物品。

“你不跟男朋友调个情？”他嘲弄道。

“不。”她说，然后朝门口走去。

陶德瞥了一眼卡勒姆，他正在跟另一个投资者谈话，然后又回头看塔拉，但是她已经走了。

“他告诉你了？”他们迈进电梯时他问道，突然意识到她可能知道路易莎了。

“什么？”她看着他，然后摇摇头，“我不想讨论这事。”

他们在电梯里沉默无语。

“我们为什么从没约过会？”他问道，不太确定为什么。

“什么？”她抬起头。

她脸上惊讶的表情让他意识到自己的惊讶，他感到双颊发烫。“我真的很喜欢你，”他说，又很快补充道，“大学的时候，我是说。”

“那是很久之前了，”她说，“而且永远也不可能成功。”

陶德感到自己的脊柱防御性地挺直了。“本来可以的。”

“好吧，是的。”她翻了翻白眼，这时电梯门开了。

“我是认真的。”他说，飞快地跟上她的步伐，他们往外走向第五十街。“我本可以是个很好的男朋友。”

“哪种意义上？”她大笑。

“塔拉！”卡勒姆的声音打断了他们，“塔拉，等等。”

她继续走着。卡勒姆很快跟上，抓住了她的胳膊。

“怎么？”她厉声问，在人行道中间停下来。

“我们可以谈一谈吗？”

“没什么可谈的。”

“哦，我非常不同意你的看法。”他带着英国口音央求道。陶德看到一辆出租车停下让乘客下车，连忙抬手招呼。

“如果你没有留意的话，我挺忙的。”她说。

“塔拉，你准备好了吗？”陶德打断道，为她扶着打开的出租车门。

“我一路飞到这里。我们能不能谈谈？”

“塔拉？”陶德无视卡勒姆问道。真是个讨厌鬼。

塔拉依然看着这个老男人，目光里混合着愤怒和感情。

“塔拉？”他再一次问道。

“我会跟你在办公室会合。”她说，终于意识到他的存在。

“但是我们得——”

“我会跟你在办公室会合。”她坚定地重复道。

陶德张开嘴正要抗议，但最终迅速钻进出租车。他嘲笑地说：“随便吧。”

他回到拉赛西尔，但是无法集中注意力。“去他妈的。”他终于对着 Excel 表格大骂。

十分钟后，陶德打开了昼夜平分健身房的门，但他平生第一次没有看那些盯着他上楼的人。

“我还以为你找到新教练了。”摩根说，在前台向他打招呼。见陶德没有搭理她的笑话时，她叹了口气。“出什么事了？”

“什么？”他问，“哦，没事。你有空吗？”

她看了眼手表：“我还有一个小时。”

“我也是。”他说着走去更衣室换衣服。

她领他到跑步机那儿，他很卖力地跑，额头很快就出汗了。

接着他在长凳上躺下，推举比平时多二十磅的重量，好像这不算什么似的。每推举一次，他就发出一声咕哝，摩根鼓励着他。

“你想谈谈吗？”摩根终于问道。

“谈什么？”

“困扰你的任何事情。”

“你为什么觉得有事情困扰我？”

“你没有数有多少女孩在看你。”

陶德举起把杆瞪着眼。“我才不数那个。”她真的注意到他以前数那个？

“好吧，”她说，“就像没有什么在困扰你一样。”

“你为什么是同性恋？”他不清楚为什么问这个。

“因为我爱我的女朋友。”

“你真的一点都不喜欢男人？”

“不是啊，我很喜欢男人。我是双性恋。”

“那为什么找女朋友？如果你两者都喜欢的话，为什么不跟男人在一起，让生活更轻松点？”

“社交生活轻松点，那是当然，”她说，“但是住一起更轻松？”她摇了摇头，“我找不到哪个男人拥有我想要的东西。”

“你想要什么？”

“我猜我想要一个人来照顾我。”她小心翼翼地说。

“你很火辣。你能找到一个男人来照顾你。”

“我不是说金钱，”她说，“我是说情感上。我想要情感上的安全，我从来没有在纽约发现这样的男孩。”

“你和很多人约过会吗？”

“是的，”她说，“但一切总是回到性，回到社会地位，回到工作。

之所以会这样，是因为人们总在想是否还有更好的选择。”她说，“我理解，我也曾这样，但是到了某个时刻，你想要的只是——”她寻找着词语，“一个真正的伴侣。”

陶德跟着她到垫子上坐下，认真地思考着。摩根捡起一个健身球扔向陶德，他向上卷腹接住。

“我可以成为一个好伴侣。”他边向后卷腹边说道，然后向前卷腹将球扔回给她。他好好照顾了睡过的所有女人，他从不对她们撒谎或者假装自己是个什么实际上不存在的大人物。他一直很诚实，给她们买酒，确保她们第二天回家。除了他在酒吧喝醉时遇到的那些，但那是不同的。

摩根大笑，将球扔回给他。

“怎么？”他接住球。为什么她和塔拉都对他不屑一顾？

“你差不多能坚持一周。”她说。

“你怎么知道？”

“因为我知道像你这样的男人。”

“像我这样的男人是什么样的？”

“太迷恋于一组肌肉群，”她说，“你就像健身房里那个爱上自己的腹肌，因此只做卷腹直到练出六块腹肌的男人。”

“谢谢你。”陶德在卷腹中途停下，对她的恭维傻笑，然后将球掷回给她。

“只可惜那是你唯一练过的肌肉群。”她将球扔回给他，“你让其他肌肉都变得虚弱，然后有一天你意识到你的鞋带松了，但是你却没有练过必要的肌肉弯腰系鞋带，因为你只练过腹肌。然后你绊倒了受伤了，以为你不应该弯下腰，但是其实你需要的只是别再把所有时间都花在卷腹上，稍微练一下拉伸。”

陶德看着她，观察着她的脸。

“不好意思，”她说，“很长的类比。”

“你想说我太一门心思扑在工作上。想说我老是在工作，缺少恋爱关系。”

“不是，”她说，“你太迷恋你的性优势。”

“继续。”他自豪地说。

“你迷恋自己吸引女人以及跟女人发生性关系的能力。”她说，“因此你只做这个，玩弄着这种游戏，反反复复锻炼那块肌肉，从不考虑成为一个好伴侣需要的力量或柔韧性。它们是不同的体育运动。”

“从生物学的角度，”陶德说，“人类是性生物。我控制不了自己的构造。”

“那你就是还没进化到适合一段恋爱关系的地步。”她坚定地说。

他耸耸肩。“这重要吗？如果我没有进化到能去做这个，也许我没有进化到需要这个。我可以只是开心地做我的卷腹。”他把球扔回给她。

“不是，到了某个时候，你的肌肉就会变得不太敏感，让你从卷腹中得不到任何满足。”她说。

“什么？”陶德接住球，脸红了。

“一开始你会以为这是你对同一个女人厌烦了，所以你就只跟每个女人睡一次。”她接住球然后扔回去，“然后你会开始在做爱时想着色情片，这样你才能高潮……”扔出去，接住，卷腹，“接着所有这些都不起作用了，你会躺在垫子上看着其他人锻炼，你会想也许你应该试试他们正在做的，但是你不知道怎么做。接着你要么就吞下骄傲开始锻炼其他肌肉，要么就变得非常痛苦。”她耸耸肩，“不管是哪个女孩拒绝了你，她都足够成熟，认识到你没有锻炼那些新肌肉需要的耐力，要么她就是没有耐心等你尝试。”她扔出球，他抓住了球但没有扔回去。

他将健身球紧抓在手里时，能感觉到腹肌在发烫。“我可没说任何关于女孩的事。”

“但很显然有这么一个。”

他大口呼吸。他才不在乎塔拉呢。

他们沉默地完成了训练，陶德去更衣室淋浴。他穿着西装系着领带出来时，摩根正等着他。

“不好意思，”她说，“我刚才忘乎所以了。”

“不用担心，”他说，“你只是误会了。”

“你是对的，”她说，“我是说，我根本不了解你。我不应该那么假设，只是因为……”她顿住，“对不起。”

“我接受你的道歉。”他不带微笑地说，递给她一张两百美元的支票，然后走出门外。他也不在乎她。

塔拉

星期五，五月九日；纽约市，纽约州

“我实在没时间跟你谈话。”塔拉说。

“你下一场会议六点才开始。”卡勒姆提醒她。

他说着倾过身子，将一只手放在她的胳膊上。

“那我就没有精力。”她说着躲开了他的触摸，“我累死了。”过去四天，她总共睡了不到三小时，而且开始忙这笔交易后，她就没睡过一个整整八小时的觉。她一直坚持打起精神，但是现在，伦敦的那晚把她弄垮了，就像在马拉松最后一英里时有人给了她一百磅的负重似的。

“我的酒店就在这里。”他指着身后的半岛酒店说。

“我不想跟你睡觉。”她迅速说道。

“我也不想跟你睡觉。”他生硬地回绝，“我想让你拿着我的钥匙去打个盹儿。”

“为什么？”

“因为你说你累死了。”

“好吧。”她说。他是对的，现在去打个盹儿对她来说比什么都好，而且半岛酒店的豪华大床比拉赛西尔小房间的折叠床更舒服。

但是当他跟着她回到酒店套房的卧室时，她的焦虑又回来了：“你在做什么？”

“给你拿件T恤，”他说着，从衣橱里拿出一件T恤递给她，“镇定。”

“谢谢。”她接过他手里的T恤。

“你希望我什么时候叫醒你？”

“我会设置手机闹铃。”

“好的。好好睡一觉。”他说着关上了门。

塔拉对着关上的门眨了眨眼，强迫自己放慢心跳。“冷静。”她轻声对自己说。过去两天里，她一直试图忘记他对她那条路的评价，他错了，毫无疑问。一切都在她掌控下，而且她正朝着自己期望的方向走。她现在拥有的生活可能不完美，但至少在她的掌控下。

她脱下衣服，将西装挂在衣橱里。她感到了床单带来的愉悦，凉爽清新的床单贴着她的肌肤，然后她进入了深度睡眠。

她在去波士顿的飞机上，穿着西装，头靠在窗上睡着了。她最小的妹妹阿比盖尔还是八岁，坐在她身旁，穿着自己最喜欢的黄色睡衣，泰迪熊放在妹妹的膝盖上。阿比盖尔拉着塔拉的衣袖叫醒她。她指着膝盖上打开的芭比涂色书，递给塔拉一支铅笔。

阿比盖尔指着一张新娘芭比的图片，她用淡粉色涂了芭比的裙子。“那是莉丝贝思。”阿比盖尔说，塔拉同意，记起来第二天是另一个妹妹的婚礼，忘记了她不会去参加的事实。她向阿比盖尔点头，轻抚着小妹妹婴儿般柔软的头发，手指划过别在一侧的发夹。

“那是我。”阿比盖尔指着足球队芭比说，塔拉点头，记起来在死去之前，阿比那个夏天每天都坚持要穿足球运动衫，在房间里到处跑。

塔拉看着涂色书里右边那页，指着业务主管芭比。“这是我。”她告诉阿比盖尔。

但是阿比盖尔摇了摇头，翻着页寻找另一张图片。塔拉耐心地将女孩的小手抓在她手里，指引着她回到那张图，但是阿比盖尔生气了，摇了摇头，翻页翻得更快了。“停。”塔拉轻声说，可女孩还是不停地翻页，而且越来越快，书都快被撕烂了。“停下来。”塔拉更加坚定地说，感到自己在生气。但是阿比盖尔就是不肯停下来。塔拉抓住她的手腕，紧紧地握着让她冷静下来。但是接着塔拉不停地挤啊，挤啊，挤啊，直到她感觉女孩瘦小的骨头被她捏碎了。

“塔拉？”

她被摇醒，飞快地眨了眨眼。“什——”她开口道，然后记起来自己在半岛酒店，正在会议之间打盹儿，摇醒她的男人是卡勒姆，这是他的房间，她穿着他的T恤。

“快一点了，”他说，“我想应该叫醒你。”

“哦。”她说着撑起身子，记起来发生了什么，“我忘了设闹铃了。”

“你还好吧？”

“嗯。”她能感到心跳得厉害，“只是做了个噩梦。”

“你想谈谈吗？”

她摇了摇头。

“那我让你换衣服。”他说着，转身往门口走去。

“我妹妹的死是我的错。”

卡勒姆转过身。她不知道她为什么说出来。

“什么？”

“我是她的骨髓配对。”

她看着修过指甲的手撑在每晚千元的套房里千元级大床上价值数千元的床单上，她什么都没做过，不配拥有这些。

“发生了什么？”

她摇了摇头，好像这样就能甩掉那些泛滥的画面：医院，针头，医生宣布移植手术不成功，妈妈开始哭泣，因为他们寄予了那么多希望的女儿塔拉让他们失望了。

卡勒姆走到床边，她跌入他的怀里，呜咽声像海浪一样涌上来。他用胸膛支撑着她，她不停地哭泣，这是自她记事起第一次这样哭。他什么都没说：没有告诉她别哭，也没试图说服她那不是她的错。他只是抱着她。当她止住哭泣，他们只是坐在那里，什么都没说。

“我得走了。”她终于打破了沉默。

他点点头，捧起她的脸，用手指抚摸她的眼睛下方。“你需要重新刷下睫毛膏。”他微笑着说。

“完了。”她对自己挤出一丝嘲笑，“有多糟糕？”她知道自己看起来很恐怖。

“你可以成为一只非常漂亮的浣熊，”他微笑着说，“去换衣服吧。我给你叫辆车。”他说着走向门口。

塔拉在上菜之前就从晚餐会议溜了出来，这样她就能回到办公室，回复那天下午发过来的所有邀请。她从尼哈那儿要了粒安非他命，将阿比盖尔赶出脑海，集中精力到鸡尾酒会演示文稿上。幸亏德尔弗里斯科的灯光很暗，没有人注意到她布满血丝的眼睛。陶德对她很生气，但是她才不管，他爱怎么想就怎么想吧。

她的手机嗡嗡直响，提示她有新短信。

多么希望你在这里。希望一切都顺利。很爱你。

塔拉感到心头一震。短信里还附上了一张妹妹莉丝贝思和未婚夫在塔拉缺席的预演晚餐会上微笑的照片，他们在相机前捧着一块蛋糕，上面写着“给塔拉”。

她在街上停下脚步，抑制住感情。莉丝贝思是怎么看她的？还有卡勒姆会怎么看她？既然他见过她最糟糕的状况。塔拉突然跳出圈外审视自己，为这笔交易缺席妹妹的婚礼并没有让她看起来十分重要，只是让她看起来有点可悲。

她将手机放回口袋里，摇了摇头重新集中注意力。工作，她对自己说。如果她要做出这些牺牲来实现野心勃勃的事业道路，她非常肯定她必须好好做。

“交易进行得怎么样？”

塔拉顺着声音抬起头——莉莉安·杜马斯，在她责备塔拉偷了HOOK 交易后，塔拉一直避免和她碰面。现在这位美丽动人的资深同事正站在桌子旁边，薄薄的嘴唇微笑着。

“嘿，莉莉安。”塔拉说，注意力重新回到电脑上，希望她能看到暗示走开。

“不是那么容易，是吗？”这个女人的声音紧逼不放，“承受压力交付这么大的交易？”

“还好。”塔拉说。

“尤其是陶德把所有工作都交给你。”莉莉安啧啧地说，“我们现在可算知道谁在利用谁了。”

“你还在这里做什么呢？”塔拉试图让声音保持沉着。

“我在等布拉德，他还在办公室工作，有个跟亚洲方面的电话。我们要去博纳丁餐厅。今天是我们的纪念日。”

“恭喜。”塔拉没有从屏幕上抬头。

“你真的应该找个男朋友，塔拉。”莉莉安说。

“也许交易完成后。”

“我是说，你这个年纪，你真的不想成为那种周五晚上还在加班的女孩。”

塔拉大脑一热，没能控制住就脱口而出：“因为我更愿意成为那个当未婚夫给亚洲打电话时待在办公室消磨时间的人？这很可能只是掩饰他跟秘书乱搞的托词。”

她看着莉莉安的双颊变得通红，但是没有停下来，“这样我就可以对一个毫不关心的后辈吹嘘自己要去米其林餐馆，点一份调味汁放在一旁的沙拉，然后吐掉刚吃下的食物？这样我就可以保持他做爱时甚至都不享受的双零号身材？”

莉莉安目瞪口呆，脸色苍白。“什么？”她尖叫道，“你想道歉吗，在我——”

“莉莉安，你知道吗？我真的不想道歉。而且现在我仔细想了想，我真的根本不想把星期五的晚上浪费在这里。”

她抓起那天早上落地后还没机会带回家的手提箱，就这样离开了。塔拉没有意识到，甚至完全不知道自己在做什么或者这种行为可能带来怎样的后果，只是在离开大楼拦下一辆出租车时，试图保持静脉中流淌的那种自由的感觉。

“我要去肯纳邦克港，”她对机票柜台的代理说，“明天中午之前到。”

“九点五十分最后一班直飞波特兰的机票已经售罄，但是我能给你明天早上十一点五分的航班。”

“太晚了，”她说，“波士顿呢？我会租辆车。”

“有趟航班三十分钟内起飞。”代理抬头看塔拉，“你有行李要托运吗？”

“没有。”塔拉指着手提箱，将信用卡递给代理，“我要这趟航班。”

将近早上六点，塔拉抵达了酒店，然后一直沉沉睡到中午。她起床淋浴穿好衣服，然后敲开了蜜月套房的门。莉丝贝思打开门时，正在对伴娘之一说的话大笑，她的脸上洋溢着幸福。看到塔拉时她愣了一下，然后抱着塔拉，一边笑一边开始流眼泪。

“不要哭了，”她刮着妹妹的鼻子说，“照相的时候眼睛肿了我可不负责。”

“我只是太高兴你来了。”莉丝贝思又笑又哭。

“我真的很抱歉，我曾经——”

“不要说了。”莉丝贝思抓着她的手说。

三个小时后，新郎吻着新娘，太阳在大海背后落下。

塔拉看着莉丝贝思和她的新婚丈夫在舞池里旋转，意识到妹妹的喜悦反衬出自己的缺乏。她喝了一口葡萄酒，对自己发誓要改变。

胡安

星期五，五月九日；纽约市，纽约州

博尔还没有为伦敦那晚的争吵道歉。尼克对那晚没有任何印象，陶德只知道顽皮地取笑博尔没有搞定菲奥娜。胡安简直不敢相信。

他不知道为什么在伦敦时要给尼哈看数据库，或者为什么他期待她认为他们应该说出去。她就像房间里的那些男人，只关心这笔交易进展顺利，这样她就能升职，拿到薪水。她对他想成为某种英雄划定的界限只是这样，就像银行家划定的其他所有界限一样，只是为了让人们相信他们希望别人相信的一切，这样人们就会做他们希望的任何事情。

胡安从餐馆的盥洗室出来，发现尼哈在等他。

“你删除了吗？”她轻声说。

“没有，尼哈。”他很烦恼地说，“我没有。”

“但是你听到午餐会议上那个男人说的了，”她跳着步子跟上他，“要是——”

“他不会发现的，好吗？”

“不是，”她说，“要是他说的是对的呢？要是尼克出售数据呢？”

胡安停下脚步，转身面对她。她的眼睑在镜片后浮肿着，下面的眼袋使眼睛下垂。不过，她的皮肤白皙了，而且她为路演买了套新西服，看上去不再像是从她祖母那儿借的。

“他不会的，”他说，“他以为已经没了。而且你听到塔拉说的了，每个应用都有这类信息。这没什么大不了。”

“你能至少找出另一个用户是谁吗？和凯莉在一起的那个人？”

“你为什么突然关心起这件事来？不用支持那些有钱人来保住工作往上爬吗？”

“我没有得到升职。”她说。

“什么？”

“他们今天发了通知邮件。我没有得到升职。”

“这太荒唐了。不可能有人比你更努力。”

“这不重要。你得找出另一个用户是谁。”

“路径损坏了，”他说，“这不现实。”

“你是硅谷最好的科技公司里最好的程序员。你跟我说你解决不了这个问题？”

“我不想知道，尼哈，而且我不打算说出去，”他说，“我只想让这一切结束，这样我就可以拿到钱，不必再跟这些人中的任何一个打交道。”

“我不相信。”

“为什么不？”

“因为如果你是这么想的，你早就删除数据库了。”

“我们得回到里面去。”他说着经过她走向餐厅，没有理会她的观点。

尼克

星期六，五月十日；纽约市，纽约州

事实证明，美国投资者比欧洲的要难应付得多。现在已经过了午夜，纽约方面开了一天会，讨论的全是关于应用市场长期状态的严肃问题，并引发了对整件事情是个泡沫的推想。

不过那是纽约，尼克提醒自己。纽约投资者沉迷于收入和盈利能力。他们意识不到用户数量才是新货币，一家公司只要解决这个问题，就像 HOOK 一样，其他的都是小事一桩。

陶德正在打电话，声音很严肃。“你知道如果他这么做的话，会发生什么。你得跟他谈谈，让他别这么干。”

“发生什么了？”尼克不出声地对陶德说，后者竖起一只手指。

“去你妈的，汤姆。我得走了。”陶德挂了电话，“他妈的！”他对着车说。

“怎么回事？”

“安东尼·凡·莱温要发表一份负面报告。”

“什么？”

“他将价格目标定为两美元每股，要抢在上市之前发布。”

“两美元？”尼克胸口一紧，“他在开玩笑吗？”

“他在试图为自己寻求关注，”陶德说，“这是扯淡。”

“谁告诉你的？”

“我朋友汤姆。他管理一个基金会，刚刚得到安东尼的建议，现在正在考虑做空头交易。”陶德说，“去他的——他试图毁掉我的交易来创立他的事业。”

“你的交易？”尼克目瞪口呆，“陶德，这是我的公司。如果他发出去那份报告，而且人们听了他的话……”尼克眨了眨眼，头开始眩晕。他们的目标是二十六美元一股。如果价格跌至两美元，他甚至都没有足够的钱偿还他用来行使股权的贷款。

“他们不会的，”陶德说，“他没有任何依据来支持自己的理论。只是他那愚蠢的阴谋论，说什么基于地点的应用都会完蛋。问题是如果像汤姆这样的人站在他那边的话，他对不对都无关紧要。也就是说，我们只要更好地说服他们相信我们的观点。他妈的，我真的不想处理这事。”

车在酒店停下来。

“我要回办公室。”陶德告诉司机。他转向尼克，深吸了一口气。“不要担心，”为了让尼克放心，他平静地说，“我们会解决这个问题的。”

“你们最好能解决。”尼克恼火地说，下车摔上身后的车门。

怎么会发生这种事呢。两美元一股？还有一个对冲基金要卖空交易？尼克没法高兴起来。问题非常紧急，他喝了太多酒，依然余醉未醒，蒂凡尼还是没有试图跟他亲热，没有人赞他的 ins 帖子。他需要一些他能控制的事情。

他在大厅里发现了胡安，于是抓住这个程序员的胳膊。“我能跟你谈谈吗？”

胡安皱了皱眉，但还是跟着他走到酒吧的角落。

“没了，是吗？”尼克严厉地说。

“什么？”

“‘什么’你什么意思？”尼克恼火地轻声说，“第三个数据库。”

胡安低下头。

“你删除了它，按我的指示？”尼克说，又恼火起来。如果首席工程师不遵从他的指示，他该怎么运营公司？

胡安摇摇头。“我发现了一些东西。”

“什么？”

“凯莉·雅各布森死的时候登录了应用。”

尼克喉咙变紧。这不重要。很多名人都在 HOOK 上。“你查了用户信息？”

胡安点点头。

“你有没有想过，如果人们发现一个 HOOK 的工程师在查看个人用户的信息会发生什么？”尼克的声音越来越气愤。安东尼·凡·莱温威胁要发布基于阴谋论的负面报告，如果他知道程序员的确在偷窥用户隐私，他会怎么说？

“我不知道该怎么办。”胡安说，“我认为凯莉——”

尼克能感到胸口开始收紧。他不能呼吸了。他贷了款。他开始有了公共声誉。他跟格蕾丝分手了。胡安的嘴唇还在动，疯狂地说着话，但是尼克分辨不出胡安在说什么。

“……所以我认为罗比·古德曼是……”

“你被解雇了。”尼克听到自己说。

胡安愣住了，嘴巴半张着。“什么？”

“你被解雇了。”尼克更加自信地重复道，神经重新镇定下来。

“你在说什么呢？”胡安问道，好像尼克疯了似的。

但是尼克没有疯。他重新掌控了大局，重新平衡下来，工程师的轻率傲慢让他更加确定了自己的决定。“你签署了保密协议，声明你会对看到的数据保密，但是你给菲尔·道尔顿展示数据库已经违反了协议。这是第一次。现在你查看用户信息违反了用户隐私。”

“尼克，我——”

“我不能让这样的人为我工作。”

“但是我发现的……”胡安的眼睛睁得老大，“这意味着——”

“我会让蒂凡尼给你订一张回加利福尼亚的机票，我们会支付你整年的薪水。你可以保留任何已经行使的期权。”

“我还没有行使任何期权。”胡安脸色苍白，惊慌失措。

尼克扬起眉头。“你在开玩笑。”

“我在等着上市，然后出售足够的……”

尼克摇了摇头，不敢相信地大笑。“你本应该更有责任感。”

“我——”

尼克低头看着胡安拿着的电脑包，抢了过来。“我需要这个。”

“你真的要解雇我？”胡安难以置信地问。

尼克挺直了腰板。实际上这样很好。如果胡安还没有行使期权的话，就意味着等值两亿的股票回到了锅里。

他伸出手，想起在哈佛商学院学到的解雇员工时该表现的礼节。“胡安，跟你工作一直很愉快。我很抱歉我们得这样结束，但是我希望你一切都好。”

胡安

星期六，五月十日；纽约市，纽约州

“胡安！”尼哈叫道，“胡安，等等！”她抓住他的胳膊，“胡安，发生什么事情了？”

胡安摇了摇头，继续快步走出酒店。

“胡安，停！你去哪儿？”

胡安没有停下来。

“你跟尼克说什么了？你告诉他了？”她趔趄地跟上。

“是的。”他说。

“然后呢？他说了什么？”

“他解雇了我。”

“什么？”尼哈停下来。胡安又走了一步，然后也停下来，闭上眼睛，感觉胸口起伏不定。“尼克解雇了你？”尼哈轻声地重复道。

胡安头垂下来。“该死，尼哈。”

再也不会有社区中心了。妈妈不会拥有新房子。还有谁会雇用他呢？尼克会变得富有，陶德会变得富有，会议上穿着西装的所有男人都会变得更富有，他会继续一无所有，就像尼哈说的。他们赢了。

尼哈跟上他，站在他面前，直直地看着他的眼睛。“你打算怎么办？”她轻声问。

“你能帮我拿到一台拉赛西尔的电脑吗？”他问尼哈，“尼克拿走了我的。”

她点点头。

尼哈用了自己的安全胸卡，她看了眼电梯，确保里面没人后，把证件递给了他。

“只有员工才能上去。”她解释道。

“我不想让你惹上麻烦。”

她耸耸肩。“我们不要想这个。”

电梯门打开了，尼哈领着他去了一个角落里的会议室。博尔和另一个分析员在他们的电脑旁边，但是他们俩都没有注意到。她将自己的笔记本从包里掏出来，登录，然后递给他。

胡安往前坐着开始敲字。尼哈挨着他坐在桌子旁，看着他扫描着一层又一层的代码，试图弄清楚这个神秘用户的资料损坏是怎么出现的。

“这完全说不通啊。”半小时后，胡安说道。

“什么？”

“凯莉从未跟这个用户配过对，”他眯着眼看着屏幕说，“但是他却能够看到她的完整资料，”他说，“不应该会这样。”

“你是什么意思？”

胡安停住，记起来尼哈自第一个版本后就没有用过HOOK。“这个应用通常运行的方式是显示你附近的人，你跟你喜欢的人‘配对’，如果他们也同意跟你配对的话，你就可以跟他们交流。你可以搜索任何人，查看他们的评级，但是你看不到他们的完整资料，或是他们的位置，除非他们通过与你配对允许你查看。”

胡安更贴近屏幕，然后继续说：“但是系统认为他们在午夜时配对了，即使凯莉的设备本身没有同意。”他回头看着尼哈。“我觉得这是人为侵入，”他总结道，“我觉得有人侵入了系统，所以他们能找到她住的地方。”

尼哈的脸色变得惨白，她身体往前坐起。“找出来是谁。”

胡安继续键入。尼哈的电话响了，但是她没理它。电话又响了一次，她离开房间去接听。

他往后靠在椅子上，盯着屏幕，为什么他想不出办法？快想！他对着大脑尖叫道。

系统关机。

胡安往前坐起，他做了什么？他敲着键盘试图停止重启，感到自己的心跳在加快。但屏幕还是变黑了。他一遍又一遍地按住重启键，变得惊恐不安。

终于，熟悉的电脑配乐响起，他等着HOOK数据库重新加载，仍然屏住呼吸。他呼出一口气，一切都还在。他继续浏览凯莉和她的配对。但是这次当他点击三月六日跟她配对的那个用户的损坏资料时，他发现了一个IP地址，他的心又一紧，他以前怎么没见过那个？

如果他能弄清楚拥有那个IP地址的人是谁，他就能找出谁设置了那个账户。他侵入了几个银行的服务器，发现一个账户的IP地址跟这个神秘用户匹配。他感到大脑轻松下来，滚到银行账户注册的名字：乔治·梅内德斯。

他回到HOOK数据库，键入乔治的名字，然后回到那个未损坏账户的IP地址：是一样的。他点击了乔治的历史记录，配对列表不停加载，然后停在三月六日本应在的位置——路径损坏。

他找到了这个男人。

“你找到了吗？”尼哈问道，她回到了房间。

“等等。”胡安说。他看着乔治的其他配对，心里开始恐慌起来，他们全都在东帕洛阿尔托。

他在谷歌上搜索了乔治·梅内德斯。男人的面部照片出现在屏幕上，那是一张年轻的圆脸，带着疲惫的棕色眼睛。胡安阅读公开犯罪记录：

姓名：乔治·梅内德斯

年龄：26

犯罪史：持有毒品（3/14/03）；持有毒品（10/12/07）

居住地点：东帕洛阿尔托，加利福尼亚

胡安盯着屏幕，手悬停在键盘上。

“什么？”尼哈发现他一动不动，站起来问，“你发现什么了？”

“什么都没有。”他说着切换到另一个界面。

“你发现什么了？”她往他那边倾过身子问道。他将她推开。“什么都没有，”他说，“文件损坏了，我什么都看不到。”

她坐回到椅子上。“你撒谎。”

“没有，我没有撒谎。”他撒谎道，“损坏了。我找不出来。”

“你发现什么了？”她重复道。

“我告诉你了，什么都没有。不管这个人是谁，他比我聪明。”

“胡扯。”她争执道。

“你们两个人他妈的在这里做什么？”陶德·肯特站在门口，脸色通红，“我的天哪，每个人都得失心疯了吗？回去工作，尼哈。还有，塔拉他妈的在哪儿？”

胡安吓得浑身冰凉。他以为陶德会质问他为什么在这里，但是陶德没有，只是气冲冲地离开了。

尼哈没有动，依然盯着他。

“什么？”胡安恼火地问。

她摇了摇头，失望地站起来走了。

她离开房间后，胡安独自坐在电脑旁。他从未见过乔治·梅内德斯，但是他知道这个人，他不是个坏人。他只是一个来自东帕洛阿尔托、从未交过好运的男孩，他加入帮派，因为没有其他社团可以参加，开始毒品交易，因为他没有别的选择。即使他们不将他跟谋杀联系在一起，只要他再因为持有毒品被抓，他们就会将他彻底关起来。

但是媒体会将他与谋杀联系在一起。人们会惊恐万分。他们会筑起墙壁，将东帕洛阿尔托跟帕洛阿尔托其他地方隔离开，雇用胡安妈妈清洁房子的有钱人会用比现在更加怀疑的眼光看她。他没法做任何事情来保护他，至少现在不能，因为他这个工程师已经是过去时了，而且还是因为违反用户隐私被解雇的。

他平静地关上电脑，确定自己的选择是正确的，然后乘电梯下楼，走到街上，走回酒店，诡异地意识到那种平静。他现在比以往更清楚地认识到，即使他离开那里试图成为不一样的人，这个新世界中也没有他的族人，东帕洛阿尔托才有。

最起码他能够确保他们的秘密是安全的。

塔拉

星期日，五月十一日；波士顿，马萨诸塞州

“塔拉！”

她朝着声音的方向转过身，看到尼哈从酒店大厅那头冲过来。

“塔拉！你去哪儿了？”分析员走到她身边说，“我都快要崩溃了。”

“我去参加妹妹的婚礼了，”塔拉没有道歉，从刚刚登记她的酒店员工那儿接下房间钥匙，“一切都好吗？”

莉丝贝思跟塔拉说，如果塔拉需要在婚宴期间离开的话，她可以理解，但是塔拉坚持待到写着“新婚”的婚车离开。现在差不多是凌晨两点了，但是一路畅通，她用破纪录的时间从肯纳邦克港一路开到了波士顿。

“我们得谈谈。”尼哈说，眼睛睁得比平时还要大。她紧张地四处张望，好像她不想让这个空空的大厅听到似的。

“我们去酒吧，”塔拉建议道，“那里会安静点。”

酒吧空空如也，她们坐在角落里的一张桌子旁，塔拉点了一杯健怡可乐，想着不管尼哈要跟她说什么，她都需要通宵保持清醒。

“你记得星期五路演时那个男人说的关于HOOK保留可识别信息的问题吗？”

侍者一离开，尼哈就迫不及待地问。

“记得，安东尼·凡·莱温。”塔拉说，将大脑切换回工作模式，“怎么了？”

“他们保留了，”尼哈说，“他们确实保留了这些信息。”

“他们保留过，”塔拉纠正道，记起瑞秋跟她说过的话，“但是他们停止了，并删除了一切。这就是乔希·哈特离开的原因。”

“没有，他们没有删除。”尼哈说。

塔拉感到喉咙变紧。“你怎么知道？”

“胡安给我看了，”她说，“他找到了第三个数据库，这个数据库将私人信息和收集的活动联系在一起，你能从中看到每个人的历史记录。但这不是全部。”

塔拉等着她。

“胡安查找了凯莉·雅各布森，她死的时候登录了HOOK，她当时跟某个人在一起，但那个用户的资料已经损坏了。胡安星期五晚上侵入数据库后，发现跟她在一起的那个人并不是罗比·古德曼，而是有人侵入了 HOOK 系统，我觉得那个人就是凶手，不是罗比，还有 ——”

“等等，等等，尼哈。”塔拉打断她，大脑飞速运转，试图跟上尼哈的声音。她在椅子上朝前坐起。“等等，尼哈，从头开始。”

Chapter 11

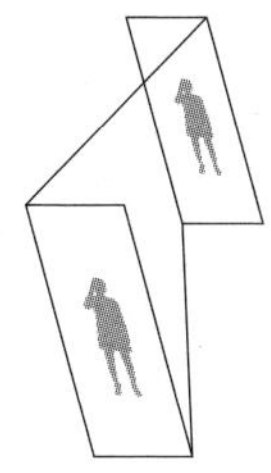

第十一章

尼克

星期日，五月十一日；波士顿，马萨诸塞州

“这就是乔希离开的真正原因吗？”塔拉冷冷地厉声问道，长长的脖子紧绷着。

“你说什么呢？”尼克反驳道。

她将尼克从大厅拉到自己的酒店房间，床单皱巴巴地堆在没整理的床上。

“你为什么没告诉我们第三个数据库的事，尼克？”她断然问道。

“我不知道你指的是什么。”他说。

“不要骗我，尼克。”她咆哮道，一字一句地吐出来。

“就像你跟安东尼·凡·莱温在星期五会议上说的一样，所有应用都能收集用户信息。就像我跟安东尼说的一样，我们以负责的态度使用那些信息。”

尼克还没有告诉任何人，但是他已经决定不像菲尔建议而胡安没有照做的那样，移除第三个数据库或者二十四小时后删除用户活动。安东尼是正确的，这可是信息大金库。公司、广告商和政府会愿意为此支付巨款，这不仅会带来收入流，缓解华尔街对收入的担忧，还会让 HOOK 从一个纯粹的约会应用一举飞跃，进入大数据领域。

正如帕兰提尔帮助银行抓诈骗犯和帮政府抓恐怖分子一样，

HOOK 也能开发和挖掘他们数据集的算法，找到一些模式……一些对某些人……有意义的模式。他还没弄清楚细节，但那是工程师的工作，他只是创造远见的人。

“我想看看你们拥有的数据。”塔拉要求。

“那是违反我们的政策的。”他说。

“我在承销这次上市，尼克。”她的眼睛因恼火睁得很大，“从法律上来讲，我们需要将这样的事情包含在我们的披露中。如果我认为你在隐瞒一些事情，我不会继续做下去。”

“首先，承销上市跟领导一家公司做出重要决定大不相同——”

“别跟我讲你的工作比我的工作更重要，尼克。”她说，“我会去报案，不管有没有你。”

“什么？你为什么要去报案？”

“因为一个女孩死了，一个无辜的孩子就要进监狱，而你知道真正的凶手是谁。”她说着，挥着精心修剪过指甲的双手强调着。

“你在说什么？”

“你真的要否认吗？”她喊道，“我的天哪，尼克！”

“塔拉，我真的不知道你在说什么，”他改变口气，“胡安不过发现那个女孩刚好在 HOOK 上，就像那晚的其他一亿活跃用户一样。这并不表示 HOOK 对此有责任。”

“不对。”塔拉摇了摇头，一绺头发甩到她的脸上，“另一个用户当时跟她在一起，并侵入你们的系统找到了她，这个事实也许应该引起关注，你不觉得吗？”

“什么？”尼克感到自己脸色大变，“这不可能。”

“事实就是如此，”她说，“确实发生了，我们得对此做点什么。”

“你不可能知道发生过那种事，”他安抚自己，“你怎么可能知道？你不是工程师。”

“胡安发现的。”她说，“通过那个你说已经移除的数据库。”

“什么时候？”

“星期五晚上，”她说，“尼哈告诉我的。她当时跟他在一起。”

尼克放松下来，这就说得通了。“胡安已经不是这家公司的员工了，”他说，“他试图找麻烦。”

“什么？”

“我星期五解雇了他。”尼克耸耸肩，“他试图报复我。这不是真的。”

这就是为什么女人在商场上永远不会像男人一样成功，尼克想。她们太戏剧化了，总是会立刻对某件事情，比如胡安找到了荒唐的信息得出最激动人心的结论，而不是静下来想想事情背后的逻辑。

“你为什么解雇他？”塔拉严厉地说，“他是你们最好的工程师。”

“我不能信任他，”尼克说，“现在尤其肯定。”

“他为什么要对这种事情撒谎？”

“因为他没有行使任何股票期权，”尼克狂笑道，“所以他失去了它们。他怀恨在心，打算孤注一掷。”

塔拉的表情像是刚刚目睹了一场惨案。

“好啦。”他伸出一只手放在她的胳膊上，轻笑着缓和情绪。“这是好消息！胡安只是在编故事而已。HOOK 没有任何问题。”

塔拉将胳膊从他牢牢抓着的手中挣脱出来。“你真的要拿走他的所有股份。”她不是在抛出问题，而是在陈述。

“他违反了保密协议。”尼克无辜地说，“我不能让这样的人给我工作，塔拉，尤其在进行这些审查的时候。”

“胡扯。”塔拉厉声说，“你他妈的脑子坏了吗？那孩子累死累活三年，你呢，你轻松地收集着喜达屋点数——”

“我不能改变过去，塔拉，”他说，“我只能从事实中得出结论，事实就是他以不当的方式使用了那个数据库，违反了用户隐私，背叛了我的信任。而结论就是不管他告诉你什么，都不值得相信。”

塔拉咬紧牙，目光呆滞。“他将生命注入这个应用，你却把他踢出去让他自生自灭。”

“他在 HOOK 赚的钱仍然比他社区里的人多很多——”

“你这个自以为是的卑鄙小人！”她唾骂道，“我的天哪，他开发了整个程序，而你——”

“——是唯一能让它变成可行性业务的人，”他平静且坚定地说，“不管你在你那个漂亮的小脑袋里编造什么，只要闭上嘴就行。”

“你怎么敢指责我编造——”

“你没有任何证据。有的只是一个恼火的前员工的几句话，而且其动机很可疑。”

“那你自己去数据库里看看，”她说，“看看是不是真的。”

“你在建议我侵犯我们用户的隐私信息吗？”他做了个鬼脸，“那可是完全不道德的，违背了我们申明的所有原则。”

“你在开玩笑吗？”塔拉愤怒地伸出拳头。她没这个胆量。

不过她怎么会有呢，说真的？她只不过在一家投资银行工作，从来不必解决真正的业务问题，比如员工难题、产品错误和道德挑战。她以为这个世界就是白纸黑字，对错分明，但是根本不是这么回事。

“听着，塔拉。”他哄着她，“你很累了。我知道你一直努力工作，我理解你为什么看不清状况，但是我保证，这没有什么大不了的。”

“一个无辜的孩子可能会进监狱。”她说。

“不。”他摇了摇头，“如果罗比·古德曼是无辜的，我们的司法系统会查明的。我们对自己专业知识外的事情没有权利或责任。”他伸出手抓住她的肩膀，“这就是为什么你需要回到自己的专业领域，也就是如何让这交易成为史上最大的上市。”

她的眼睛仍盯着他，褐色的大眼睛里含着泪水，认识到他是对的。她的胸口起伏得没那么剧烈了，他能从手中抓着的胳膊上感觉到她的脉搏慢了下来。他感到一股温暖在全身流动：这正是伟大的领导者做的那种事情。

“去死吧，尼克。”她唾骂道，甩开胳膊往门口走去。

“你不要妄想对任何人提起这个。”

她怒视着他。他真想抓住她的脖子勒死她或者上了她。反正做点什么，把她扳回正确的位置。“你明白吗？”他愤怒地重复道。

她走向门口，但是他抓住了她的手腕，重重地捏住。“我说，你明白吗？”

“明白。”她咬牙切齿地发出嘶嘶声。

他继续抓着她一会儿，然后松开手，做了个深呼吸，重新整理西服外套。“很好。”他点点头，“那我们会议上见。”

塔拉平静地打开门走了，任她身后的门砰地关上。

尼克感到一种恐慌从脚趾往上蔓延至大腿，然后到达胃里。先是安东尼的报告，现在又来这个？

这笔交易必须通过。没有余地考虑其他选择，即便从某种程度上来说 HOOK 应该对凯莉·雅各布森的死负责，何况这是不可能的。他不得不解雇胡安，这个工程师违反了规则，他已经对尼克的领导力构成威胁。

尼克可能没有开发程序，但是他为此努力工作。他这辈子都很努力地工作。自从五岁开始，他放学后就同时上钢琴课、少年棒球课和加速阅读课。他每分每秒都在为塑造完美的简历努力，然后把所有的宝都押在 HOOK 上了。他甩了格蕾丝。而且他有两百万美元的贷款。

他不自觉地抽泣起来，胸膛因为压力而起伏。他已经能看到头条新闻了：前途无量的哈佛商学院毕业生一夜之间从八千万身价跌至破产。

“不，不，不！”他将自己牢牢地撑在桌上，看着桌子上方镜子里的自己，“你没有做错任何事。根据掌握的事实，你相信的一切都是正确的。”

尼克重复了他一贯用来让自己冷静的咒语：

1. 你去了斯坦福大学念书，从最难的专业毕业，还是优等生。

2. 你在全球最好的咨询公司麦肯锡工作过，在三年之内就被提拔为项目经理。

3. 你在全球最好的风险投资公司道尔顿·汉德里工作过，在硅谷最重要的风险投资家菲尔·道尔顿手下工作。

4. 你去了全球最好的商学院哈佛商学院念书，在那儿你成为一名贝克学者。

5. 你是这个星球上最重要的社交媒体公司的首席执行官。

6. 你能吸引玫瑰木酒店里你想要的任何女孩。

7. 陶德·肯特现在为你干活。还有塔拉·泰勒。还有蒂凡尼。

过了一遍这个列表后，他的大脑开始放松，他不仅没有做错任何事，而且每件事都办得很成功。塔拉不知道她自己在说什么。像他这样的男人是不会犯错的。

塔拉

星期日，五月十一日；波士顿，马萨诸塞州

“你想解释下到底是怎么回事吗？”凯瑟琳·威利问。

“什么？”塔拉抬起头，大吃一惊，“你在这里做什么？”她环顾四周。她还没从刚刚跟尼克争论的震惊中缓过来。

“我今晚要在哈佛商界女性会议上讲话。”凯瑟琳说，“我正在去剑桥的路上，然后接到哈维·塔特的一个电话。他很忧虑地问我是否能够顺路查一下我们最大的交易发生了什么。”她比塔拉至少矮三英寸，但是姿态如此挺拔，以至于显得比塔拉还高。“我们需要私底下谈谈吗？”

塔拉跟着凯瑟琳进入一间空会议室，两个女人在长长的空桌子的两端面对面坐下。

“你知道了？”塔拉问。她不确定如果凯瑟琳发现胡安和HOOK跟凯莉·雅各布森案件的联系后，自己是更放松还是更害怕。

“我当然知道。”凯瑟琳说。

“谁告诉你的？”

“陶德·肯特。”她说。

“陶德知道？”

“他当然知道。”女人皱起眉头，“塔拉，你消失了整整一天。”

“什么？”塔拉的大脑在打转。这跟凯莉有什么关系？

“我的天哪，塔拉。”凯瑟琳在空中握起拳。她的结婚戒指不见了，被一个看起来像是金戒指的东西取而代之。“你让华尔街最顶尖的技术分析师之一离开会议准备发布一个负面报告，然后在路演正中间溜了出去？你到底在想什么？”

“这就是你生气的事情？我离开了？”她感到大脑迷糊了。凯瑟琳不知道凯莉的事？

“是的。”凯瑟琳困惑地点点头，“这就是我生气的事情。你去哪儿了？”

“我去参加妹妹的婚礼了。”塔拉回答，感觉像是一个世纪前的事情，“我妹妹在缅因结婚，我飞过去参加婚礼。”

凯瑟琳的胸口在起伏。“为什么？”

“因为她是我妹妹。”塔拉说。

“我跟你说点事，塔拉，”凯瑟琳生气地说，“你妹妹会一直在那里——这就是家人的意义——但是像这样的交易呢？我将这交易托付给你的机会呢？它们不会一直在那里，它们肯定不会为随意对待它们的人停留。”

“我只缺席了一天，而且是星期六——”

“不要找借口，塔拉，”凯瑟琳厉声说，“找借口不会让你在这种业务中获得成功。”

“我不是在找——”

“住嘴！”她叫喊道，又一次举起手，“不要说了。我们都得做出牺牲。你不愿意做出牺牲的后果，就是安东尼·凡·莱温要对这次上市发布一篇可笑的负面报告。你知道这次上市是这家公司最近争取来的唯一一件好事，但是现在，就因为你，将成为又一则负面新闻。”

塔拉抬头看着天花板。“安东尼的报告有多糟糕？”她问。

“他要将价格目标定为两美元一股。你真的不知道这个？”凯瑟琳狂笑道，“这完全不可接受，塔拉。有人告诉我你值得关注，”她说，“我在试图帮你。”她的声音越来越愤怒，“我用我的名字给你撑腰。”

塔拉等着内疚感的出现，等着对陷入麻烦的恐惧出现，以便挤开脑中的沙子迫使她行动起来。她等着，但是什么都没有。

“如果他是对的呢？”她轻声说，转移目光重新面对凯瑟琳。

“你刚说什么？”

“我说，‘如果安东尼是对的呢’。”塔拉更坚定地说，眼神变得沉着冷静，“要是这些应用真的不值一文呢？”

“你是被雇来承销这次上市，塔拉，”她说，“仅此而已。”

塔拉点点头。“好的，我明白了。”她嘟哝着，将目光切换回凯瑟琳的手上。凯瑟琳的手指合拢在一起，但无名指是伸出来的，原本戴结婚戒指的位置换成了一枚金戒指。

“你的手指怎么了？”塔拉说。

“什么？”凯瑟琳恼火地问。

“你的手指。”塔拉抬起下巴，指着那个手指。

“不要转移话题。”

“你伤着它了？”

凯瑟琳猛吸一口气，伸直手，透过镜框看了看。“这是枚新戒指，”她抬起手指给塔拉看，“用来提醒我时刻记着自己的力量，而不变得情绪化。”她重新看着塔拉，“你应该接受这个建议。”

“你丈夫不介意吗？”塔拉小心翼翼地问。

“我们分居了。”凯瑟琳答道，坐得更挺拔了，“他一直接受不了我比他更成功的现实。”

塔拉看了凯瑟琳很久。她的头发做得恰到好处，套装熨得极其完美，妆化得刚刚好，牙齿白得刚刚好，身材瘦得正合适，以任何人的眼光都无法挑剔。

“对于路演中途离开，我感到非常抱歉。”塔拉终于站起来说道，“再也不会发生这种事情了。”

“这个世界上强大的女人不多，塔拉。”凯瑟琳的声音柔和下来，“但是我觉得你身上有这个，如果你能好好做事的话。”

塔拉想在凯瑟琳的眼里找到理解，但是什么都没发现。“我希望你是错的。”塔拉轻声说，转身离开了房间。

她进入卫生间，锁上门，抬起马桶座上的盖子。她打开阿普唑仑瓶子倒出药片，也倒了依地普仑，看着那些药片一颗一颗掉进马桶，然后用水将它们全部冲走了。她在水池里洗了手，满意地看着镜中的自己，信心满满地决定了她要做的事情。

艾曼达

星期一，五月十二日；旧金山，加利福尼亚

艾曼达无法入睡。已经凌晨三点半了，但是她满脑子想的都是她要跟朱莉创办的有待命名的公司。

她打开灯伸手拿布拉德·菲尔德写的《风险投资交易》，这本书已经成为她学习成为企业家的复杂细节的圣经。

自陶德·肯特以来，艾曼达的大脑还没有对任何事情这么着迷过。朱莉是对的，把那点时间放在更有用的事情上让人振奋。她简直不敢相信她有多么低估自己的室友。

她看着时钟已经指向了凌晨四点。不管了，反正她也睡不着。她下了床，冲了淋浴，穿好衣服，去了公司，准备在克罗利·布朗其他人上班之前做几个小时的商标调研。

电梯门在她那层打开时，灯依然亮着，她看见安迪·谢弗还在电脑前打着字。

“你怎么还在这儿？”她问道，在自己的小隔间里坐下。

“HOOK 完蛋了。路演有危险。”

“什么？”艾曼达问。她已经三天没听到胡安的消息了——她以为他很忙，但也许这正是他忙碌的原因。“发生什么了？”

“这个分析师发布了一个两美元每股的价格目标报告。”安迪说，“现在每个人都慌了，害怕投资者会撤出，导致价格骤然下降。”

“你觉得他们会吗？”

“不知道。”

“那你在干吗？”

“准备一切材料，以防上市不成功，”安迪抬头看着她，“如果这交易不成功，而我已经花了这么多时间……”

艾曼达没有听到余下部分，她已经开始在谷歌键入“HOOK 上市”搜索最新消息了。

艾曼达阅读了第一个搜索结果，这篇文章是二十分钟前发布的，尖刻的分析师报告将 HOOK 股票估价为两美元每股。

安东尼·凡·莱温，瑞士信贷的顶级技术调研分析师，刚刚赶在基于地点的约会应用 HOOK 的首次纳斯达克亮相之前发布了报告。他挑衅地将价格目标设置为两美元每股，声称“社交媒体应用闹剧般不现实的定价”。不同于很多怀疑论者猜测社交媒体泡沫会因其不成功的收入模式而爆发，凡·莱温预测的衰落基于用户抵触理论，如果以及何时他们会明白这些应用能够收集到多少信息，以及与存储那些数据有关的安全风险。这次上市的牵头承销商拉赛西尔遭受到坏消息的冲击，正在拼命试图扳回投资者对本周晚些时候上市的二十五至三十五美元报价的信心。

艾曼达脸色变得惨白，如果价格降到两美元每股，胡安就不能创办他的社区中心，朱莉基本上什么都拿不到。他们所有的新计划都会烟消云散。

“没门。”艾曼达对着屏幕摇着头大声说。他们为此那么辛苦地工作，她才不会在朋友被搞得这么惨的时候干瞪着眼什么都不做。

陶德

星期二，五月十三日；门罗帕克，加利福尼亚

“继瑞士信贷调研分析师安东尼·凡·莱温发布尖刻报告后，华尔街今天又散布对HOOK命运的各种猜测。凡·莱温迈出了非传统的一步，在交易还没有结束前就发布了报告，他定下的两美元每股的价格引发了其他人的询问，怀疑HOOK预期的二十五到三十五美元的公开亮相是否是一场对大众投资者的骗局。”

陶德一直挺喜欢CNBC最火辣的新闻主播露西·兰德里，但现在他真想给她一拳。他正在门罗帕克玫瑰木酒店房间里一边系领带一边看报道，他们昨晚抵达这里做最后两天的路演。

“其他新闻，凯莉·雅各布森案件的结案陈词将于今天在帕洛阿尔托听证。女孩的舍监罗比·古德曼，被指控犯有性侵犯和过失杀人罪，据称他给了女孩致死剂量的毒品摇头丸，也叫‘莫里’，而这直接导致她的心脏——”

陶德关上电视，停下来深吸一口气，让自己打起精神。今天将是难熬的一天，他对此毫无办法。但是挑战带来机遇。凡·莱温提高了风险，但那仅仅意味着如果他赢了，就能得到更多。他只需要让投资者重新站在他这边，然后他会比之前想成为的英雄更加伟大。

电话响了，他接起电话，提起公文包往酒店大堂走去。

“您好？”

“你得解决这个。”哈维的声音很愤怒。

“安东尼不会撤销报告，”陶德说，“你知道他试图——”

“那你就得找到另外一种解决方案，你不这么打算吗？”

“如果他说的是二十二美元的价签，”陶德尽可能自信地说，“我会担心，但是两美元？人们会看透——”

“人们尊重第三方的意见。”哈维打断他。

“我知道，”陶德说，“但是——”

“你要是不进游泳池，你就不会赢得比赛，”哈维说，“我得走了。”

电话被挂断了，陶德闭上眼睛。他被哈维击败了，时不时给一点正面鼓励对高管们来说就那么难吗？

他在大厅里发现了塔拉，过去跟她会合。“早上好。”他说。

“早。”她从笔记本上抬起头，然后立刻低头继续打字。整个路演中她一直像个脾气古怪的贱人。这都是卡勒姆的错，他是所有事情的起因。不管在伦敦时她跟他发生了什么，那件事都改变了她，而且上周的那个午后，她去他的酒店匆匆做爱后变得更加糟糕了。她甚至没有为离开路演去参加妹妹的婚礼而道歉，现在居然有胆因为他给凯瑟琳打小报告而生气。

"我不得不告诉她，你知道的。"他说。

"什么？"塔拉停止打字，抬起头问。

"凯瑟琳，"他说，"她就那么出现，问我你去哪儿了。我没法替你圆谎。"

"我知道。"她说，继续回到电脑上工作。

"那你为什么这么生气？"

"我有吗？"她问，但依然打着字。

"整件事情都是你的错。"陶德说。

"你是说安东尼的报告？"

"是的。"

"他告诉我因为他不信任尼克。"她说，依然打着字。

"你跟他谈了？"陶德抬起下巴。

"当然。"她说着抬起头，好像没什么大不了的，"我想看看能做点什么解除他的顾虑。"

"但你显然没成功。"

她耸耸肩，继续回去看着电脑屏幕。"我想他有权发表他的意见。"她继续打着字。

"你能别打字了吗？"他喊道。

她停止了打字。

"他说了什么？"陶德更平静地问。

"我们谈了很久关于用户信息和数据安全的问题。原则上他并不反对收集信息，但是他觉得如果公司对如何使用这些信息没有明确声明，用户就会变得紧张，尤其如果他们不喜欢首席执行官的话，因此一旦出现可替代的选择，他们就会停止使用这款应用。"她的声音随意而冷淡，"我觉得这观点很有趣。"

她继续打起字来。她认为这观点很有趣？她怎么能够这么轻率？

"路易莎说他们是正式的恋爱关系，你知道吗？"陶德说，声音里充满了恶意。

“谁是路易莎？”

“卡勒姆背着你欺骗的女人。”

塔拉的手指停止了打字。逮着她了。

“哦，你不知道吗？”他问，“是这样，我几周前在格莱美西酒吧里碰到他们在亲热。”

“你为什么要告诉我？”她没有抬头，声音听起来很脆弱。

“因为我是个好男人。”他说。

塔拉抬起头看着陶德。双目对视时，他看到了她失去光泽的受伤眼神。她看起来那么无辜脆弱和伤心，陶德第一次不那么享受控制她的感觉了。

“塔拉，如果你现在没什么事的话，我想要杯咖啡。”尼克·温斯洛普在他们身旁出现。

“我其实现在很忙，尼克。”她收回目光坚定地说，“但是我很肯定这个酒店的三十五个员工中总有一个能给你端杯咖啡。”

“什么，你——”尼克开口道。

“不好意思我得离开下。”她打断他，起身离开。

尼克粉红的脸唰地变得通红。“我需要一杯咖啡，分析员在哪儿？”

艾曼达

星期二，五月十三日；门罗帕克，加利福尼亚

艾曼达将车开上 280 高速公路，往南开往门罗帕克。她已经持续清醒二十四个小时了，但是并不感觉疲惫。她极度兴奋，下定决心要拯救胡安和朱莉的财富，并为找到了能够拯救他们的证据激动万分。

她先从阅读安东尼·凡·莱温的报告开始，寻找他的逻辑错误，试图想出对抗他的观点的方法。但是什么都没有找到，于是她转向研究安东尼本人。她打了好几个电话到美国证券交易委员会和欧洲证券委员会，终于打听到安东尼在持有拉赛西尔股份空头的一个基金会拥有大量股份。他的负面报告跟揭穿社交媒体公司的真相没有任何关系，只是想给银行雪上加霜而已。如果银行的股份价格跌至谷底，安东尼的个人回报就会高涨。

不管安东尼的观点有没有价值都无关紧要，他的个人立场让他的看法不可靠，这可能是让投资者对 HOOK 重拾信心的关键。

她等着克里斯·帕帕多普洛斯今早来办公室，结果发现他直接去了玫瑰木的路演早餐。这就是她现在要去的地方，她要告诉他她找到的信息，拯救这笔交易以及她的朋友们理应拥有的几百万，还有她和朱莉对她们公司的计划。

停车场满了，但是艾曼达还是找到了一个车位，小心翼翼地将车停到里面。她熄灭引擎深吸了一口气。她知道陶德在这里，这让她害怕，要是看见他让她再次为他倾倒怎么办？要是她为他倾倒，又再次深陷其中开始怀疑自己的新方向怎么办？只要找到克里斯就行，她对自己说，然后下了车。

胡安

星期二，五月十三日；东帕洛阿尔托，加利福尼亚

胡安溜出了母亲在东帕洛阿尔托的房子，轻轻关上了身后的门。天色还早，但是这不重要，他整夜都没睡，挣扎着是否应该去做那件事。

胡安乘坐星期六早上的航班回到了旧金山，但是他没有回公寓，

而是直接来到了这里。他还没准备好告诉任何人他跟尼克之间的事情，甚至不想跟朱莉或艾曼达说。她们会同情他，试图安慰他，但那只会让事情更糟。胡安并不对自己感到可惜——他一直愚蠢地陷在斯坦福孩子的问题和白人的百万美元梦想中。他们不是他的族人，他不需要他们或者他们的同情。

但是他确实需要知道到底发生了什么。

他沿着大学路朝101天桥旁边的壳牌加油站走去，这个加油站将帕洛阿尔托的大学区与他长大的地方隔离开。这个区域自从宜家搬到海滨大道后就清静了许多，但是胡安有种感觉，她还在那里。

黎明前的光线中，天空依然灰灰的，他透过玻璃看到她正弯腰读一本杂志。

“伊奇。”他敲了敲窗户，少年时代的蝴蝶又从胃里苏醒过来。她仍然那么美。

伊莎贝拉大吃一惊地跳起来，透过玻璃看他的脸。当她认出他时，她打开门，张开臂膀搂住了他的脖子。

“胡安，胡安，胡安，”她说，“有多久没见到你了？”

“太久了。”他将鼻子埋进她的头发里。

她松开手。“你在这里做什么？”她往加油站里张望。

“我需要你的帮助。”他直奔主题，“你认识乔治·梅内德斯吗？”

伊拉贝拉的眼睛睁得老大，然后变得很失望。她摇了摇头，轻声说：“不，胡安，不要是你。”

“什么？”他问，“什么‘不要是我’？”

“乔治是个毒品贩子，胡安。你不要跟他扯上任何关系。”

“你知不知道他卖不卖莫里？”

“他肯定卖。”她说，“那是现在所有大学里的孩子们想要的东西。胡安，发生什么事情了？”

“我觉得他杀了凯莉·雅各布森。”

"什么？"她脸色变得惨白，"为什么？"

"我找到一些证据，"他说，"当我还在HOOK工作的时候。她死的时候跟他在一起。"

她摇了摇头。"这不可能。乔治人很好。他永远不会伤害任何人。"

"但是要是他吸高了呢，也许？"

"他从不吸毒。你不至于糊涂到认为毒贩子吸毒。"

"你知道他在哪儿吗？"

"可能在去工作的路上，"她说着掏出手机，"我给他打电话。"

陶德

星期二，五月十三日；门罗帕克，加利福尼亚

所有的椅子都坐了人，另外还有二十多号人站在后面。这是他们整个路演中出席人数最多的一次，所有被邀请的人都很好奇团队会怎么处理安东尼·凡·莱温的报告。陶德在座位上坐下，第一百多次观看演示。

他听着熟悉的词，感觉自己像是停止运转的后卫。时钟滴答作响，他的心跳充满不间断的焦虑。他们又重新拿到球的控制权了，现在他们只需要机智点，让投资者的头脑集中在积极的方面上。

他看着手表指向上午九点半，只有十四个小时路演就要结束了，他们会飞回纽约。这意味着还有二十五个半小时就会到价格认购这一步，到时他们会决定最终的股票价格。之后再过二十四个小时股票就会公开交易，他的工作就完成了。也就是说，从现在开始还有五十一个小时。他能撑到那一刻。

"现在，我想在切换到问答环节之前再强调一点。"尼克说。

拜托不要搞砸这个。陶德祈祷道。他们昨晚已经排练了一遍又

一遍，但是陶德仍然屏住了呼吸。

“HOOK 坚定不移地致力于维护每个用户的隐私，”他说，“我们确实收集一定的数据来理解用户行为，以便改善我们的服务——就像所有的应用一样——我们永远不会以任何形式分享可识别或受到牵连的个人隐私信息。”

很好。陶德松了一口气。他遗漏了立即删除数据的部分，但是声明这个观点已经足够了。

塔拉站起来主持问答环节。“我们有时间回答两个问题。”她说。他们已经将这两个问题在听众中安排好了，一个是来自拉赛西尔的分析员，另一个是一名来自私有银行的客户，他很乐意提出一个容易回答的问题，交换他以机构价格购买 HOOK 股份的保证。

塔拉点了那个私有银行客户，他提出了他们准备的关于预计增长率的问题。塔拉按原计划回答了。这个男人对她表示感谢，回到了座位上。

“阿比舍克？”塔拉指着房间前排穿着亚麻西装的男人。陶德的头猛地转向塔拉。拉赛西尔分析员的名字是杰瑞米，这个男的是谁？塔拉眼神镇定地看着那个叫阿比舍克的男人站起来。她在干什么，这不是他们的计划。

“是否有人曾经侵入过应用？”这个男人漫不经心地问道。

尼克的脸色立刻变了。

“就是，这么多黑客上了头条新闻。”这个男人冷淡地继续说，“我在想你们是否有过此类问题？”

塔拉将麦克风递给尼克，离开讲台。

“是这样，”尼克说，“这种风险谁都会有。”

“那么你们，HOOK，怎么规避这种风险？”阿比舍克追问道。

“我们会吸引国内最优秀的工程师人才。”尼克说。

“你有信心将人才留在公司吗，即使乔希·哈特和胡安·拉米雷斯不在了？”

陶德看着尼克，胡安·拉米雷斯什么时候离职的？

“你怎么知道我们解雇了胡安？”首席执行官问。人们集体吸了一口气，突然对胡安·拉米雷斯以及他为什么被解雇感到好奇。

陶德将目光转向塔拉。她就那样站着，什么也不做。她是在微笑吗？

菲尔·道尔顿从人群中站起来。“先生们，在我待在硅谷的所有时间里，从未对哪家公司像对HOOK那么有信心过。只要我还在董事会，人才就永远不是问题，安全也是如此。我向你们保证，没有人像我一样专注于确保用户信息安全。现在，我们让他们去准备他们的下一个会议吧。”

人群不情愿地私下低语，塔拉离开讲台，尼克紧随其后。陶德站起来，跟着人群进入后厅。

“不要碰我。”塔拉愤怒地说，耸耸肩甩开尼克抓住她胳膊的手。

“到底发生了什么？”陶德压低声音问道。

“她事先安置了那个问题，”尼克说，“她试图为难我。”

“你为什么不叫杰瑞米，像我们计划的那样？”陶德转向她。

“要是我叫拉赛西尔的人提问，会看起来有失偏颇。”

“骗子，”尼克争执道，“她因为胡安生气。她要毁掉一切。她只是试图往上爬。但是你不会成功的。”他对她咆哮着说，“我会让你哪儿都去不成。”

“你真的解雇胡安了？”陶德走到尼克和塔拉之间。

“他碍手碍脚。”尼克说。

“我现在真处理不了这个。”陶德坚定地说，他看着左右两人，觉得像跟小孩子在一起。“我们再坚持一天就结束了。你们两个能不能团结一下，再坚持三个会议？”

尼克的胸部在起伏。塔拉的眼神很不高兴。

“好吧。”塔拉说，从他身边挤过去。

“你得对她做点什么。”尼克说。

“她不是问题的关键，尼克。”陶德厉声说，“现在先团结一下。”

陶德离开房间四处寻找塔拉。他发现她正快步从大厅往下，径直往酒店房间走去。

“塔拉，等等。”他叫道。

她没停下来。陶德沿着大厅跑下去，感觉大腿里的肾上腺素在分泌。

他在她到达房间时追上了她。“塔拉，等等，”他重复道，这次稍微柔和些，“我们可以谈谈吗？”

“对不起，陶德。”她说着停住脚步看了他几秒，没有做多余的解释，推开门，然后将门摔上。

他举起拳头在门上猛敲。“不要这样对我，塔拉！”

他将脑袋抵到门上，闭上眼睛，感觉自己正坐在停不下来的过山车上，但很久之前就不再有趣了。他该做些什么？他的大脑快速转动着，哈维会知道会议上发生的事——如果他现在还不知道的话——然后他就会打电话，再次向陶德咆哮，继续说些没用的第三方意见和进入泳池的废话。那他妈的到底什么意思？

陶德的大脑突然灵机一动。

陶德必须进入泳池里：人们信任安东尼的意见，因为他的意见不失偏颇，这意味着陶德得给自己的团队找到另一个安东尼——一个投资者认为没有偏袒的第三方分析师——写一篇与安东尼抗衡的报告。但是找谁呢？

陶德在脑海里搜寻着他的分析师朋友名片盒。

瑞奇！瑞奇·贝克！陶德想起来了。瑞奇是硅谷最有声望的分析师之一，为摩根斯坦利做技术类报道。十年前他和陶德一起当过拉赛西尔的小A分析员，那时候瑞奇宣布出柜并坦白了自己对陶德的好感。瑞奇正是陶德需要的人，也是陶德能联系上的。

陶德转身回到会议室，祈祷还没有清场。

艾曼达

星期二，五月十三日；门罗帕克，加利福尼亚

艾曼达扫视着已经空了的会议室，寻找克里斯·帕帕多普洛斯，发现他正坐在后面愤怒地在笔记本上敲着什么。

“克里斯，”她说，“找到你太高兴了。我有些事情需要——”

他抬起头。“你在这里干什么？”他厉声问，“这个会议是不公开的。你不能到这里来。”

“我知道，但是我找到了一些东西，关于那个写报告的男人——”

“你知不知道我现在有多少事情要处理，艾曼达？”他说，“我不想因为一个不听话的律师助理溜进路演而得到更多批评。”

“但是我——”

“离开，否则我就解雇你。”克里斯说，她看到他很严肃。

她感到自己脸色变白了，双腿开始发软，于是小心翼翼地转过身。克里斯从不发脾气，要让他变得那么焦虑，事情肯定真的很糟糕。她感到心跳再次加速，如果克里斯不听的话她该怎么办？她得拯救这笔交易，不然胡安和朱莉和她的公司就会……

陶德。

她得跟陶德谈谈。

她再次环顾会议室，看到陶德从门口进来扫视房间时，感觉胃部在烧。他为什么要这么性感？

她深吸一口气重新集中精神，随着他的目光找寻他的目标，然

后看着他径直向一个穿着紧身粉色衬衫、系着细窄紫色领带的矮个子男子走去。

两个男人握了握手，陶德露出了他最迷人的微笑，另一个男人——很明显是个同性恋——接受了他的奉承。但是当陶德倾过身子说了什么后，那个男人皱起了眉头。

"不好意思。"她打断了身边两个男人的谈话，"你们认识那边的那位先生吗，穿粉色衬衫的那个？"

"那是瑞奇·贝克。"其中一个男人转过身看着他们说，"他是摩根斯坦利的技术分析师。可能是他们最好的分析师。不知道他会对凡·莱温的立场说点什么。"他对着另一个男人抬起眉毛，然后继续他们的谈话。

艾曼达恍然大悟，她了解陶德，她非常清楚他在做什么。如果瑞奇·贝克决定不跟陶德合作反而举报陶德，他就会毁了这交易——以及她朋友的财富——甚至更多。

她还来不及阻止，自己的双腿就往他们的方向移动。

"……就是帮个忙。"陶德对着瑞奇说。

"陶德，"她碰了下他的胳膊，"陶德，我能跟你谈谈吗？"

瑞奇转过身，意识到艾曼达的存在。

"什么？"陶德厉声说。

"我有些事情告诉你，"她说，"很重要。"

"我现在正忙着，"陶德狂笑道，"不管是什么，放到账单上就行了。"

"不是，我——"艾曼达停住，思考着他的话，他以为她是工作人员？她低头看着身上简洁的黑色裙子，他绝对以为她是酒店工作人员。

"不管怎样，我觉得我们不应该在这里讨论这个。"瑞奇说。

"那倒是。"陶德说。两个男人出了门，把她一个人晾在那里，她感到一阵晕眩。

“啊，不会吧。”她轻声说，摇了摇头，“这不可能。”她冲出门，感到所有的失望和伤心变成了愤怒，超越一切的愤怒。她会找到办法确保朱莉和胡安拿到他们的钱，但是现在她在乎的只有陶德会从她这儿得到一个大大的教训。

她在游泳池旁种满玫瑰花的花架那里找到了他们。她谨慎地走向他们，内心充满了各种丑陋的字眼。她要咒骂他愚蠢的完美的下巴轮廓，以及他那双愚蠢的甚至认不出她的深蓝色眼睛……艾曼达停住了脚步。向陶德嚷嚷不会让他记住她。但是她突然知道了自己能做什么。

她躲在花架后，掏出苹果手机，透过玫瑰花给摄像头腾出地方偷窥，小心翼翼地避开刺，然后按下录制。

“他在试图给自己制造名声，”陶德说，“你知道他的报告是虚假的，但是你也知道这些报告有多重要。这会毁了这交易。”

“你想让我做什么？”瑞奇问，“安东尼不会听我的。”

“你能写一篇正面报告吗？”陶德问，“今天发出去？”

“你是说，写些能与他的观点抗衡的？”

“是的。”

瑞奇犹豫着。

“我可以给你任何你想要的信息，”陶德说，“随便说。”

艾曼达屏住呼吸，他真的在做这个——哄骗竞争对手的分析师给他的交易写一篇正面报告。天哪。

“好不好？”陶德问。

“我的报告已经写完了，陶德，而且很好。我对这个交易看涨，我真的这么觉得。但是我星期四才会报道，跟其他人一起。”他说。

“两天时间有什么区别呢？”陶德紧追他不放，“把你本来计划的标价稍稍抬高一点点？”

“为什么找我？”那个男人问。

“因为你是最好的，”陶德说，“而且我知道我能信赖你。”

艾曼达熟悉这个声音，当陶德利用某人来得到自己想要的东西时，就会发出那个迷人的奉承的声音。艾曼达翻了翻白眼，她不再关心为什么陶德是这样，他是个混蛋，这才是最重要的。

“你知道我一直对你非常尊重，瑞奇，”陶德继续挑逗地说，“你搬到旧金山后我们没法一起出去玩，我沮丧极了。”

“好吧。”瑞奇终于说，“但是我这么做只是为了你和道尔顿。”

“谢谢你，”陶德愉快地说，“我一直觉得我们一起可以做些大事。”

“我得走了，”瑞奇说，“写好了之后我会告诉你。”

艾曼达将手机从花丛中拉回来，看着视频：三分钟四十七秒。搞定了。她长长地呼出一口气，从隐藏的地方走出来，但看见陶德还站在泳池边，她又跳了回来。

“瑞秋？”她听到他说，意识到他在打电话。她将苹果手机小心翼翼地重新放回花丛中，又按了录制。

“瑞秋，你好吗？听着，我需要你的一点帮忙。你认识 CNBC 的人，对吗？你能让他们今晚播报一条新闻吗？瑞奇·贝克要发布一篇关于 HOOK 的正面报告，我想确保每个人尽快看到这个。是的，瑞奇·贝克，他是顶级技术分析师。是的，最疯狂的是，他也认为安东尼满口胡言，想帮我们一个忙。什么？两万美元？”陶德的声音很是恼火。

艾曼达发现自己屏住了呼吸，他是在贿赂某人，以便为他刚才乞求的报告拿到新闻报道吗？

“但是你给 HOOK 工作啊！这不是一个自由职业项目，这个项目会决定成功——好吧。我把钱给你打过去，但是合同要跟我个人签。”

是的，艾曼达默默地笑了，是的，他的确在贿赂。而且是以他的个人名义，这百分之百是违法的。

艾曼达等着陶德走过去，他经过时迈着满意而轻巧的步子。她从隐藏的地方走出来，坐在其中一张泳池椅上，深深地呼出一口气，然后重新播放了视频。声音不是很清晰，但是信息很明显，陶德刚刚拯救了交易，也把他自己拖下了水。

陶德

星期三，五月十四日；纽约市，纽约州

“昨天下午 HOOK 上市项目又出现扭转局面的新情况，来自摩根斯坦利的顶级技术研究分析师瑞奇·贝克，在公司上市前两天发布了对 HOOK 的报道，将价格目标设为三十八美元每股。这名分析师表示，他决定早点发布报告，以反驳安东尼·凡·莱温早先的意见，安东尼曾基于对信息隐私的恐惧将价格设为可笑的两美元每股。”

陶德又再次喜欢上了露西·兰德里，他正在飞机屏幕上看她的报道，他们的飞机即将降落在纽约。

“面对有如此意见分歧的报告，我们现在请交易日的高级记者诺姆·内勒。诺姆，投资社区对这些有什么看法？”

“谢谢露西。这出戏绝对很激烈，但是舆论意见似乎更倾向瑞奇·贝克。事实是这样的，露西，他就驻扎在硅谷，他跟那些开发了这些产品的工程师共生活同呼吸，大部分最早使用他们的消费者指出了其市场走向。这真的又是一例纽约对硅谷的案例，看你信赖谁来评估，相信技术创新的正面效应还是它们潜在的负面效果——”

“先生，需要你将电视收起来。”乘务员礼貌地对陶德命令道。他翻了翻白眼，坐了两周私人飞机后，回到民用航空上真是让人心生疲惫，即使他坐在头等舱。

陶德跟塔拉、博尔和尼哈走出飞机。路演最后一天的夜班飞机上他几乎没有睡，但是他并不疲惫。很多男人到了交易的这个时候都需要可乐刺激，但陶德不是，瑞奇·贝克的报告、CNBC 的报道以及知道是自己让这些成为可能的自我满足感，让他更加精神振奋。

瑞秋的故事确实值两万。纽约对比硅谷的导向真是太聪明了。

“CNBC 今天早上又报道了一次。”陶德自豪地告诉塔拉。

她从黑莓上抬起头，挤出一丝微笑。

“打起精神来。”他希望别人能分享他愉快的心情，“价格认购后，你就永远不必再跟尼克说话了。”

“感谢上苍。”她说。

“我们真的应该什么时候一起去喝几杯。”他说，“等这交易结束，我们两个人都闲下来的时候。”

她从黑莓上抬起头来，观察着他的脸色。

“我的意思是，”他说。那很过分吗？“从一周每天二十四小时见到你到一下子根本看不见你，感觉很奇怪。”

“是的，”她说，“会很奇怪。”

“摩根大通认为 HOOK 好到能达到三十美元每股。”博尔宣布，他将黑莓转向陶德，这样陶德就能阅读博尔的私人银行家发过来的邮件，银行家推荐博尔，如果股票像他们预计的那样发行价在二十六至三十美元区间，就购买股票。

“太好了！”陶德和博尔击掌。又一个好迹象。他们大有希望。

“看来你在加利福尼亚干得不错。”哈维·塔特进入四十二层会议室时说道，他在塔拉旁边坐下。尼哈带来了最终模型的复印件，可以看到价格建议在二十八美元，很有可能达到三十一美元。

“谢谢你。”陶德接受了哈维的称赞。

“还没结束呢。”这个老男人警告说。

管它呢，陶德想。每个人都知道价格认购只是一个仪式而已，纯粹是给投资银行最后一次炫耀机会，以及让公司管理层再次假装他们拥有真正权力的礼仪性谈判，然后他们就会同意在两周路演后已经知道的那个价格。

陶德拨打了号码，桌子正中间扬声器控制台里响起电话声。

“早上好，尼克。”陶德向前倾了倾身子，对着扬声电话说，“准备好让这事兑现了吗？”

“是的。”尼克的声音完全不符合陶德的热情，“你的提议是什么？”

好吧，陶德心想，那就没有客套话。

“这样，”陶德说，“你知道，需求量一直很大，而且自瑞奇·贝克对股票精彩的认可以及CNBC不间断的报道后，需求才刚刚开始往上涨。这让我们处于比原先希望的更有利的位置。”

“你的提议是什么？”尼克的声音直截了当。

“二十八美元，”陶德自豪地宣布，“这给了我们很好的账面，而且比我们原先的目标高出两美元。”

“你能稍等一下吗？”

通话静音了。“尼克不是一个人？”陶德对塔拉说。她回以疑惑的表情。

“我倾向于三十六美元。”尼克的声音从电话那头回来了。

陶德吓得咳出来。“三十六美元？”他重复道。那比他们想象过的任何价格区间都要高。“尼克，那个价格的话，我不知道你是否能够卖出所有股份。”

“你是说，拉赛西尔将无法卖出股份。我们的合同不是包销承诺吗？”

陶德盯着电话。哈维在交易一开始就同意的包销承诺合同，意味着拉赛西尔会承担他们卖不出去的任何股份，否则就不碰这交易。“尼克，以那个价格上市几乎意味着一进入市场价格就会下跌，那对谁都不好看。”

“我觉得那不可能。”尼克说，“瑞奇·贝克认为股票值三十八美元。”

陶德犹豫了下。他为什么没有告诉瑞奇把价格设得合理点？

“三十。”他提议道。

“三十六。”尼克说，“否则我觉得我可能会重新考虑。”

陶德再次让电话静音。

“不可能。”塔拉摇了摇头，“他有两百万的贷款要还。他不会撤销交易的。”

“三十二看起来怎么样？”他问塔拉。

“我不知道你是否能够卖出所有股份。”她抬起头看着哈维，“我们不得不以公司名义承担很大一部分。”

陶德解除了电话静音。“尼克，作为你的顾问，我认为超过三十一美元就不是个好主意。”他说，“你不会希望你的个人历史从交易第一天就让价格大幅下跌的首席执行官开始。”

“三十四点五美元，”尼克说，“最终报价。”

陶德能够感觉到心跳在加速。哈维正盯着他。摩根大通给他们的推荐价格上限设为三十美元：拉赛西尔绝不可能以三十四美元的价格卖出所有股份。银行会因此受到损失，陶德会对此负责。但是完全没有交易只会更加糟糕。陶德看到自己的梦想被粉碎了，他完蛋了。

哈维抬起静音按钮，身子往前倾向控制台：“三十四美元，就这样吧。”他说。

“你是谁？”尼克说。

“哈维·塔特，”这名高级副总裁说，“我在这个行业待的时间比你长太多了，尼克，我能向你保证这是你的最佳选择。”

电话那头的尼克呼吸很沉重。“好的，”他终于说道，“三十四。”

“三十四美元，”哈维确认一遍，“我们明天开市钟见。”

他们挂掉了电话，哈维站起来。“三十四美元，”他对陶德重复道，“就这样了。”

“但是 ——”陶德只能说出这个，“万一我们卖不出去全部股份怎么办？”

“这家公司可以承受这个损失，但是这笔交易失败带来的损失我们承担不起。”哈维说。

“但是我的奖金！我的声誉——”陶德抗议，大脑飞转着，“所有销售人员都会很愤怒——他们会怪罪我。你才是协商了包销承诺的人。你不能就 ——”

哈维的眼神像老鹰一样盯着陶德的脸，但是他的声音很镇定。“从几时开始，你以为这一切跟你有关？”他问。

“我 ——”陶德开口，但是找不到任何词。

哈维离开了房间，摔上身后的门。

“该死！”陶德一拳打在桌上，脑海中全是过去半小时里本应出现但没出现的各种可能性，“我们本来可以继续压制的。尼克在虚张声势。他肯定不会一走了之。”

“现在你什么也做不了。”塔拉合上笔记本，“我们最好去工作。”

她和尼哈离开了房间，但是陶德依然坐着，低头看着桌上的双手，思考着。

因为他公司才有了这笔交易，他引起了乔希·哈特的注意才拿到这笔交易，他累死累活三个月，他救了这个交易——三次——而且冒着个人风险，花的是自己的钱。现在每个人都要得到他们想要的了——乔希拿走了巨额现金，尼克得到了自大学以来就想要的声誉和财富，哈维让他的交易出现在头条新闻，而陶德……陶德将会成为那个为其他人谋福利自己却受罪的笨蛋。

陶德抬起头，他被利用了吗？所有这些人都他妈的一直在利用他？

查理

星期四，五月十五日；纽约市，纽约州

查理不知道他为什么来这里。

过去四天里，他已经读了二十多次她的邮件，一直没有回复。为什么他应该感到紧迫呢，既然她等了两周才回复他的邮件？

但是有些事情——也许是对给妹妹的思想带来那么多影响的女人的好奇，或许只是难以忍受审判之慢，绝望地需要分散一下注意力——迫使他同意跟她见面。

查理走出地铁，当走过通往纽约中央车站的空空的主大厅时，他的心脏狂跳不止。月光透过高高的窗户照进来，与百年老灯发出的橙色灯光交融在一起，唤醒了中央时钟的金色光芒，这时刚好接近凌晨五点。

“你来了。”

他听到塔拉·泰勒的声音，转过身，惊讶不已。他没有想到会见到一个漂亮的她，但是她看起来跟他在新闻上见过的不同。“我能给你买杯咖啡吗？”她问。

中央车站的星巴克是唯一开始营业的地方，但是那里没有座位，于是他们走回主大厅，在楼梯上坐下。

他们沉默地喝了一会儿咖啡，低头看着空空的房间。他的心跳得很快，他不确定是为什么。

“我喜欢一天里的这个时候。”她终于说道。

他不确定如何回答，所以什么都没说。

“就是感觉很纯净，不是吗？好像一切都有可能？在所有人还未醒来给这一切打上他们的痕迹时，就在这一瞬间，一切都在你的手里。”

“我从来不知道自己对星星是什么感觉。”他指着建筑上方的天花板壁画。

“你不喜欢它们？”

“我不知道它们是很美呢，还是很悲哀，得有人付钱给艺术家将星星画在天花板上，纽约人才能看到它们。”

塔拉透过眼镜看着天花板，陷入思考。“你怎么知道我的？”她终于问道。

“凯莉在日记里写到了你。”他说。

塔拉惊讶地张开嘴。“她说了什么？”

“她想成为你那样的人。”他说，然后从她身上移开目光，补充道，“我不知道为什么。”他知道这么说很刻薄，但是终于能对某个人生气的感觉很好。

“你不喜欢我。”她观察道。

“在华尔街工作对凯莉的才华是一种浪费。”他说，“真正在乎她的人都能看出来。”

塔拉喝着咖啡，但是没有说话。

“我有事情要告诉你，”她终于说道，“关于凯莉的。”

他猛地吸了口气。“好的。”

“她死的时候登录了 HOOK。”塔拉说。

“那个约会应用 HOOK？”

她点点头。“他们有个数据库存储了用户的信息——他们去了哪里，他们跟谁在一起，他们所有的评分。这个数据库存储了所有的历史记录，从账户被创建时开始。”

查理感到喉咙收紧，他还没准备好将妹妹看成那种会跟在一个应用上遇到的男孩约会的女孩。

“其中有个程序员在新闻出来后查找了凯莉，发现她死的时候是登录状态，当时有另一个用户跟她在一起。”

查理沉默着。

“很显然凯莉从未跟那个用户配对，因此这个工程师更深入地调查了下，发现那个用户侵入了应用的服务器找出凯莉那晚在哪儿。”

查理感觉自己面无血色。“是罗比吗？”他安静地问。

塔拉摇了摇头。“不是，”她说，“我觉得罗比是无辜的。”

“那是谁？”他轻声问，眼睛盯着自己的双手。

“我不知道。”

“你肯定能查出来。”

“发现这个的程序员能，他叫胡安，我觉得，但是他被解雇了。”

“因为发现这个？”

“我觉得是。”她说。

“你觉得 HOOK 试图隐瞒这个？”

“这会毁了这家公司，如果这事暴露的话。”

“你怎么知道这些事情？”

“我是上市承销团队的一员。”她说，“HOOK 四小时后上市。”

“你为什么告诉我？”

“因为我觉得应该由你决定怎么做。”她将头转向他，眼睛凝视着他。

查理能够感觉到胸膛在起伏，他看着她的眼睛，好像它们拥有解开所有秘密的钥匙。“你会怎么做？”他问她。

“你叫我做什么，我就做什么。”她说。

“这会毁了你们的交易，”他说，“很有可能会让你被解雇。”

“是的。”

“要是我告诉你我什么都不想做，”他试探她，“而让罗比去监狱呢？”

“你不会那么做的。”她说。

“你怎么知道？”

“我读过你的文章。你太在乎真相了。”

突然，什么东西撞到了查理的胳膊，一个穿西装的男人在两级台阶下停下来，回头看着这一对，他刚才下楼梯时正看他的黑莓，被他们绊倒了。“从楼梯上滚开！”他咆哮道。

查理将头转向塔拉。“你能跟我去一个地方吗？”

她点点头。

他给强尼·沃克打电话时，她招呼了一辆出租车，强尼·沃克会在纽约时报大楼跟他们见面。太阳刚刚升起时，他们已经坐在他的新高级办公室里了，塔拉重新叙述了她知道的一切。

强尼深吸了一口气。“天哪，”他说，抬头看着他俩，“你确定你想这么做吗？”

查理点点头。

“我得开始写文章了。”他说。

查理站起来，但是塔拉犹豫了下。“还有一件事情。”

强尼转过身。“什么事情？”

“你有录音设备吗？”她问，“我的意思是，录制电话的设备？”

“有啊，怎么了？”

“我们可以用吗？”

强尼离开房间，带着录音器回来，插入她的苹果手机。塔拉在座位上直起身子，拨打了一个号码。电话响起时，她将电话置为免提。

一个愉快的男声接起了电话。“早上好，塔拉！每个人都准备好迎接这个大日子了吗？”

她看着查理，似乎在寻找勇气，然后闭上了眼睛，强迫自己对着设备发出欢快的声音。“我们肯定准备好了，尼克。我猜你一路飞行愉快？”

“还好，”那边的声音说，“不过我的利捷账户还在审核中，所以不得不最后再坐一次民航航班。”

“真糟心，”塔拉说，“但是很快就结束了。”

“确实。”

“听着，尼克，我只有个很短的问题。”

“说吧。”

“你删除了数据库，对吗？那个有凯莉·雅各布森以及她死那晚跟她在一起的用户的信息的数据库？”

尼克在电话那端犹豫了下。塔拉紧闭双眼，屏住呼吸等着他的回答。

“我告诉你了，塔拉，你可以相信我会合理使用那部分信息，但是目前没有必要删除它。”

塔拉的嘴唇绽放出一丝如释重负的微笑。“当然，尼克，”她点点头，“我只是想再次确认下。”

“还有，塔拉？”

“怎么了，尼克？”

“如果你把自以为知道的事情说出去一个字，我会让你立即被解雇，快得你都不知道是谁撞的你。”

“没有必要，尼克。”

“很好。”他的声音放松下来，“那就几小时后见。”

塔拉挂断了电话，强尼咧嘴大笑，他看看查理，然后又看看塔拉，她正看着自己的双手，在桌上轻轻敲着手指，好像在鼓起勇气似的。

她终于抬起头笑了，眼泪开始在眼睛里打转。她拭去了眼泪。“只想确保他不会侥幸逃脱。”

Chapter 12

第十二章

陶德

星期四，五月十五日；纽约市，纽约州

陶德喝着咖啡，看着尼克试图跟给他指派的纳斯达克活动协调员调情。他简直迫不及待地等着再也不用见到尼克·温斯洛普的那一天。

陶德在办公室一直待到凌晨四点，然后回家睡了一个小时，冲了个淋浴，及时在七点赶到时代广场跟尼克见面，在他敲响纳斯达克开市钟时给他支持。

他四处张望着寻找塔拉，但是四处都见不到她的人影。他发给她的邮件被退回了。他检查了下确保他输入的是正确的邮箱地址，然后给她打了电话。但是她没有接电话，于是他发了条短信。

你会来吗？

他今天早上离开时，她还在办公室。他们打完电话确认了HOOK三十四美元每股的订单后，她说还有最后一件事情要做。

他们成功卖出了几乎全部股份，只留下价值八千万的股份，多亏了拉赛西尔私人银行的协助，他们买了一亿的股份分发给他们的“暴发户”客户。那些客户急切地想要加入硅谷交易，因而可能花了更多钱。然而，账簿上仍然全是低质量的投资者，陶德离开办公室时已经准备好迎接这一天，股票会廉价出清，以及使拉赛西尔背上八千万 HOOK 股权赤字的股票价格会相应下跌的一天。

然而，外面，春天已倾巢而出。起床后，陶德的希望一直在稳步回升。很有可能价格会上升，那八千万会变成利润而不是损失，他会成为拥有远见的英雄而不是无法管理客户的失败银行家。这是他最后的希望，但在早晨的阳光下，这一切看起来并非完全不可能。

他看了看手机，塔拉在哪儿？他意识到他在机场说的话是真的，他确实想在交易结束后跟她喝几杯，因为他真的会想念能够一直见到她的时候。不像其他人，她从未利用他。她可能只有七分，但是她是真实的。

电话响起来，陶德接起电话。“你在哪儿？”他问，以为是她。

“到我办公室来，现在。”电话里的声音是哈维的，不是塔拉的，而且他很生气。

哈维挂了电话，陶德放好手机。“去你妈的。”他大声说。不管哈维要说什么都可以等等。

但是当他再次拨打电话时，塔拉还是没有接。陶德意识到不管哈维为什么让他去办公室，很有可能跟她有关。

“尼克，我要赶回办公室一会儿。”他试图掩饰心头燃起的担忧，“我会及时赶回来。”

“没关系。”尼克咧嘴大笑，“詹妮和我搞定了，是吧，詹妮？”他对活动协调员说。她将一个麦克风粘到尼克的翻领上，强挤出一丝微笑。

陶德坐在出租车里时感觉心跳在加速，他诅咒着交通堵塞。他们昨晚的工作没有出错，不是吗？

“你能往前走吗？”司机再次急刹车时，陶德恼火地说。

“你想让我怎么办？”司机指着正在非常缓慢地往街上倒车的运

货卡车说。

“算了，我还是走路吧。”陶德扔了十美元钞票给司机。

他等着电梯下来，没有理会任何向他祝贺他的大日子的人，只是一遍又一遍地按着按钮，好像这样电梯就会快点似的。

“你对塔拉做了什么？”莉莉安·杜马斯漫步过来站在他身旁，看着电梯上方的楼层号码滴答作响，得意地笑着问。

“你说什么呢，莉莉安？”陶德恼火地说。他没有时间听莉莉安胡扯。

“你不知道吗？她辞职了。”

“什么？”陶德目瞪口呆，这时电梯门打开了。

“陶德！今天好运啊，哥们儿。”有人冲他胳膊捶了一拳，但是陶德没有理会他，他盯着莉莉安。“塔拉辞职了？”

莉莉安迈进电梯，陶德跟了进去。“她今天早上给团队发了封邮件，感谢我们曾有幸一同工作。你没有收到？”莉莉安沾沾自喜地问，“我猜她跟你工作没那么愉快。”

“她拿到别的公司的聘书了？”陶德问，毫不在意自己的脸色暴露了他的震惊。

“没有。”莉莉安摇了摇头，“她邮件里说她要花点时间想清楚一些事情。”

电梯门打开了，她走出去，波浪式地摆动着手指。“祝你今天过得愉快，陶德！”真是个贱人。

塔拉真的辞职了？为什么？她为什么没有发邮件给他或告诉他这件事？他们不是朋友吗？如果她不去竞争对手公司，那她在做什么？

他到了四十二层，瞥见一个侧影，是一个漂亮的金发女孩，站在哈维办公室旁边一间会议室的窗边。他真希望他是要跟她会面。

“你可以进去了。”哈维的助理对陶德说，看起来为他捏了一把汗。

这个高级副总裁双臂交叠在胸前站着，看着窗外。

“你想告诉我你做了什么吗？”他听到陶德进来后，张口问道，甚至都没有转过身。

陶德关上了身后的门。“我们昨晚关上了账簿，”他谨慎地说，“我们几乎卖出了全部，只剩下了八千万，从目前的情况来看我觉得非常不错了。我一直在纳斯达克——”

“你最后一次跟瑞奇·贝克说话是什么时候？”哈维问，仍然背朝着陶德。

陶德的胃部一沉。“为什么问这个？”他小心翼翼地问。

“还有瑞秋·刘？”哈维问道，终于转过身，“你最后一次跟她说话是什么时候？”

“有什么不对吗？”陶德问。

哈维重重地一拳打在桌上。“是的，确实有些事他妈的不对劲。”他说，声音已经失去了控制，“你央求一名调查分析师写一篇有利的报告，然后花钱请一家公关公司贿赂 CNBC 给这篇报告播报一则新闻。”

“谁告诉你的？”陶德马上防备地说。他不准备承认任何事情。

“你告诉我的，陶德。”哈维说，“我刚刚看了整件事情的视频，你们那边的会议结束后，克罗利·布朗的一名律师助理在玫瑰木泳池旁边顺手录制的。幸运的是，她决定不公开这部分信息，我相信你明白，一旦公开就会毁了这笔交易和这家公司。”

“什么？怎么录的？”他尝试拼接起记忆片段，感到房间开始旋转，“谁？”

“她在这里。”哈维歪了歪头指着会议室，“我们去跟她说句话？”

陶德大腿打着战跟着哈维进入会议室，那个金发女人从窗前转过身。她看起来很眼熟。

“肯特先生，”哈维说，“这是费弗尔小姐。”

费弗尔？陶德认识叫费弗尔的人吗？

她伸出手微微一笑。“艾曼达，”她说，“我想我们以前见过几次。”

陶德观察着她的脸，剥开她干净利落的头发、合身的西装和职业的微笑，直到他看到了那个女孩……

天哪。

尼克

星期四，五月十五日；纽约市，纽约州

尼克跟性感助理蒂凡尼坐在文华东方大厅里窗边的一张桌子旁。

“麻烦来一瓶香槟，”他对侍者说，“要你们最好的。”

“我个人推荐一九九五年的萨隆特级香槟。”侍者指着菜单说。

“听起来不错。”尼克说，甚至都没对两千五百美元的标价望而却步。三十四美元每股，他现在身价值一亿一千一百万了，而不是少得可怜的八千五百万。任何千级别的数字都只是零钱。

当然，从现在开始，要等锁定六个月结束后他才能出售自己的股份，但是到那个时候，通过他的战略领导推动，价格甚至会更高。

透过窗户，尼克对着一览无余的中央公园景色微笑着。今天早上市场开放时，他敲响了纳斯达克开市钟，之后拒绝了几个采访。还需要等一到两个小时，一切才会稳定下来，股票才会开始真正交易。与其让摄像头观看他的反应，他宁愿选择和蒂凡尼来到这里庆祝。接下来的几周、几个月甚至几年里将会有很多采访，但是一个男人多久才能体验一次他的首次上市，跟一个漂亮的女人一起喝着香槟，从世界上最豪华的酒店之一俯瞰中央公园？

侍者回到桌旁，打开了香槟，尼克向蒂凡尼举杯，她甜蜜地微笑着。他还没问她是否跟她的男朋友分手了，但是他并不担心。没有哪个女人能抵抗他现在能够给的一切。

他小口喝着香槟，看着 iPad，一边用耳机在线听着声名狼藉先生的播放列表，一边在雅虎财经和 CNBC 之间切换，阅读关于自己的新闻。

他感觉到蒂凡尼的手拍了拍他的胳膊，于是抬起头。她放下了香槟，脸上满是担忧。

尼克取下一个耳塞。“什么？”

“尼克，你得看看这个。”她说。

“等一下。”他竖起一根手指，同时刷新了雅虎财经。还没有新的报道。

“尼克。”她坚持道。

“那是什么？”他不高兴地说。

“《纽约时报》。”她递过来她的 iPad。

“谁读《纽约时报》啊？”他一边从她手里接过设备一边说。一切重要的消息都在 TC 和《福布斯》上。

尼克读了标题：

HOOK 安全漏洞跟雅各布森谋杀案挂钩

他感觉自己的心跳停止了。

《纽约时报》刚刚获悉，于今早上市的基于地点的约会应用公司 HOOK，三月份时发生过一次安全漏洞，一名身份不明的用户在凯莉·雅各布森被谋杀的当晚侵入了该应用的系统，查找她的位置。虽然还未查明该用户是谁，但是消息来源证实该用户在导致凯莉死亡的时间里跟她在一起。该用户的账户另有其人，而非被控谋杀的斯坦福毕业班学生罗比·古德曼。同一消息来源也透露，该公司以可识别用户历史记录的方式存储信息，与之前的声明完全相反……

尼克的手机响起来。看到号码后，他感到汗液正从毛孔里喷出。

“菲尔。”他对着手机说，试图让自己听起来很轻松。

“发生了什么，尼克？”

“你是什么意思？”尼克决定在查明情况之前装糊涂。

“为什么，你接受了那么多教育，却从来没想过应该明智地告诉我有人侵入过我们的系统？”菲尔的声音很不友善，“然后你居然有胆让我站在所有同行面前，为我们的安全做担保？”

“我不认为——”

“请告诉我你已经删除了数据库。”菲尔说，“依照我把你摆在首席执行官的位置时我们达成的协议，这个《纽约时报》的记者应该是弄错了。”

尼克脸色苍白。

“胡安本来要做的，”尼克说，“我现在就给团队打电话，让他们确保——”

“联邦调查员已经到办公室了，尼克。他们也在我的办公室收集文件，确保没人动任何东西。”

“他们不能那样做。”尼克摇了摇头。

“他们想做什么就能做什么。”菲尔厉声说，“给拉赛西尔打电话，让他们立即停止上市。在我们弄清楚一切之前，我们得召回所有的股份。我对天发誓，尼克，如果那个数据库的信息泄露了，我会确保只要我还活着，你就再也不会有工作。”

电话挂断了。

尼克的心跳快得令他无法呼吸。

“发生了什么？”蒂凡尼问，但是她离得那么远，像是被笼罩在玻璃杯里。

“水。”他说着伸手叫侍者，然后试图站起来，却跌倒在椅子里。

“这儿。”蒂凡尼递给他一杯香槟，“喝这个。”

“我不能喝这个！”他对她叫喊道。她怎么那么愚蠢？“我们负担不起这个！”

其他客人开始转过身盯着他们，但是他看不到他们。

“塔拉！”他叫道，“现在给塔拉打电话！”

女孩拿出她的电话，小心翼翼地拨打了号码。“她不接，”蒂凡尼说，“让我试试你的电话。”她从桌子对面将手伸进他的西装里掏手机，他坐在椅子上，用力抓着椅子强迫心跳慢下来。

“她还是不接。”蒂凡尼摇了摇头，“我试试陶德。”她拨打了陶德的号码，依旧没人接听。

尼克咽了下口水，闭上眼睛，感觉房间在旋转。保持冷静，他对自己说，但是整个世界都暗下来了，他的额头砰的一声撞到了地面。

尼克醒过来时，看到的第一件东西就是蒂凡尼巨大的胸部。“发生什么了？”他咕哝着，她用一条毛巾轻轻擦拭着他的前额。

“你晕倒了，尼克，”她说，“你记得吗？”

他摇了摇头，但是紧接着菲尔的声音回到脑海里，他再次闭上了眼睛。“我昏倒了多长时间？”

“二十分钟。”

“股票已经交易了吗？”

她摇了摇头。“你感觉好了吗？”她问。

“好了。”他说。他已经能控制心跳了，大脑也清晰起来。

“我一直试图给陶德和塔拉打电话，但是他们俩都不接。”

“没关系，”他说，“反正我们也不能取消上市。”

“但是那个新闻——”

“我们不能取消上市，蒂凡尼。”他更加坚定地说。

尼克有两百万的贷款。如果他们取消上市，那笔贷款就会变成两百万的债务，从现在起六个月后就会开始百分之二十五的复年息，他不可能偿还得了。但是如果交易通过的话，他的两百五十万股份总还有一些价值。除非价格降到一美元，否则他总会有足够的钱来偿还贷款重新开始。即使有那些数据库信息，也肯定会有足够的投资者看到反弹的潜力，将价格保持在一美元以上。

“菲尔怎么办？”蒂凡尼小心翼翼地问。

“让菲尔以为太迟了。”

他爬上椅子，小心翼翼地阅读《纽约时报》的文章，从头到尾。

肯定是胡安告诉他们的。这是好事，因为一旦发现他是因为违反用户隐私信息被解雇的，没人会相信他。瑞秋可以编个故事，解释一下胡安不过是个试图将自己的不当行为怪罪在前雇主身上的愤怒程序员。

这个想法让他的头脑重新镇定下来。一切都会好起来的。如果菲尔看不到这一点，那么就不是尼克以为的那种英雄。

尼克刷新了雅虎财经浏览器，股票信息加载出来了。股票代号 HOOK 出现了，起价 $33.25。

“好了，”他说，再次伸手去拿香槟，“我们开始了。”

七十五美分的损失不是世界末日。毕竟，他还有六个月的时间可以争取回来。

他等了十五秒，也就是雅虎刷新股票代号所需的时间，然后刷新了网页。

$33.08

他抑制住感情，又等了十五秒。

$31.17

再等十五秒。

$29.12

再等十五秒。

出错。

尼克看着屏幕，把屏幕拉近到面前。“什么？”他刷新了网页，但还是出错。

“陶德在哪儿？”他对蒂凡尼咆哮道，脉搏再次加速，“出错是什么意思？”

“我不知道。”蒂凡尼无助地说。她联系不上陶德,她有什么好的?

他看着屏幕，出错。刷新。出错。刷新。出错。

“看这儿。”蒂凡尼说，将她的 iPad 转向他，她加载了 CNBC 的报道。

“HOOK 股票已经在纳斯达克暂停交易，他们二十分钟之前才刚进入股票交易市场。我们得到报告说是因为电脑故障……”女主播停下来接收从她耳机里传来的消息。

“是的，看起来其实是交易 HOOK 股票的电脑因为前所未有的抛出请求而崩溃。今天早上《纽约时报》上发布的一篇文章称，HOOK 的系统出现过一次安全漏洞，而且似乎跟凯莉·雅各布森的谋杀案有关，交易市场貌似掀起了一场真正的灾难性反应。”

尼克吞咽了下，咬紧下巴。他能感觉到眼里的泪水正在涌出。不要哭，不要哭，不要哭，他强迫自己，重复着八岁时学校里的孩子们对他刻薄时，他常常重复的咒语。

“这很好。”蒂凡尼把手搭在他手上。

“怎么会好？”尼克摇摇头，感到有液体滑过眼睑。

“是个好迹象，”蒂凡尼坚持道，“非常好，实际上。”

“你知道什么，”他怒气冲冲地说，像一个生气的孩子似的，“你只是个秘书而已。”

“尼克。”她没有理会他的讽刺，“如果交易停止了，就会给市场一段时间来解决问题。人们会开始从全新角度看问题，他们会意识到这并不值得恐慌。”

“但是 ——”

“但是，什么事都没有，”她打断他，“这给你争取了时间，”她说，“恰恰是你需要的。”

尼克感到泪水缩了回去，他深吸一口气，默默点点头。

“今天剩下的时间里交易会一直暂停。”她边看手里的 iPad 边说，“他们觉得可能需要多达两天的时间让系统恢复再次运行。”

“两天？”

“是的。”她微笑着往前倾身，“你有整整两天的时间摆平这件事。”

“你说得对。”他点点头，身子挺得更直了，“给瑞秋 · 刘打电话。”

“这会很贵。”瑞秋回答。她没说任何客套话，好像一直在等着这个电话响起来似的。

“多少钱？”他问。

“两百万一天，”她说，“现金，很显然。”

“你知道我现在没法给你那么多，”他说，“得了吧，瑞秋，我给了你这么多生意，你真的要——”

“你改变主意再给我电话。”她挂了电话。

尼克做了个深呼吸，再次拨通了她的号码。“好吧。”他说。今天的价格对 HOOK 并不重要，公司昨晚就已筹集了二十多亿的资金。他本来也要在这上面花一笔钱。

“好的。”她说，“这是我的建议：我们完全否认。就说我们对这个数据库，或者黑客完全不知情，然后迫使告密者主动现身自己上套，”她解释道，“然后我们说我们会跟官方合作，只要他们觉得合适，但是我们倾向于完全关闭数据库保护用户安全。”

“好的。”尼克说。

“我今天之内会给你发一个声明，让你们的律师审核。”

“好的。”他重复道。

“只有一件事。”瑞秋的声音变得更加严肃，“尼克，你得向我保证绝对没有任何事情会暴露你对此知情。”

“绝对没有。”

“你肯定吗？”她说，“没有邮件，没有语音，没有短信？如果我们这么做，然后他们发现你知情的话，你会比现在更惨。”

“什么都没有。”他重复道。

“好的。”她说，“那我就去写了。”

他挂了电话，看着蒂凡尼。“你能给菲尔打电话，告诉他情况控制住了吗？”

“你去哪儿？”她看到他从椅子上坐起来，问道。

“我需要自己静静地待一会儿。”

塔拉

星期四，五月十五日；纽约市，纽约州

塔拉醒来后什么都不想做。

她翻过身，脑海里回放发生的事情。她追溯价格认购，让愤怒的经纪人镇定下来的这一夜，她对查理的坦白，她给尼克的电话以及她最后一封宣布离职的邮件。她等着胃对这一切呕吐，但是什么都没有发生，她意识到自己并不害怕。

她的头痛起来，一股隐隐的痛推着太阳穴，她读到过，知道这是停止服用依地普仑出现的副作用。她对此并不在意。她起了床但没有查看邮件，洗了个淋浴但没有去跑步，让水长时间落在身体上，即使她并不需要这么久。

她穿上牛仔裤、T恤和平底鞋，没有化妆就走出了公寓。

她沿着查尔斯大街往前走，拐到哈德逊，去了那家她听说很好吃的硬面包圈店。她从未去过那里，因为硬面包圈全是无营养的卡路里。她往北走，在其中一辆街车里买了一杯咖啡，她想看看是否真的是蓝色杯子装而且只要一美元。确实如此。

她沿着甘斯沃尔特大街的台阶往上，爬到高线公园，在一张长凳上坐下来。奶油芝士融化在烤硬面包圈上，她慢慢地咀嚼着，看见一个男人给妻子拍了张照片。妻子系着腰包，穿着大卫·莱特曼的T恤，上面还贴了一张“我上了今日秀！”的贴纸。

“我能给你们俩拍张合影吗？”塔拉问那个男人。男人听到她的声音转过身来，就像游客们在纽约常有的反应一样，将相机拉近护住，在有人提出帮忙时不由自主地表示怀疑。

但是他看了看她，还有她手指上融化的奶油芝士，放松下来。“当然。”他用得克萨斯人那种懒洋洋的语调说，“那真是太好了。”

她放下硬面包圈，拍了几张照片，其中有一张他们亲吻的照片，她觉得很甜蜜，不恶心或者讨人厌。

“看到了吧。”塔拉听见他们离开时，那个女人对她丈夫说，“我告诉过你，不是所有的纽约人都刻薄。”

塔拉吃完了硬面包圈，开始往北走。

她走到中城区，看着西装革履的人们来来回回地疾走，像蚂蚁一样忙忙碌碌，每个人都扛着他们的沙子，盲目地相信他们肩负庄重的使命，所有人齐心协力要建造一座沙子王国，而不去担心如果下雨会发生什么。

这就是讨厌华尔街的人们不理解的：他们以为银行家和经纪人都心怀恶意——以为他们故意撒谎为自己谋取利益。实际上，华尔街的每个人都只是太专注于自己的那片沙子而看不到大局。不管次级按揭经纪人在导致崩溃的这些年里欺骗了多少客户，卖给他们多少劣质产品，他们欺骗自己的程度一点都不亚于那个。不是认为他们做的事情是好的，而是认为这就是事情应有的样子。他们的罪行不是他们的邪恶，而是他们将就一个垃圾系统。

她的思绪飘到查理身上，她觉得她很想跟他谈谈这个——真的，跟他谈谈任何事情，如果她还能见到他的话。星期日跟凯瑟琳见面后，她在邮箱里搜索他的邮件，回复他说想见个面，然后注意到他在美联社工作，就查阅了他的文章。两个小时之后，她突然意识到对他的文章变得多么入迷，于是脸红了。

他们没有任何共同点，除凯莉外——她理解他为什么不喜欢她，但是她还是希望他能喜欢她。他跟她认识的男人不同，他所有的文章都灌注了一种与金钱无关的追求公正的激情。她尊重那种勇气，即使这让她对自己曾经认为辞去一份轻松的银行工作是在冒险感到很愚蠢。

她拿出苹果手机听音乐，看到八十四个未接来电。她滚动列表查看是否有重要的电话，但所有的电话都是来自陶德或尼克或凯瑟琳或者她知道属于拉赛西尔的212.464分机号。不过，还有一条来自卡勒姆的短信，她打开来看。

> 卡勒姆：我是对的还是怎么的？？？我的天哪。你变成了一个昂贵的约会对象。你熬过这些了吗？我什么时候能再见到你？亲亲

她重新读了一遍这条短信，喉咙里火辣辣的。为什么他爱着别人还能表现得如此随意？因为他爱着其他人，就是那样。她心生厌恶，知道他永远不会对她产生真正的感情——从第一次会面开始，他就将她当成一个项目：一个成年男人给一个需要新视角的年轻女人提出建议。

但是她逐渐接受了他的摆布。他让她感觉到支持、欣赏和安

全感——甚至到了在他臂膀里哭得像个孩子，向他坦白所有情绪的地步。

虽然她现在十分想恨他——既然她知道了他一直在欺骗她，让她变得那么脆弱，而他却将他自己的秘密锁起来——她也不能。因为他说得对：她需要从新的角度看问题，他给了她这个角度。他可能并不完全是她想要或希望的样子，但他是这个世界上，包括她自己，唯一一个曾让她觉得……没有被评判的人。

她感到泪水涌了出来，但是又想了想。她已经学到了很多，已经得到了很多，她因此变得更好。这已经足够了。必须足够了。

她又读了一遍短信，然后删除了这条短信和卡勒姆的联系人信息，之后戴上耳机，让詹姆斯·布雷克柔软的声音塞满耳朵，给这个城市的节奏和她全新的开始来个配乐。

她漫步到哥伦比亚圆环，穿过中央公园走到弗里克，她决定去那里看看她在拉赛西尔活动上错过的艺术展。

乔治的肖像画全都是他涂抹过以模仿 INS 滤镜的照片。她阅读了对社交媒体、真相困惑和自我创造新世界的评论，想知道这个展览真正的原因——弗里克想要存活下去，需要吸引年轻的受众——记载在哪儿。

她漫步到西画廊。站在特纳画布前时，她屏住了呼吸，陶醉在各种蓝色和黄色里。

“这个是黄昏。”

“什么？”塔拉听到旁边一个年老女人的声音，惊讶地转过身。

“这个是黄昏。”女人重复道，“那个是黎明。”她指着房间对面的另一块特纳画布。“是不是很有意思，很难看出区别，不是吗？”女人若有所思地说。

塔拉转过身去看那幅黎明的油画，一个旅行团刚好离开，只留下一个男人站在那幅画前面。

塔拉眨了眨眼，确定自己没看错。“查理？”她轻声问。

他转过身，看到她后吃惊地笑了。“你在这里做什么？”他问。

“我也不太确定。我刚决定来这里看看。”她忘记了驱使她走到上城区的原因，但突然很感激她这么做了。

他们都停顿了下，但没人动。

“我还没看今天的新闻。”她在他可能离开之前打破了沉默，“很糟糕吗？”

“没有。”他摇了摇头，“他们让罗比·古德曼回家了，保释中，正要重开这个案子。”

“HOOK 怎么样？”

“他们说这取决于最高法庭是否决定在法庭上采纳来自这个应用的信息。”他说，“这会需要很多年，我猜。”

“上市怎么样？”她问。

“纳斯达克在开市二十分钟后关闭了。因为太多人试图抛售，系统崩溃了。”

“呀。”她说。

又是一阵停顿。

“所以他们给你放了一天假？”他谨慎地问。

“我没有被解雇，”她说，知道他在问什么，“我辞职了。”

他眉开眼笑。“这对你很好。”

“是啊，的确对我很好。”

又是一阵停顿，但还是没有人动。

“这是我最喜欢的油画，”他指着其中一幅黎明说。“我也喜欢早上。”他补充道。

“我以为我们没有任何共同点。”她微笑道。

“哦，我打赌我们能找到一些。我是说，我觉得我们至少……有四处共同点。”

她笑了，咬了咬嘴唇。

“你接下来去哪儿？”他问。

“哦，我准备——”她不假思索地说，但是停了一下，“什么都不做。”她笑道，“所以我不知道要去哪儿。”

“你喜欢中央公园吗？”他问，“这样我们就有了两处共同点。”

“这不算，每个人都喜欢中央公园。”

“我知道，但是我猜你喜欢柔软的草坪。”他说着做了个鬼脸。

“不对，”她纠正道，“我最喜欢的一处在爱丽丝梦游仙境雕像旁边。”

“没有小狗波图那么好。”

“你真是个小男孩。”

“小狗波图绝对超越性别。”

他替她推开门时，向她眨了眨眼，她的心狂跳不止，意识到这是一个邀请。

他们走进公园，在冰淇淋车旁停下来，一路争论着巧克力（他的最爱）和香草（她的最爱）哪个更好吃，等到他们停下来决定先去看哪座雕像时，黄昏已临近，他们已经走过那两座雕像了。

胡安

星期四，五月十五日；东帕洛阿尔托，加利福尼亚

一辆车停下来，乔治·梅内德斯亲了伊莎贝拉的脸颊才向胡安问好。他比胡安见到的照片中更矮胖些，有一张快活的脸和一头卷曲的头发，穿着干净利落的牛仔裤和法兰绒衬衣。

“我能为你做点什么？”他问道，因为伊莎贝拉而信任胡安。

这是星期四的黄昏，他们在壳牌加油站停车场。胡安知道 HOOK

今天上市，但是他还没上线看结果。这无关紧要，他有别的事情要关注，也就是伊莎贝拉跟乔治·梅内德斯约好的这次见面。

“你记得你三月五日晚上在哪儿吗？”

“这么具体的时间，”他说，“你想知道什么？”

“你当时为什么跟凯莉·雅各布森在一起？”胡安问。

“那个死了的女孩？”他问，“我没有啊。这辈子从没见过她。”

胡安感到很沮丧，他怎么能够当着自己的面撒谎？

“你确定吗？”他逼问道。

乔治深吸一口气，挺起胸膛。“你想说什么？”

“我是 HOOK 的工程师——或者说曾经是，我们能看到用户去过哪里，数据库显示凯莉死的那晚你在她的房间里。”

“你的数据库懂个屁。”乔治说。

乔治强悍的声音让胡安感觉说出他是某个应用公司的工程师很可笑，但是他迎难而上。“她从未跟你配对，所以我知道你侵入了我们的系统，而且——”

“哥们，你真的觉得我知道如何侵入某个计算机应用？你脑子有病吧？”

胡安感到两颊通红。“但是没有其他——”

“你刚说她哪天死的来着？”乔治打断他。

“三月五号，”胡安说，“或者更准确地说是六号，凌晨两点到四点之间。”

乔治往前翻着记事本，显然在上面记录了他的交易。他笑道：“没有，我那晚肯定不在斯坦福。我们一路去了黄金俱乐部。我有六个兄弟和三个脱衣舞娘可以为我作证。”

“你在脱衣舞俱乐部做什么？”伊莎贝拉轻蔑地问道。

“庆祝。”他咧嘴大笑，举起记事本好让她看见，“我那天赚了两千。”

“卖什么？”伊莎贝拉的眼睛睁得老大。

“某个外地来的有钱孩子买了我手里所有的莫里，付我双倍的钱将货送到他的高级酒店，然后额外给了我一百小费使用我的手机。”

伊莎贝拉一拳打在他的胳膊上。“你什么毛病？他可能是个警察。”

“两千美元哪，”乔治耸耸肩，“换你，你怎么办？”

“你说他是从外地来的？”胡安问。

“是啊。我觉得是纽约。他说从一个斯坦福兄弟会男孩那儿知道了我的号码。”

“你知道他的名字吗？”胡安小心翼翼地问。

“就在这里。”乔治举起记事本给胡安看。“博尔·巴克利。”他念出来，“这他妈是什么名字，呃？”

胡安嘴里变得干涩。“什么？”他终于嘶哑地问道。

“博尔·巴克利。”乔治重复道，再次低头看了看那页纸，“我猜应该是这么念的。”

“你后来见过他吗？”胡安终于回过神来。

“没有，”他说，“我希望再也不会。那批货不是最好的，老实说。”

“我得走了。”胡安说。

伊莎贝拉站起来。“一切都还好吧？我什么时候能再见到你？”

“我会给你打电话。”胡安急匆匆地回到车里。他感到天旋地转。

胡安的电话响起来，打断了他的思绪，他低头看到来电人显示为未知。他坐到驾驶座上，锁上车门才接起电话。

“您好？”

“您是胡安·拉米雷斯吗？”

“是的，我是胡安。”

“胡安，我叫丹尼斯·卡梅伦。我是纽约的一名律师，受委托向你提供一份捐助。”

“不好意思，你说什么？”

“我已经将创办一个慈善基金会需要的所有文件都准备好了，你将是唯一的运营者，根据私人基金会的相关法律，由你负责所有的捐助和财务决定。这个基金会将建立在东帕洛阿尔托，由匿名捐助者提供两千五百万美元的支票资金。”这个男人说道。他的声音友善而专业。

“我觉得我没有——”胡安开口道，“什么匿名捐助者？”

“不过，我只是想确认下表格上拼写无误——是叫爱德华多·拉米雷斯社区基金会，对吗？是爱——德——华——多？”

“是的，”胡安轻声说。“我父亲。那是我父亲的名字。”他说。这个男人怎么知道那个的？真的有人想为他的基金会提供资金？

“太好了，”男人说，“我只需要你的签名，然后我们就可以给你设置一个银行账户，把钱转过去。”他说。

胡安的大脑里开始飞速搜索知道这个社区中心的人——真的有人支持他？也许有人对发生的事情表示同情，所以在今天上市赚了几千万后想扔给他一根骨头。要么是乔希·哈特，要么是菲尔·道尔顿，要么是——

“此外，”男人打断了胡安的思绪，“我们需要你签署一份保密协议和合同，要求你对与任何在HOOK工作期间可能见过的信息有关的事情保持沉默。”

胡安的泡沫破灭了。“什么？”

“我被告知，你也许见过一些可能让你对某些个人以及他们在应用上的活动得出某些结论的信息，”他说，“我们需要你同意，你永远不会说出你见过的任何信息。”

“你是在贿赂我吗？”

“我们在请求你的合作。”

“你在利用基金会作为贿赂，这样我就不会公开我知道的——”

“以违反隐私权的方式收集的信息是否用于犯罪调查，是最高法院要面对的问题。”男人说，“而且我向你保证，这个过程在法庭上会持续很长时间。我们要求你不要公开你通过可能被视为非法途径获得的信息，来干涉这个过程。”

“对不起，”胡安说，“但是我受够合作了。我知道发生了什么。”

“我极力劝你考虑下你的选择，拉米雷斯先生。我会给你四十八小时的时间做出决定。”

胡安听到电话挂断，手机从手里滑落到膝盖上。他透过车窗看着伊莎贝拉，她正在亭子里给一个男人换零钱。他看着她，好像她能给他答案一样，但是他感觉她又一次相隔千里。

尼克

星期四，五月十五日；纽约市，纽约州

尼克·温斯洛普乘坐电梯上到酒店房间，锁上了门上的所有锁。他小心翼翼地移走特大号双人床上的被子——他知道即使在高级酒店里，也到处是各种脏东西——然后去浴室洗了手。他摆正了台面上的洗漱用品，清洁人员没有把它们放到正确的位置。他也整理了迷你吧。

他脱下衣服，将他最喜欢的背心挂起来，然后在床单上躺下，不停地深呼吸，重复着他的自我价值咒语，直到再次感觉好起来。他昨天筹集了超过二十亿美元。不管今天有多糟糕，他都挺过来了。再说也不会真的变得更糟糕，他会继续挺过去，直到再次崛起。他喜欢这个咒语，于是对自己说了一遍又一遍，闭上眼睛，让咒语将他带到无梦的深度睡眠。

当他被不熟悉的声音惊醒时，房间里还是一片漆黑，他愣了一会儿才想起来自己在哪儿，短暂的大脑短路后，当下的现状又像潮水般向他涌来。

声音又响起来，他意识到是从他放在床头柜上的苹果手机发出的。他翻过身看着设备，发现有一条来自 SnapChat 的消息——下载了这个应用以后，他发现几乎都是十七岁的孩子们在用，于是从未用过。

他疑惑地看着消息，按了“查看”按钮。

当他看到图片时，身体静止了下来，晚餐时喝的三十六美元的汤在胃里咕咕作响，接着全部吐了出来，吐在床上、地板上、手机和 SnapChat 上。

一个长得很像他前女友格蕾丝的女孩裸身躺在一张宿舍双人床上。她的脖子上绕着一根领带，眼部化着死亡浓妆盯着镜头。照片下方有一行字写着：

我上钩了，你呢？

照片来自一个无法识别的用户，在溅满呕吐物的屏幕上停留十五秒后消失了。

图书在版编目（CIP）数据

创业神器 /（美）米歇尔·米勒著；柠小青译．——海口：南海出版公司，2018.1

ISBN 978-7-5442-6326-9

Ⅰ．①创… Ⅱ．①米… ②柠… Ⅲ．①长篇小说－美国－现代 Ⅳ．①I712.45

中国版本图书馆 CIP 数据核字（2017）第 235309 号

著作权合同登记号 图字：30-2017-126

创业神器

〔美〕米歇尔·米勒 著

柠小青 译

出　　版　南海出版公司　(0898)66568511
　　　　　海口市海秀中路 51 号星华大厦五楼　邮编 570206
发　　行　新经典发行有限公司
　　　　　电话 (010)68423599　邮箱 editor@readinglife.com
经　　销　新华书店

责任编辑　翟明明
特邀编辑　强　梓
装帧设计　裴峰南
内文制作　杨兴艳

印　　刷　保定市中画美凯印刷有限公司
开　　本　890 毫米 ×1270 毫米　1/32
印　　张　11.75
字　　数　280 千
版　　次　2018 年 1 月第 1 版
印　　次　2018 年 1 月第 1 次印刷
书　　号　ISBN 978-7-5442-6326-9
定　　价　45.00 元